U0953951

何处相守，何来相安

民国作家的生活与爱情

谢一苇——著

九州出版社 JIUZHOUPRESS | 全国百佳图书出版单位

图书在版编目（CIP）数据

何处相守，何来相安 ：民国作家的生活与爱情 / 谢一苇著. -- 北京 ：九州出版社，2015.10
ISBN 978-7-5108-4025-8

Ⅰ. ①何… Ⅱ. ①谢… Ⅲ. ①传记文学—作品集—中国—当代 Ⅳ. ①I25

中国版本图书馆CIP数据核字(2015)第265248号

何处相守，何来相安：民国作家的生活与爱情

作　　者	谢一苇　著
出版发行	九州出版社
出 版 人	黄宪华
地　　址	北京市西城区阜外大街甲 35 号（100037）
发行电话	(010)68992190/3/5/6
网　　址	www.jiuzhoupress.com
电子信箱	jiuzhou@jiuzhoupress.com
印　　刷	三河市九洲财鑫印刷有限公司
开　　本	880 毫米 ×1230 毫米　32 开
印　　张	8.75
字　　数	206 千字
版　　次	2015 年 12 月第 1 版
印　　次	2015 年 12 月第 1 次印刷
书　　号	ISBN 978-7-5108-4025-8
定　　价	36.00 元

★版权所有　侵权必究★

目　录

鲁迅

在中国现代作家之中，鲁迅的一生是战斗的一生。他在黑暗而又动荡的中国，以笔为枪，猛烈地反抗僵化的社会伦理与宗法制度。反观他的爱情婚姻生活，也始终没逃脱传统伦理观念的主宰与裁判。在鲁迅背后，纠葛着两个女人的命运，一个是朱安，一个是许广平。朱安是他结发的妻子，是她的母亲送给他的“礼物”，他们之间有婚姻无爱情。许广平是他的学生，作为一个新时代的女性，在鲁迅的后半生与之相濡以沫，共同生活，可谓有爱情而无婚姻。

“生为周家人，死为周家鬼”——鲁迅与朱安

鲁迅原名周树人，生于 1881 年，他出生于一个风景秀丽的南方古城——浙江绍兴。周家原来也是大户人家，只是到了鲁迅小时候，周家接连遭到重大的变故，家道从此败落。作为周家的长子，鲁迅过早的体会了人生的艰辛。十八岁那年，为了寻找出路，鲁迅去南京求学。按照鲁迅的说法，就是“想走异路，逃异地，去寻求别样的人们。”按照当地的风俗，十八岁的鲁迅已经是“大龄青年”，鲁迅的母亲鲁瑞也想到了鲁迅的婚事。绍兴有“九爹十三娘”的说法，就是说男的九岁女的十三岁就可结婚，当然议婚还可以更早，甚至有“指腹为婚”。鲁迅已经十八岁了，在母亲鲁瑞及其亲友看来，是谈婚论嫁的时候了。

在一次闲谈中，母亲鲁瑞向同族的一位堂房妯娌——谦少奶奶谈起鲁迅的婚事。这位谦少奶奶很热心，回去告诉了她的婆母蓝太太。蓝太太想到了自己娘家的内侄孙女朱安，老大年纪还待字闺中。于是就派谦少奶奶去鲁迅家说媒。谦少奶奶能说会道，鲁老太太善良心软，几经说合，这门婚事就定下来了。

关于朱安，娘家人都叫他阿安，又称她安姑、安姑娘。1878 年生于绍兴城朱家弄。这样算来，她比鲁迅大三岁。鲁迅的母亲曾经为此迟疑过，但是媒人不停说“女大三，抱金砖”，鲁迅的母亲也就没有说什么。朱安长相一般，性格安静，小脚，不识字，是标准的旧式女子。她的娘家祖上也曾做过官，家中屋宇广阔，有书房、石池、花园，在绍兴城也算是殷实之家。这样一个旧式女子，在嫁到周家之前，绝对没有想到未来丈夫的发展以及自己后半生命运的

凄苦。她也许对生活、对未来有幸福的憧憬，但这一切在以后的日子却都不曾到来。对于一个弱女子来说，这也许是命？

鲁迅刚开始是不肯接受这桩婚事的。但是在那个时代，“父母之命，媒妁之言”，是应普遍遵守的成规。鲁迅对母亲怀有深厚的爱，他能理解父亲去世以后，母亲生活的艰辛。作为周家的长子，他身上背负着更多的责任。鲁迅曾告诉母亲，答应这门婚事有两个条件：一是安姑娘放足，二是安姑娘读书。母亲完全答应，急切地盼望儿子早早回家完婚。正在这个时候，一个机会摆在鲁迅面前，他被官方选中派往日本留学。因此，这桩婚事就无限期地搁置下来。

1906 年的夏天，对于鲁迅来说很不平常。在这个炎热的夏天，他接连收到老家的来信，告知母亲重病，速回。得到这个消息，鲁迅心情焦虑，眼前不断浮动母亲憔悴的面容。母亲到底怎么了，她患了什么病。这些年母亲独自支撑这个大家庭，所遭受的辛苦，作为儿子深有体会。想到这些，鲁迅心情不免紧张。

这年 7 月，正是盛夏，鲁迅回到了故乡绍兴。一进家门，便马上醒悟过来，明白发生了什么事情。摆在鲁迅面前的是一个高高兴兴为自己办婚事的舞台。鲁迅环顾四周，已经焕然一新。看到儿子回来，母亲喜上眉梢。家人忙里忙外，到处洋溢着喜庆。鲁迅木然地望着自己的亲人，他还能说些什么？婚事只能按母亲的计划进行。

鲁迅的婚礼按照旧式仪式在新台门堂屋里举行。这天也来了一些看热闹的人，但是不免让他们失望，因为鲁迅作为一个留过洋的学生，对旧礼仪没有表现出任何反对与抗议。据说结婚那天，花轿进门，掀开轿帘子，从轿里掉出来一只新娘的鞋子。因为朱安小脚，娘家替她穿了一双较大的绣花鞋，脚小鞋大，人长得又矮小，坐在轿子里，“上不着天，下不着地”，鞋子就掉下来了。这个小插曲，在绍兴人看来是不吉利的，但鲁迅的母亲倒不信这些，她只愿自己的儿子婚事顺利。在母亲的安排下，一个身材矮小、脸型狭长、面色微黄的姑娘出现在眼前。鲁迅心中陡然一惊。他先前只听说新娘长得不漂亮，但还没想到是如此模样。事到如今，还能说什么呢！怨母亲？怨自己？现在这杯婚姻的苦酒只能自己喝下去了。

新婚之夜，鲁迅在洞房里心情沮丧，没有对新娘说一句话，也没有任何亲热的表示。据说他哭了一夜，泪水浸湿了印花枕巾，第二天早上脸上染有一片青色。第二天、第三天晚上，鲁迅是在母亲房里度过的。第四天鲁迅与他的二弟周作人一同踏上了东去的旅程，返回日本。

回到东京的鲁迅情绪低落，关于与朱安成亲之事，他曾经跟老友许寿裳说："这是母亲给我的一件礼物，我只能好好地供养她，爱情是我所不知道的。"

四年之后，鲁迅结束自己的留学生涯，回到了故乡绍兴，先后在杭州浙江两级师范学堂、绍兴府学堂以及浙江山会初级师范学堂任教。鲁迅与朱安彼此依然有陌生感，他们之间平日没多少话，不吵嘴，也不打架。鲁迅虽然对她没有一丝感情，但是在面子上也不伤害她。

1912 年初，南京临时政府教育部成立。鲁迅应临时政府教育总长蔡元培之邀，到南京临时政府教育部任职。不久教育部北迁，鲁迅随之北上。从此开始了长达七年的独身生活。而朱安则在绍兴，陪周老太太一起生活。

这个时期鲁迅的生活是苦闷的，对于这桩无爱的婚姻，他只能苦苦地忍受，让时光慢慢埋葬自己的青春。他孤独地一个人每天在屋子里抄古书，校勘古籍，研究佛经，甘愿沉浸在古代文化中麻醉自己，让青春与生命在无声中耗尽。

鲁迅在文章中很少谈论自己的感情生活，除了向好友许寿裳表达过一些心理感受外，他差不多一直沉默着。在他的日记中，只有一处记载了朱安的事。在 1914 年 11 月 2 日，鲁迅的日记是这样写的：“下午得妇来书，二十二日从丁家弄朱宅发，颇谬。”这封从朱安娘家寄给在北京的丈夫的信，不知道写了些什么。但是从鲁迅的评语中，可以猜测鲁迅的不满。

1919 年鲁迅接母亲与妻子朱安来北京居住，定居西直门内八道湾。八道湾十一号是一处老式的三进院。外院是鲁迅自己住，中院是母亲与朱安居住，里院则是二弟周作人与三弟周建人两家分住。这时的朱安已经四十多岁，他们结婚也已整整十三个年头，但对于双方来说十三年的婚姻等于一片空白，两个人的感情仍然是冷冰冰的。

1923 年鲁迅与其二弟周作人发生家庭矛盾，兄弟失和，鲁迅与朱安被迫搬家到砖塔胡同 21 号院居住。他们的邻居姓俞的一家，也是绍兴人，家有三姐妹俞芬、俞芳、俞藻与鲁迅家来往亲密，更多地了解鲁迅与朱安的夫妻与家庭关系。我们来看一下俞芳在《我所记忆中的鲁迅先生》中的回忆：

朱夫人（一八七九至一九四九）是和鲁迅先生一起搬到砖塔胡同来的，我和三妹都跟着大姐姐称呼她为大师母。大师母个子不高，身材瘦小；脸型狭长，脸色微黄，前额、颧骨均略突出，看上去似带几分病容。眼睛大小适中，但不大有神，而且有些下陷，梳发髻。脚缠得很小，步履缓慢不稳。她当时虽只有四十多岁（比大先生大两岁），可是穿着打扮比较老式，除夏天穿白夏布大襟短衣，下系黑色绸裙外，其他季节的衣服都是色泽较暗的，朴素整洁。从外形看，是旧式妇女的典型模样。平日少言寡语，少有笑容。……大师母操持家务是称职的，节俭持家，空下来就做做针线。她还能炒一手道地的家乡菜。每当大先生有客人来，她总是以礼相待的，泡茶、烧点心，都很尽心。……

……每逢节假日，太师母（鲁迅母亲）的屋里常常宾客满座，热热闹闹；而大师母（朱安女士）的屋里却是冷冷清清。她常独自坐着吸水烟，有时在厨房忙家务。

……大先生和大师母两人同桌吃饭，饭桌上谈话就很少。大师母如果开口，无非是问问菜的咸淡口味是否合适，大先生或点头，或答应一声，这类是非法的谈话，一句就“过门”，没有下文。然后他们两人静静地各自吃饭。

……在砖塔胡同、西三条我所看到的，大先生和大师母之间除些必要事外，谈话很少。有一件事：我猜测这是大先生想的办法，把一只柳条箱的底和盖放在两处，箱底放在大先生的床下，里面放着大先生换下来的要洗涤的衣裤；箱盖放在大师母的屋门右手边，即桌式柜的左边，盖子翻过来，口朝上，里面放着大先生替换的干净衣裤；箱底、箱盖上面各盖着一块白布，外人是不易知道其中的奥妙的。这样，他们间说话的内容就更加少了。在砖塔胡同九个多月的时间里，我甚至连大先生、大师母之间当面如何称呼都不知道；后来也未曾知道。大概是没有称呼吧，背后他们是随着我们的称呼称对方的，如大师母称大先生为大先生；大先生称大师母为大师母或大太太，有时称太太。白天大先生上班或在家做自己的工作，大师母则在厨房料理饭菜，有时在自己屋里做针线或休息，或吸水烟，晚上则各到各自的屋里睡觉……

朱安为人是善良的，在日常生活中，她认为鲁迅先生说的做的都是正确的。她对鲁迅先生是尊敬与关爱的。据俞芳回忆，在砖塔胡同，有一次鲁迅先生病了，吃不下饭。

大师母每次烧粥前，先把米弄碎，烧成容易消化的粥糊，并托大姐到稻香村等有名的食品商店去买糟鸡、熟火腿、肉松等大先生平时喜欢吃的菜，给大先生下粥，使之开胃。她自己却不吃这些好菜。

对于鲁迅来说，无爱的婚姻自然是痛苦的，寂寞的。他曾在自己的文章中多次表达无爱的困苦。

“爱情是什么东西？我也不知道。中国的男女大抵一对或一群——一男多女地住着，不知道有谁知道。”

鲁迅身边的朋友与学生都是经过五四运动洗礼的，思想比较开放。他们都曾劝过鲁迅：既然没有感情，就送她回娘家，负担她的生活费，何必苦恼自己，做包办婚姻的牺牲品呢？鲁迅则要考虑得更多。按照绍兴风俗，一个嫁出去的女人，如果被退回娘家，人们就会认为这是被夫家“休”回去的。那么这个女子的命运将不堪设想。家族的歧视、舆论的谴责将无情袭来，还有她娘家的社会地位，也将一落千丈。对于一个软弱的女子来说，这样的打击一般很难抵挡，有很多人竟会用自杀来了此一生。同情弱小是鲁迅性格的一个方面，他不能不设身处地地为朱安考虑。就像他在文章中所说：“但在女性一方面，本来也没有罪，现在是做了旧习惯的牺牲。我们既然自觉着人类的道德，良心上不肯犯他们少的老的罪，又不能责备异性，也只好陪着做一世的牺牲，完结了四千年的旧账。”

朱安在北京的生活，仿佛是周家的佣人，每日照顾鲁迅与鲁老太太的生活起居。1926 年，鲁迅与许广平南下，离开北京城，朱安没有表露出反抗的意思。当俞芳问及此事，朱安神情沮丧。她告诉俞芳，这是意料中的事情。“过去大先生和我不好，我想好好地服侍他，一切顺着他，将来总会好的。”现在呢？“我好比是一只蜗牛，从墙底一点一点往上爬，爬得很慢，总有一天会爬到墙顶的。可是现在我没有办法了，我没有力气爬了。我待他再好。也是无用。”好像一只蜗牛落地跌伤了，这个比喻可以想象朱安的失望与无奈。

后来海婴出世，消息传到北京，朱安还是很高兴。原因不难理解，她曾考虑自己已经五十多岁了，此生此世不可能有孩子了。按照绍兴的风俗，没有孩子也是一个妇女的“过错”。现在有了海婴，他是鲁迅的儿子，自然也是她的儿子。先前自己无端加给自己的“罪名”，现在也得到赫然“豁免”，她怎么能不高兴呢？而且，有了海婴，将来自己死后，有海婴给她烧纸，送庚饭，送寒衣，阎王也不会认为她是孤魂野鬼，罚她下地狱。

1936 年 10 月 19 日，鲁迅逝世以后，朱安曾打算南下奔丧，在她心目中，理应由她这个“正室”亲自出面料理丧事，可事实上却不能够做到。“因阿姑（鲁迅的母亲）年逾八十，残年风烛，聆此消息，当更伤心，扶持之意，责无旁贷。”因此南下奔丧之意，难以成行。朱安因此在西三条二十一号院设置灵堂，为丈夫守灵。西三条二十一号院并不大，三间北屋住着鲁迅的母亲与朱安，三间南屋是鲁迅在北平居住写作的地方，灵堂就设在三间南屋里，房间的四周都是书柜，里面装满了线装书和一些外文书。东边的墙壁上，挂着一幅鲁迅的画像，长约二尺，宽约一尺，据说是 1926 年陶元庆在北京时给鲁迅画的。前面一个长桌上摆满了祭品。朱安就在这里“穿着白鞋白袜，并用白带扎着腿，头上挽着一个小髻，也用白绳束着。”看见记者以及前来致祭的人，“眼泪盈眶，哀痛之意流露无遗”。

鲁迅逝世以后，朱安的生活费用由许广平接济，每月汇款至北京。晚年的朱安对许广平很是感激，她曾说：“许先生待我极好，她懂得我的想法。她肯维持我，不断寄钱来，物价飞涨，自然是不够的，我只有更苦一点自己，她的确是个好人。”

在四十年代，由于战争原因，导致汇款一度中断，朱安晚年生活困难，曾欲出售鲁迅藏书以维持生计。1944 年，为保护鲁迅藏书之事，鲁迅的学生宋琳带着从上海赶来的唐弢与刘哲民，来到了北京西三条二十一号拜访了朱安。朱安曾说：“你们总说鲁迅遗物，要保存，要保存！我也是鲁迅遗物，你们也得保存保存我呀！”她还多次重复：“我生为周家人，死为周家鬼。”

1946 年 10 月 24 日，为了整理鲁迅的书籍，许广平独自一人走进了北京西三条二十一号院。二十年过去了，一切恍如隔世。听到脚步声，朱安放下了吸了几十年的水烟袋，慌忙迎了上去。一位新时代女性，一位旧式女子，两位“未亡人”，隔着二十年的人世沧桑、是非恩怨，因为这次相逢而再次联系起来，不能不让人生发无限的感慨。

1947 年 6 月 29 日，朱安在北京孤独地去世。她临终前一日，曾泪流满面地告诉宋琳，希望死后葬在大先生之旁。当然，这个愿望没有实现。朱安的墓地设在西直门外保福寺一处私地，没有墓碑，没有行状。

一年以后，许广平在一篇文章中写道：

鲁迅原来有一位夫人朱氏，……她名“安”，她的母亲家长辈叫她“安姑”。

据说，这是朱安女士第一次在文章中出现真名字。

“十年携手共艰危”——鲁迅与许广平

二十年代的鲁迅，与朱安的夫妻关系徒有虚名，对于他自己来说，情感生活是孤独的。对他而言，最好的精神安慰就是工作。他一面不停地写作大量的小说、杂文和散文，一面在北京各大高校任课。

这时的他，不但在北京大学任教，1920 年还接受北京师范大学的聘请，1923 年又受聘为北京女子师范大学教师。在这几所高校里，鲁迅都是讲中国小说史这门课。

也许是命运的安排，就在北京女子师范大学任教的课堂上，一个谈不上貌美，但是活泼开朗的南方姑娘，慢慢地向他走来。沉闷的感情生活，在经过漫长的等待以后，慢慢出现了转机，仿佛在他阴冷的生活中投射进一片温暖的阳光。

这个南方姑娘是许广平，1898 年生于广州一个仕宦家庭。也许是因为生活在一个礼崩乐坏的时代，许广平自小就活泼好动，具有叛逆精神。1918 年她随哥哥北上，考入天津女子师范学校。三年毕业以后，转至北京，考入北京女子师范大学。此时五四运动的风暴刚刚过去，空气中还留有自由解放的气息。对许广平来说，北京的生活是让人兴奋的，这里有自由的空气，有新鲜的讲座，有博学的先生，这一切都吸引着这个敏锐的青年。

许广平是在读二年级时，才开始听鲁迅讲《中国小说史》这门课的。在她的心目中，这位写小说赫赫有名的新先生其外表并没有太多吸引人的地方。他个子不高，两寸长的头发笔直地挺立着，仿佛有“怒发冲冠”的气势。穿着暗绿的夹袍，褪色的黑马褂。衣服上缀满补丁，好似满天星斗。这样一个其貌不扬的老师再加上满口的绍兴官话，第一印象也许让人失望，但是这不妨碍他用幽默与风趣把学生像磁石一样吸引住。从前不知道的知识，经他娓娓道来，整个教室寂静无声，在关键地方，他又喜欢幽默地画龙点睛似的一点，引发教室一片笑声。正听得入神时，下课铃响了。“许久许久，同学们醒过来了，那是初春的和风，新从冰冷的世间吹拂着人们，阴森森中感到一丝丝暖气。不约而同的大家吐一口气回转过来了”。这是许广平记忆中第一次见到鲁迅时听他讲课的情形。

鲁迅与许广平的师生关系，就这样，从 1923 年新学期开始，延续了一年多。1925 年 3 月，由于学校和社会的原因，许广平写信向鲁迅求教，他们之间的师生关系才逐渐发生变化。或许机缘巧合，或许上天注定，很难说清楚。

1925 年 3 月 11 日，对许广平与鲁迅来说，这都是一个值得纪念的日子。这一天，许广平怀着诚惶诚恐的心情向鲁迅发出第一封信求教。

鲁迅先生：

现在执笔写信给你的：是一个受了你快要两年的教训，是每星期翘盼着希有的，每星期三十点钟中一点钟小说史听讲的，是当你授课时，坐在头一排的坐位，每每忘形地直率地凭其相同的刚决的言语，在听讲时好发言的一个学生。他有许多怀疑而愤懑不平的久蓄于中的话；这时许是按抑不住吧，所以向先生陈诉……

许广平的第一封信，也不是什么情书，也不仅仅是为女师大风潮而发。她在信中写得很明白，就是即将毕业，感到学识空虚，世事渺茫，想从比较钦仰的老师中，寻找课外的导师，希望从中获得对人生的正确回答。

所以，她在信中坦诚地说：

在无可救药的赫赫的气焰之下，先生，你自然是只要放下书包，洁身远引，就可以“立地成佛”的。然而，你在仰首吸那醉人的一丝丝的烟叶的时候，可也想到在蚤盆中辗转待拔的人们么？他自信是一个刚率的人，他也更相信先生是比他更刚率十二万分的人。因为有这点点小同，他对于先生是尽量地直言的，是希望先生不以时地为限，加以指示教导的。先生，你可允许他么？

鲁迅收到这封信的当天就给许广平写了回信。鲁迅的回信写得很长，谈了学风，谈了女师大的事情，也谈了自己的处事方法。这些处事方法，不仅是对许广平提出的问题最好答复，也是对当时的青年如何认识生活、对待生活的一个指导。鲁迅的回信比较平易近人，信开头的称呼用了“广平兄”三个字，这让许广平甚为感动，仿佛这三个字拉近了自己与鲁迅在思想感情上的距离，增加了自己继续给鲁迅写信的勇气。于是许广平又写了第二封信。首先谈论了鲁迅以“兄”称呼她之事：

当我打开信封，看见笺面第一行上，贱名之下竟紧接着一个“兄”字，先生，请原谅我太愚小了，我值得而且敢当为“兄”么？不，不，决无此勇气和斗胆的。先生之意何居？弟子真是无从知道。不曰“同学”，不曰“弟”而曰“兄”，莫非也就是游戏么？

许广平的“辩解”，隐约显现了一位年轻的大学生受宠若惊的惶恐。既然鲁迅先生没有把自己当作外人，那她自己也就不再拘谨了。紧接着，她又向鲁迅讨论了更为切实的问题，也把自己的想法无保留地披露在鲁迅面前。鲁迅也对这个女学生的信产生了兴趣，他发现这个学生很有头脑，也有个性，收到每封信都及时回复。

就这样，许广平与鲁迅二人书信你来我往，一个月的时间就达十一封之多。而且鲁迅在这期间还要每周上课一次，这样他们互相了解的机会就越来越多。

据鲁迅日记记载，1925 年 4 月 12 日，也就是他们开始通信一个月后，许广平和她的同学一起，去鲁迅家拜访了。许广平在 16 日的信中说到了这件事：

"秘密窝"居然探检（？）过了！归来的印象，是觉得熄灭了通红的灯光，坐在那间一面满镶玻璃的室中时，是时而听雨声的淅沥，时而窥月光的清幽，当枣树发叶结实的时候，则领略它微风振枝，熟果坠地，还有鸡声喔喔，四时不绝。晨夕之间，时或负手在这小天地中徘徊俯仰，盖必大有一种趣味，其味如何，乃一一从缕缕的烟草烟中曲折的传入无穷的空际，升腾，分散……是消灭！？是存在！？（小鬼向来不善于推想和描写，幸恕唐突！）

这封信后来被编入《两地书》公开出版的时候，"秘密窝"被改称为"尊府"，当然这样一改，引人注目的色彩也淡化了不少。在 1926 年 8 月间，教育当局洗劫女师大，要把几个领头的学生押解回籍的时候，许广平也走投无路。这时，又是鲁迅对她说："来我这里，不怕。"许广平就"避难"住在鲁迅家里。他们在和章士钊、杨荫榆为首的教育当局斗争中，互相支持，肝胆相照，也在斗争中相互了解对方的理想、兴趣与人品。

在与许广平情感确定的过程中，鲁迅由于身上背负数十年旧生活的灰尘，内心有充分的自知之明，在情感的表达方面相对于许广平来说，是被动的，内省的。他曾说：“异性，我是爱的，但我一向不敢，因为我自己明白各种缺点，深怕辱没了对手……”而许广平则是积极主动的，甚至大胆的。当许广平主动向他示爱时，鲁迅力陈自己“不配”的种种因素，并问：“为什么还要爱呢？”许广平答：“神未必这样想！”

“神未必这样想”是英国诗人勃朗宁一首诗的题目，写的是一位年长的老师与一位女学生相恋，但是年长的老师认为不能相爱，原因是他们不“相称”。十年后，女的委身于不爱的人，而他依旧单身。这时他突然悟到：当初他有种种顾虑，而“神未必这样想”！这篇《神未必这样想》，日本文艺家厨川白村曾在《出了象牙之塔》中介绍过，后来鲁迅翻译了这部作品，并在女师大讲课期间，向学生讲授过。

听许广平这样回答，鲁迅说：“你中毒太深。”当然这并不是拒绝许广平，而是要许广平慎重考虑。

对鲁迅来说，在许广平爱的攻势下，鲁迅不能不重新审视自己十三年无爱的婚姻，“牺牲自己”的想法渐渐动摇，充分意识到自己“原来我可以爱！”当许广平希望得到一个最终的答复时，经过一番凝视和思量后的鲁迅，紧握许广平的手，终于说出：“我可以爱，只爱你一个人！你胜利了！”

1960 年 12 月至 1961 年 1 月，为筹拍电影《鲁迅传》，在影片中饰演许广平的演员于蓝曾多次访问许广平。于蓝多次要求许广平谈谈她和鲁迅是怎样相爱的。许广平还告诉于蓝：两人明确相爱，是她首先提出的。鲁迅明白，他在许多方面与许广平不相配：论年龄，他大十八岁，而且身体不好；论长相，许广平身材修长，亭亭玉立，而他身材较矮，由于不修边幅，四十几的人已显得老相；他虽已是著名作家，然而没有什么社会地位，没有丰厚的家产和积蓄，尽管许广平绝不计较，可在他也应考虑必要的生活条件。除这几条外，更为重要的，是他有原配，而朱安无自谋生路的能力，如被丈夫“休出”，无疑是宣判她的死刑，即使是名义上的离婚而生活上仍然养着她，她也绝不会接受，而且朱安本人也是包办婚姻的受害者，她无辜无罪，倒是值得同情和怜悯的。

许广平后来在诗篇《为了爱》中写道:“在深切了解之下，你说：‘我可以爱’。你就爱我一人。我们无愧于心，对得起人人。”

关于鲁迅与许广平的爱情。许广平在当时有两篇文章，可以算作是当事者的内心独白。

1925 年 10 月 12 日，《国民新报副刊（乙刊）》上，发表了许广平的散文《同行者》（署名平林），显露自己的情感踪迹：

一个意外的机会，使得渠俩不知不觉地亲近起来，这其中，自然早已相互了解，而且彼此间都有一种久被社会里人间世的冷漠，压迫，驱策；使得渠俩不知不觉地由同情的互相怜悯而亲近起来。

沐浴游泳于爱之波的人们，不知道什么是利害，是非，善恶，只一心一意地向着爱的方面奔驰。从浅的比方一句罢有似灯蛾赴火，就是归宿到“死”字上。这死，是甜蜜的，值得歌颂的，此外还有什么问题呢？

这篇文章表明了许广平对爱情的态度，想必也是鲁迅的态度，因为这篇文章是鲁迅编发的。

后来发表在 1926 年 2 月 23 日《国民新报副刊（乙刊）》上的《风子是我的爱……》（署名平林）这篇文章，许广平把“风子”比作鲁迅，更以火热的语言、细腻的情感，大胆地向世人宣告，她是怎样爱着鲁迅。

……我起始握着风子的手。

奇怪，风子同时也报我以轻柔而缓缓的紧握，并且我脉搏的跳荡，也正和风子呼呼的声音相对，于是，他首先向我说：“你战胜了！”真的吗？偌大的风子，当我是小孩子的风子，竟至于被我战胜吗？从前它看我是小孩子的耻辱，如今洗刷了！这许算是战胜了吧！不禁微微报以一笑。

它——风子——既然承认我战胜了！甘于做我的俘虏了！即使风子有它自己的伟大，有它自己的地位，藐小的我既然蒙它殷殷握手，不自量也罢！不相当也罢！同类也罢！异类也罢！合法也罢！不合法也罢！这都与我们不相干，与你们无关系，总之，风子是我的爱……呀！风子。

对于许广平一往无前的爱情表达，鲁迅不能不为之深深感动。

1926 年，3 月 18 日，段祺瑞执政府一手炮制的“三一八”惨案发生，这一天鲁迅称之为“民国以来最黑暗的一天！”鲁迅受到牵连，到处避难。正在这时，先行到达厦门大学的林语堂来信邀请鲁迅到厦门大学任教。8 月，鲁迅、许广平结伴同车南下至上海，然后鲁迅去厦门，许广平去广州。临行前相约：好好为社会服务两年，一方面为事业，一方面也为将来的生活积累一点必要的钱。两年后再相见。

刚刚燃起爱情之火，二人却要突然分离，彼此的思念之情可想而知。

“我在船上时，看见后面有一只轮船，总是不远不近地走着，我疑心就是‘广大’。不知你在船中，可看见前面有一只船否？”

“下午四时船经过厦门，我注意看看，不过茫茫的水天一色，厦门在哪里？室迩人遐！”这是二人在途中的相思之语，脉脉深情可见一斑。

鲁迅在厦门逗留不足半年，便提前去了广州。1927 年初，他接受了中山大学的聘任，担任文学系主任兼教务主任，许广平被聘为鲁迅的助教。有许广平在身边，鲁迅在广州的生活本该轻松。可是不久鲁迅就认识到自己先前的想法未免天真，这个“革命策源地”的实际情况和自己原来所想的并不相同。广州“四一五”事件以后，鲁迅受到很大的“刺激”，以致“吓得”有些“目瞪口呆”了。广州不是久居之地，鲁迅与许广平商议，去上海看看。

1927 年 9 月 23 日，鲁迅与许广平离开广州，乘船驶往上海。10 月 8 日搬进上海闸北东横滨路景云里的一栋旧房子里，正式开始同居生活。这两位在爱的旅途上艰难跋涉的人终于冲破世俗的偏见与阻碍，走到了一起。鲁迅与许广平的结合，得到了一些朋友的支持与鼓励，当然也引起了一些无聊的闲言碎语。有的人说鲁迅“弃北京之正妻而与女学生发生关系，实为思想落伍者”；有人说许广平只能是“姨太太”，是“小妾”，是她“从中作梗”，破坏了鲁迅与朱安的美好生活。由于鲁迅是社会知名人士，他不能不顾忌别人的口实。除了对自己极少数的亲近朋友，鲁迅一概不说是和许广平同居。他将许广平的卧室设在三楼，自己住在二楼，跟人的印象是并不同居一室。鲁迅对外则说许广平是自己的助手，帮助自己做校对。

上海时期，是鲁迅生活的最后十年，在这十年，他取得了辉煌的成绩，这显然与许广平付出的劳动分不开。为了鲁迅的写作，许广平帮他抄写稿件，查资料。鲁迅的书信、文稿，许广平也精心保管。一些出版印刷事宜，许广平有时也代为料理。在日常生活中，许广平要精心照顾鲁迅的起居、饮食，避免使他受到不必要的干扰。有许多各种各样的朋友、读者来拜访鲁迅，许广平还要替鲁迅代为接待。同居之后，鲁迅的生活发生了很大变化。有许广平的悉心照料，他生活安定，心情舒畅，身体状况也比以前有所改善。“脸上气色很好”，“人也胖了一些”，“身上的衣着也比以前整洁得多了。”他每天写作、演讲，编辑文稿，也感到精力充沛。

对于许广平来说，同居之后，他们之间的关系既是夫妇又是师生。许广平曾说：“我自己之于他，与其说是夫妇关系，倒不如说不自觉地还时刻保持着一种师生之谊。这个说法，我以为是妥切的。”日常生活中，鲁迅比较随便，称许广平为“害马”或“密司许”，许广平多数时间仍称鲁迅为“先生”。鲁迅曾希望许广平学习一门外语，只是因为生活奔波不定，没有机会。现在他们生活在一起，先前的愿望可以实现了。鲁迅开始教许广平日语了。他们的教学多在晚上进行，由鲁迅制作教学计划，第一阶段是打基础，讲授鲁迅编的课文二十七篇。第二阶段课本换为《尼罗河之草》，第三阶段讲授日文版的《马克思读本》。经过一年半的学习，许广平的日语水平有了很大的提高。在鲁迅的帮助下，她把童话集《小彼得》从日译本翻译成中文，并在鲁迅的校订下出版。

1929 年 9 月 27 日，鲁迅与许广平爱情的结晶——儿子海婴诞生了。对于鲁迅来说，老来得子，自然是一件非常高兴的事情。因为是在上海出生的婴儿，所以叫海婴。这个名字是鲁迅起的。许广平曾称鲁迅为“小白象”，他们因此还给海婴取一个小名，叫“小红象”。宝贝儿子的出生给他们两人的生活更增添了情致与韵味。鲁迅对许广平更是爱意弥深，对儿子也宠爱有加。儿子幼时的护理，包括喂食洗澡，鲁迅尽量亲自动手。孩子有一点生病，鲁迅也非常着急。为了不使香烟味熏了儿子，鲁迅主动从二楼搬到一楼工作。为了让许广平得到充分的休息，他每晚 12 点便上楼来，看护孩子两个小时。孩子哭了，鲁迅就把孩子抱起来，轻轻晃动孩子，还哼着自编的儿歌，直至孩子入睡，才下楼继续工作。男孩子自然也会淘气，鲁迅舍不得打他，只是用报纸卷成纸筒吓唬吓唬他。鲁迅和儿子在一起玩的时间过长，许广平为了让鲁迅安心写作，会把孩子叫开。鲁迅总是说，不要紧，让他多玩一会吧。鲁迅曾经写过一首诗，“俯首甘为孺子牛”，对于儿子，他确实做到了“孺子牛”。

海婴三岁的时候，有一位朋友（大约是郁达夫）说鲁迅过于溺爱孩子。鲁迅就写了一首七言绝句来回答他：

无情未必真豪杰，怜子如何不丈夫。
知否兴风狂啸者，回眸时看小於菟。

诗歌其实就是理直气壮地告诉朋友，大丈夫为何就不能柔情似水，真豪杰应该是有情有义的，他自己就是这样一位。

1933 年 4 月，鲁迅把与许广平相识以来的通信结集出版，取名《两地书》，由上海青光书局出版。就像鲁迅在该集的序言中所说，“这里没有死呀活呀的热情，也没有花呀月呀的佳句”，书信中记载着他们在相爱的旅途上内心的挣扎、步履的艰难，也有相互的理解与宽容。这是两人相识以来真实的情感记录，也是中国现代史上，难得的两性挚爱文本。谈到《两地书》公开出版的目的，鲁迅在序中如是说：

我们以这一本书为自己记念，并以感谢好意的朋友，并且留赠我们的孩子，使将来知道我们所经历的真相，其实大致是如此的。

鲁迅的朋友，对鲁迅一家有过近距离接触的美国女作家史沫特莱，对鲁迅与许广平的关系有过这样的描述：

无论是谁，凡知道他们的人，就知道他们的结合是建立在深深的爱和同志情谊之上的。他的夫人决不是卧室里一件安适的家具，她乃是他的共同工作者，在某些地方她还是他的左右手。如果离开她，他的生命便不可想象。他纵然在病中和面对死亡的时候，除非有她作伴，他拒绝到任何地方去诊治。……自从我来到中国，我很少或几乎不曾见过男女之间有这样真挚的爱和这样可敬的同志之谊。

从 1927 年鲁迅与许广平定居上海，到 1936 年鲁迅去世，他们在上海共同生活整整九个年头。这九年是鲁迅从事革命斗争最激烈的十年，也是创作成绩最突出，家庭生活最幸福的九年。有了许广平的照顾与辅佐，鲁迅在上海时期的工作有很高的效率。在鲁迅去世的前一年，曾经对自己过去的写作有一个简单的回顾：

我从在《新青年》上写《随感录》起，到写这集子（按：指《且介亭杂文二集》）里的最末一篇止，共历十八年，单是杂感，约有八十万字。后九年的所写（按：从 1927 年至 1935 年）比前九年多两倍；而在后九年之中，近三年所写的字数，等于前六年。

鲁迅在晚年经常对许广平说：“我要好好地为中国做点事，才对得起你。”他生前曾经送给许广平一本画册，叫《芥子园画谱·三集》。在画册的扉页上，鲁迅亲笔题写了一首诗：

十年携手共艰危，以沫相濡亦可哀。

聊借画图怡倦眼，此中甘苦两心知。

这首诗是他们相识十年，风雨同舟、患难与共的爱情的写照。

1936年10月19日清晨5时，一代巨星陨落，鲁迅逝世于上海寓所，享年五十六岁。此时许广平三十八岁，爱子海婴六岁。

“忘记我，管自己的生活”——鲁迅逝世以后

鲁迅临终前，曾告诉许广平：“忘记我，管自己的生活。”但对于许广平来说，她如何能忘记呢？在她的心目中，时间定格在“民国二十五年10月19日”，她无法躲避这个黑色的日子。就像她所说：

“我走入这房中，无名的空虚就袭击着我，我只觉得一切都和我生疏了，这不是我往日的境遇，这情景我不熟识！我那房中是要有他存在的，他却去了……这房间我滞留不住了”。

不久她带着海婴，还有鲁迅的全部遗物，迁居到霞飞路霞飞坊六十四号。

鲁迅逝世三个月后，文化界同仁想编一本《鲁迅年谱》，由鲁迅的生前好友许寿裳负责。许寿裳打算秉笔直书鲁迅的婚姻与爱情史实，于是就先写一封信给许广平打个招呼：

年谱上与朱女士结婚一层，不可不提，希弟谅察。

关于弟个人婚事，裳拟依照事实，直书“依爱情相结合……”

并于民七特标“爱情之意见”之一条，以示豫兄前此所感之痛苦。言隐而显，想荷谅解，如尊意以为未妥、仍可修改，务请相示为盼。

并附年谱初稿：

（民国）前六年，六月回家与山阴朱女士结婚。

（民国）八年一月，发表关于爱情之意见，题曰《随感录四十》。

（民国）十六年，与许广平女士以爱情相结合，成为伴侣。

许广平不愧为新时代伟大的女性。收到年谱与信后，面对历史，做出这样的回答：

朱女士的写出，许先生再三声明，其实我绝不会那么小气量。难道历史家的眼光，会把陈迹洗去吗？

关于我和鲁迅先生的关系，我们以为是两性生活，是除当事人之外，没有任何方面可以束缚，而彼此间在情投意合，以同志一样相待，相亲相敬，互相信任，就不必要有任何的俗套。我们不是一切旧的礼教都要打破吗？所以，假使彼此间某一方面不满意，绝不需要争吵，也用不着法律解决，我自己是准备着始终能自立谋生的，如果遇到没有同住在一起的必要，那么马上各走各的路……

因此，她劝告许寿裳先生不必写出那充满好意的话——“以爱情相结合，成为伴侣。”在自己所拟的年谱初稿中，径直地写道：“民国十六年，与许广平同居。”

许寿裳接信后，欣然表示同意，只是为了行文上的一致，加上

鲁迅

晚年朱安

1933 年鲁迅全家福

鲁迅与儿子

晚年许广平

籍贯与尊称，改为“（民国）十六年，与番禺许广平女士同居，”收入正式的年谱。

历史呈现的细节胜过许许多多陈腐的说教。当事人许广平显然比他的老师许寿裳勇敢得多，也洒脱得多。即使今天来看，也不能不佩服她恢宏的气度与超前的意识。

鲁迅逝世以后，具有叛逆色彩的许广平没有再嫁人。宋庆龄是许广平的好朋友，就婚姻问题，她们俩曾经交谈过。宋庆龄语重心长劝她：“由于孙先生的地位和在国内外的影响，我不打算再婚。你和我不同，为什么不打破‘从一而终’的旧传统观念的束缚……鲁迅先生临终前不也是要你忘记他，管自己的生活吗？”然而具有浓烈叛逆色彩的许广平，在这一点上究竟没有打破。

后来，有一个年轻的广东姑娘凌山成了许广平家的常客，她们俩天南海北，无所不谈，成了极知心的朋友。有一次，在谈论妇女问题之后，凌山趁热打铁，问许先生：“他去世时，您还不到四十，为什么不再结婚呢？”许广平停顿了一会儿，然后自言自语地说：

“‘忘记我，管自己的生活’，我知道这是他对我的遗言……他的一言一行，已经融合在我的生活里面，犹如病弱的人曾经输过血一样，身体里已经渗透了别人的一部分血液，就是想忘记，事实是存在着，终于成为不可能的了……在他死后，我对他生活的各个方面似乎更能了解了。”答案也许就在这里：鲁迅先生的一切已经融化在自己的血液里，她对这段感情再也无法摆脱。

关于鲁迅与许广平这段感情，在鲁迅逝世以后，许广平曾经写过一首诗回答众人：

我们的心换着心，
为人类工作，

携手偕行。

……

在深彻了解之下，

你说，“我可以爱”。

你就爱我一个人。

我们无愧于心，

对得起人人。

……

鲁迅逝世后，在兵燹战祸中，许广平一面抚养海婴成长，一面收集、整理、出版整理鲁迅遗著，继续完成鲁迅未竟事业。解放后不久，许广平把鲁迅著作的出版权上交给国家出版总署，还将鲁迅的全部书籍、手稿及其他遗物捐赠国家有关部门。

1968 年 3 月 3 日，许广平病逝于北京，享年 70 岁。

许广平临终前，曾多次问海婴：“你看我的一生，是否对得起党，是否对得起你的父亲？”

鲁迅生平年表

1881 年 9 月 25 日，出生于浙江省绍兴府会稽县。

1892 年，进入绍兴三味书屋读书。

1898 年，考入江南水师学堂，后转到矿务铁路学堂学习。

1902 年，被派往日本留学，入东京弘文学院学习日语。

1904 年，进入仙台医学专门学校学习。

1906 年，与山阴朱安女士结婚。同时从仙台医学专门学校退学，回东京从事文学活动。

1910 年，回到绍兴，担任绍兴府中学堂监学。

1918 年 5 月，在《新青年》杂志第四卷第五号上发表第一篇现代白话小说《狂人日记》，自此开始用“鲁迅”这一笔名。

1918 年到 1926 年间，陆续创作出版了短篇小说集《呐喊》、《彷徨》，杂文集《坟》、《热风》、《华盖集》、《而已集》、《二心集》，散文诗集《野草》，回忆性散文集《朝花夕拾》等专集。

1926 年 8 月，因支持北京学生爱国运动，为反动当局所通缉，南下到厦门大学任教。

1927 年 1 月，到当时革命中心广州，在中山大学任教。

1927 年 10 月，抵达上海，与番禺许广平女士同居。

1929 年 9 月，生一男，名海婴。

1930 年起，先后参加中国自由运动大同盟、中国左翼作家联盟和中国民权保障同盟等进步组织，积极参加革命文艺运动。

1936 年 10 月 19 日凌晨 5 时 25 分，在上海大陆新村 9 号寓所逝世，享年五十六岁。

郭沫若

从四川省乐山向西南行走，大约三四十公里处，有一个小镇叫沙湾。沙湾虽没有什么名胜古迹，但是依山傍水，景色秀丽。它的背面靠着峨眉山的第二峰——绥山，南面扑面迎来湍急的大渡河。大渡河在当地也叫沫水，所以当地的文人在介绍乡土风物的时候，总爱说“绥山毓秀，沫水钟灵”。1892 年 11 月 16 日，郭沫若就出生在这片钟灵毓秀之地。

郭家在当地也算是大户人家，郭沫若的父亲郭朝沛是一个精明的商人，“所企之业，业无不成”，未及成年便积累了一份殷实的家业。郭沫若的学名是郭开贞，其中“开”是排行，“贞”是本名。又由于郭沫若是郭家第八个孩子，所以他的母亲亲昵地称他为“八儿”。1919 年他首次发表新诗时，自署笔名“沫若”，这是由其故乡的两条河，沫水与若水合拢来的。沫水即大渡河，若水即青衣江，名号之意在于不忘故土。

郭沫若少年求学时期正是中国社会发生剧烈变动的时期，大清帝国在风雨飘摇之中大厦将倾。庚子之变后的第五年，大清朝廷废除了科举取士的制度，在全国各地开设一些新式学堂。郭沫若在老家读了几年私塾之后，先后在乐山高等小学、嘉定府中学、成都高等学堂分设中学读书。读书期间，在新思潮与新书刊的熏陶下，逐渐养成了叛逆的性格，也养成了好议论、好做翻案文章的“脾气”。他喜欢文学作品，特别是《庄子》、《史记》与李白的作品，也喜欢林纾的翻译小说，这对他以后的文学倾向有决定性的影响。

“一世的贞姑”——郭沫若与张琼华

1911 年是夏历辛亥年。这年郭沫若在成都高等学堂分设中学读书，他目睹了四川保路运动掀起的巨大风潮。不久，武昌起义爆发了，大清帝国在转瞬之间灰飞烟灭。郭沫若怀着欢喜雀跃的心情注视着这场革命，并在四川革命党人宣布独立的当天，把自己的辫子剪了。然而在这个时候，一封家书打乱了他此时兴奋的心情。家书上说母亲已经给他定了婚事，女方是苏溪场张家的女儿，名叫张琼华，叔母做的媒。郭沫若感到非常突然，对于婚姻，他还没有认真考虑过，但是又觉得结婚是一件美好的事情。又据叔母说女孩子是天足，生得美，又正在读书。郭沫若隐隐之中对婚姻又有所期待。他曾经描述过当时的心情：“心机像突然取去了秤盘座的天平，两个秤盘只是空空地动摇。”但是，“动摇了一会之后自然又归于平静了。”

转眼寒假到了，张家托人送信来，希望在年假期间把婚事办了。郭沫若的父母点头同意。结婚那天是 1912 年农历正月十五，婚事的大小细节都由父母安排，郭沫若只需要扮好新郎官这个角色。结婚的仪式一切都依照旧式。第一天郭家打发花轿到女家去迎亲。第二天接亲的队伍吹吹打打来到了沙湾的街头，新娘的花轿抬到郭家的大门前。接下来是拜天地、拜祖宗、拜父母、夫妻互拜，吃交杯酒，进入洞房等仪式。原来说女孩子生得美，是天足，正在读书，谁知揭开盖头一看，郭沫若的心顿时沉了下去。新娘是小脚，虽然说不上是丑女，但是和郭沫的想象有很大差距，而读过书之类的说法，也是言不符实。郭沫若当时想到一个俗语：“隔着口袋买猫儿，交定要白的，拿回家来才知是黑的。”

宾客散后，郭沫若不愿进洞房，拿着一本《庄子》在厢房里度过了花烛夜。在父母的苦劝下，第二天去苏溪场“回门”，又拿着一本《文选》消磨了时光。这场婚姻对郭沫若来说，简直就是“受难记”，不过终究还是“自行破坏了童贞”。他感到说不出的痛苦，婚后的第五天便乘船回成都府中学堂了。

郭沫若的母亲体会到儿子内心的痛苦，但是木已成舟，只好勉力规劝儿子。郭沫若离开那天，母亲手拄一根拐杖，送至大渡河畔。临行前，谆谆嘱咐：“八儿，娘已经老了，你不要跑到外洋去。”母亲的嘱咐使郭沫若感到难言的痛楚，他坐在船舱内，提笔写下一首诗：

阿母心慈切，送儿直上舟。
泪枯惟刮眼，滩转未回头。
流水深深恨，云山叠叠愁。
难忘江畔语，休作异邦游。

旧式婚姻仿佛一副无形的枷锁，使郭沫若很长时间处于迷惘与颓唐之中，他深深地意识到，男女之事，并非如自己手绘的水彩画一般绚丽，其中也有雾障，也有沼泽，也有陷阱。在这其中，叛逆才是正途。郭沫若在去成都的路上，已经酝酿叛逆的念头。

这年暑假回家，郭沫若不愿与妻子同房，自己一个人在厢房长凳上睡。母亲很着急，百般劝说，郭沫若兀自躺在长凳上不动。郭沫若的四姐郭麟贞比较厉害，她来到郭沫若跟前，拍拍他的头说：“你怎么不进自己房子里睡，我要用这个长凳了。”说着，抓起长凳的两条腿撂起来，把郭沫若掀倒在地。在母亲与姐姐的软硬兼施的催逼下，郭沫若无奈走进了自己的房门。

又过了一年，也就是1913年暑假，郭沫若告别父母与妻子，东渡日本留学。从此，独守空房的张琼华只能从墙上挂着的丈夫的照片中得到些微的安慰。

对于郭沫若来说，人虽然离开了沙湾，但是这个一生“囚禁”在空空“洞房”中的女人，不能不说是他一生的一块心病，他总觉得很内疚。很多年后，他曾说：“我的一生如果有应该要忏悔的事，这要算是最重大的一件。”

郭沫若在日期间，每有家信寄来，张琼华都要到婆婆屋里，听婆婆读信。信读完之后，常常暗自落泪。婆婆理解儿媳的处境与心境，每每劝说儿媳给儿子写信，让儿子接儿媳去日本“耍一耍”。

张琼华后来托人代笔给郭沫若写了一封信，关于去日本之事，她只是在信中委婉地说道：“来日本之事，千里迢迢，妻年轻妇女似不便抛头露面，落别人之议论，我夫脸面又存于何地。”

郭沫若没有给张琼华单独回信，只是在1915年7月20日给郭翊昌弟的信中，末尾冷冷地说：“八嫂（即张琼华）来函也读悉，愿弟为我传语，道我无暇，不能另函，也不必另函，尚望好为我侍奉父母也”。郭沫若没有任何安慰妻子的话，只是让他“勤勉无怠”，好生侍奉父母。而在此后不久，郭沫若即开始与日本女子伊藤富子恋爱并同居了。

对于这段婚姻，郭沫若曾有离婚的想法，但是考虑到母亲的体弱多病，考虑到妻子旧式的脑筋，一旦提出离婚，她会不会寻短见，父母会不会因此气死。郭沫若承认这场婚姻的悲剧的主人公是张琼华：“父母不愿意离她，尽可以把她养在家中做个老女，她也乐得做一世的贞姑。”“……我们都是旧礼制的牺牲者，我丝毫不怨恨你，请你也别要怨恨我罢，可怜你只能在我家中做一世的客，我也不能解救你……”

后来，张琼华果真在郭家做了“一世的贞姑”，“一世的客”。

“依然碌碌一庸才，廿六年后始归来。”1939 年 2 月，重庆。已是国民政府政治部第三厅厅长的郭沫若，得知父亲卧病在床，处于昏迷状态，决定告假两周，回乡探亲。从 1913 年离开沙湾到如今，二十六年过去了。在抗战最艰苦的时期，郭沫若回到父老乡亲们身边，受到了热情的接待。当年曾劝阻他不要出洋留学的母亲已于七年前去世。年逾八十的老父亲郭朝沛卧病在床，由郭沫若的原配夫人张琼华和四姐悉心照顾。当老人得知自己思念不已的“八儿”回来了，便微微睁开双眼，慢慢转过头去。望着跪在自己身边的儿子，老泪纵横。此情此景，郭沫若悲痛不已。3 月 9 日，是老人的诞辰，郭沫若和家人打算给他祝寿。但老人深明大义，以国难当头，不宜铺张为由，没有同意。

“少小离家老大回”，兄弟姐妹，还有众多的小字辈，济济一堂，郭沫若与家人团聚的时光是欢快的。至于婚后第五天就独守空房的原配夫人张琼华，此时则别有一番滋味在心头。这位从小深受礼教熏炙的女子，固无反抗旧式婚姻的勇气，二十多年来，她一直把自己生活中最大的不幸埋在心底，独自面对惨淡的命运。她每天操持家务，孝敬公婆，照顾幼小，赢得了全家人的尊敬与信赖。公公婆婆把她看作自己的亲生女儿，婆婆走到哪里，都要把她带在身边。在她与丈夫的新房里，丈夫的照片始终端端正正地挂在房间正中。他们结婚时用的家具都摆放得整整齐齐，擦拭得干干净净。郭沫若幼年时代读过的书籍，用过的文具，作业本和诗文稿，取得的毕业证书，她都一件一件保存好。郭沫若从日本寄来的家信，她也一封一封珍藏着。此番情景，郭沫若不能视而不见。家里人告诉郭沫若，母亲临终前曾留下遗言；“他日八儿归来，必善视吾张氏媳，毋令失所。”虽然郭沫若对她没有爱情，但却充满着感激之情。因此，当着父亲与家人的面，郭沫若对张琼华一躬到底。据说郭沫若这一行为，给一生苍凉的张琼华很大的安慰。郭沫若在家乡给兄弟姐妹题画留诗的同时，也特意给张琼华写了两首。其中一首这样写道：

雷霆轰炸后，睡起意谦冲。
庭草摇风绿，樨花映日红。
江山无限好，戎马万夫雄。
国运升恒际，清明在此躬。

诗后有短跋：“民国廿六年九月赴昆山访辞修，遇敌机轰炸，在明远室中小卧片时后作此，距今一年将半，望清新之意无间今昔。书付琼华。”还有一首七律《铁佛披金色相黄》，在短跋中也有“书付琼华”的字样。郭沫若还打趣地说：“日后如果你没有钱用，可以拿它去卖几十个大洋。”张琼华一直珍藏着这两张斗方，夫妻一场，这是郭沫若留给她的最珍贵的纪念。

郭沫若这次回乡，在家没有久留，不久就返回重庆。四个月后，父亲病逝的噩耗传来，郭沫若便携于立群与刚生下三个月的郭汉英连夜回家奔丧。于立群和汉英在守丧期间，受到了张琼华的热情招待和照顾。她主动将自己居住多年的婚房让给郭沫若和于立群，自己则另找一间小屋子居住。于立群在哺乳期间，需要为汉英喂奶。张琼华便从市场上买来活鸡鲜鱼，亲自下厨，为于立群催奶。性格诙谐的张琼华有时也开点小玩笑。有一次，她指着于立群对一群侄儿说：“你八爸给我带回来一个媳妇。”她对汉英格外珍爱，经常抱在怀中久久爱抚、逗弄，小小的汉英，在她的怀里，也显得最乖。

丧事办完以后，郭沫若、于立群要回重庆了，不曾离开过家门的张琼华坚持要送到嘉州城。水上飞机起飞后许久，张琼华仍然伫立在肖公嘴望着飞机远去的方向，这是张琼华与郭沫若的最后一面。

郭沫若自父亲去世以后，再也没有回过沙湾。1963 年，张琼华曾到北京去看望阔别多年的郭沫若，只是由于国事繁忙，郭沫若未能与她见面。郭沫若让工作人员陪同她游逛了许多名胜古迹，临行前问她还需要什么。她只买一个铝锅，一段灯芯绒布与一些小小的纪念品带回乐山。

1979 年 6 月，也就是郭沫若逝世后的第二年，在四川乐山举办首届郭沫若学术讨论会，郭沫若的两个女儿郭庶英、郭平英专程赶来参加。会后，庶英、平英特意去看望年近九十的张琼华。当庶英、平英拉着张琼华的双手，贴在她身旁呼喊着“妈妈、妈妈”时，张琼华先是一愣，后来知晓是郭沫若的两个女儿在呼喊她，顿时双眼模糊，泣不成声。自她嫁到郭家那天，到如今已经六十七个春秋。隔着六十七年的辛苦路，今天终于有人亲口叫她“妈妈”了，这是多么幸福与甜蜜呀。

张琼华去世于 1980 年 6 月，享年九十岁。

樱花之恋——郭沫若与安娜

1914 年初，郭沫若赴日留学。刚到日本，既要补习日语，又要学习基础文化知识，是他“一生中最勤勉的一段时期”。功夫不负有心人，不久，郭沫若顺利通过官费留学生考试，先后进入日本东京第一高等学校医科预备班、冈山第六高等学校第三部医科。也就是在冈山，一次偶然的相逢，激起他内心的波澜，从此开始了一段悲喜交加的异国情缘。

1916 年 8 月初的一天上午，天气炎热，日本东京京桥区一所名叫圣路加病院的教会医院里，来了一位行色匆匆的中国男青年。这位男青年就是郭沫若，他是来为一个不久前去世的朋友料理后事的。在处理后事的过程中，得到了一个身材高挑、体态丰满的年轻女护士的接待。这位女护士用日本女性惯有的礼节向他深深鞠了一躬，询问他是否需要帮助，并主动介绍了自己，说自己叫佐藤富子。当郭沫若说明来意，佐藤富子眼里闪出同情的泪花。眼前的这位护士小姐，不仅没有因为郭沫若来自中国而有所怠慢，而且还对郭沫若好友的去世表示关切与同情，这让郭沫若很感动，独居异乡，自己孤寂的心灵也燃起点点火花。关于这次邂逅，郭沫若后来在写给田汉的信中有这样的描述："最初见安娜的时候，我觉得她眉目之间，有种不可思议的洁光。"

佐藤富子 1894 年 3 月 4 日出生于日本宫城县黑川郡，有弟妹六人，她是长姐，一家人都信仰基督教，父亲是一个牧师，有很好的文化素养。他们的祖先早在五六百年前就和中国有来往，她的祖父和父亲都到过中国，家里有很多中国的古书。佐藤富子就是在这样一个书香门第中长大。1912 年她毕业于日本仙台一所美国人开办的教会学堂，后来成为该校的研究生。1915 年，佐藤富子不顾父母的反对，立志要把一生献给慈善事业，她来到东京圣路加医院附属学校学医，毕业后在该院担任护士、院长秘书等职。

圣路加医院的邂逅给郭沫若留下美好的印象。只是冈山至东京相隔千里，分手后，只能鸿雁传书。佐藤富子第一封信是用英文写就，她用基督教的博爱精神安慰郭沫若。郭沫若情不能已，他收到佐藤富子第一封信后，立即做出大胆的表白："我在医院大门口看见您的时候，我立刻产生了就好像是看到了圣母马利亚那样的心情，您的脸放出佛光，您的眼睛会说话，您的口好像樱桃一样，我爱上了您！”

空间的距离似乎不是问题，飞鸿为他们传递着情语。这种书信交往持续四个多月，他们总共通信四十多封。郭沫若根据俄国作家托尔斯泰的小说《安娜·卡列尼娜》为佐藤富子另取一个美丽的中文名字“安娜”，他每天在心里呼唤这个名字，相信自己的心声能越过遥远的路途，传递到千里之外的东京。

1916年底，郭沫若再次来到东京，出现在圣路加医院。他当面向安娜表示爱意，并向她求婚。安娜经过一番深思熟虑以后，答应了郭沫若。不久她辞去医院的工作，与郭沫若一起来到冈山同居。安娜把这件事情告诉了她的家人，她的父母并不同意这桩婚事，要知道明治维新以后，日本并不太赞成本国人与中国人结婚。佐藤家最终都没有原谅女儿，安娜受到了来自家族的“破门”处分，“破门”意味着永远地逐出家门。对于这场婚恋，安娜后来这样向郭沫若倾诉：“哥哥，我把父亲丢了，母亲丢了，国家也丢了，虽说都是自己造下的命运，啊，哥哥，但这是怎样悲惨的恋爱！是怎样悲惨的缘分哟！”

郭沫若也是坦率之人，在和安娜恋爱交往时，也谈到自己在国内是结过婚的人。安娜能理解郭沫若的遭遇，对他的第一次不幸的婚姻表示同情。因为在来到圣路加医院当护士之前，家人没有和她商议就给定下一门亲事。正是为了逃避这桩婚事，她才离家出走，来到圣路加医院当护士。这样说来，两人走到一起，有一种同病相怜的感受。

郭沫若与安娜在冈山开始了他们新的生活。这一年，郭沫若二十四岁，安娜二十一岁。他们的生活开支来自于郭沫若的留学官费。虽然并不宽裕，但是两人勉力经营，也度过许多快乐时光。

安娜的爱情也进一步滋润了郭沫若内在的诗情，郭沫若在留日期间创作的大量诗歌，很多与安娜有关。在一首诗中，他把安娜比喻成古希腊神话中的维纳斯："我把你这张爱嘴，比成一个酒杯，喝不尽的葡萄美酒，会使我时常沉醉"。五年之后，郭沫若把在日本期间所写诗歌收集成册，出版了第一部诗集《女神》，这是中国新诗的奠基之作。

1917 年 3 月，安娜考取了东京都市谷女子医学校，不得不离开刚刚筑起的爱巢，去东京求学。入学一个月后，便察觉自己怀了孕，于是中断了学业，再次回到了冈山与郭沫若生活在一起。1918 年，郭沫若由冈山的六高毕业，升入九州帝国大学医学部读书，他们搬到了九州北部城市福冈。那时他们的长子和夫已经出生，一家人住在福冈一家当铺仓库的楼上，房间很小，有点像监狱。为了支持郭沫若学业，安娜在生活上尽量节约开支。他们经常拿五分钱买烤红薯，作为全家的午餐。小孩要吃点心，安娜便拿一个铜板去买"铁炮弹"糖块，这样可在嘴里多含一些时间。偶尔郭沫若有些稿费收入，他们便花两角五分钱买"驿便"当盒饭，这算是难得的佳肴。

1921 年至 1927 年间，郭沫若多次回国，从事创造社的创办工作，后来又参加了北伐战争。在这期间，安娜要么跟随丈夫带着孩子来中国生活，要么留在日本以一己之力抚养孩子。安娜曾经回忆，1922 年郭沫若带她一起回到中国上海，"那时生活极其穷困，穷得难以想象，虽未行乞，但连乘车的钱都掏不出。心想如果捡到一块石头，恨不得这块石头就是钱。"安娜的长子和夫回忆说："那时我家常常搬家，为节省开支，找一些便宜的住处。我们搬家很简单，因没有多少家当，手提背兜，往返几次就搬完了。"为了支持丈夫的工作，安娜跟随郭沫若拖儿带女，颠沛流离，长期居无定所，但安娜毫无怨言。后来郭沫若因发表了《请看今日之蒋介石》被通缉，被迫流亡日本，而开始了长达十年的流亡生活，这期间他与安娜生育了五个孩子。

1928年2月初，郭沫若的译著《浮士德》第一部问世。有朋友登门祝贺，安娜特地买来寿司招待大家，表示庆贺，孩子们都挺高兴。郭沫若选了一本《浮士德》，在扉页上用铅笔题字：

Anna：

此书费了十年的光阴才译成了。

这是我们十年来生活的纪念。

M.k. 3feb.1928

然后他又在第二页上用德语写下：Gewidmer Meiner Ewiglicher Liebe Anna，译成中文即"献给我永远的恋人安娜"。

自1928年郭沫若流亡日本至1937年抗战爆发，郭沫若在日本须禾田由安娜操持建造的木房子里生活了十年。在此期间完成了《中国古代社会研究》、《甲骨文字研究》、《殷周青铜器研究》和《战争与和平》、《生命的科学》等大量的著作与译作。这期间，安娜为了支持丈夫的古代文化与古文字学研究，承担起全部家务和对孩子们的照顾。他们每月的生活费来源于郭沫若写作、翻译的稿费。在郭沫若勤奋写作与安娜的勤劳节俭下，勉强维持一家七口的生活。郭沫若早年留学日本，有深厚的古文功底，但是对于西方的现代科学与文化知识，所知不多。受过良好教育的安娜经常告诫郭沫若，要想在文学、学术上有所作为，除了中国文化外，还需要懂西方文化，懂哲学、数学、宗教、天文、生物学等。郭沫若接受了安娜的意见，广泛补充学习西方科学文化知识，为他以后成为一代大家打下基础。郭沫若在《创造十年》中曾这样评价安娜:“她的性格比我强，只要一起了决心，便没有什么游移。在我动摇了的时候，反是她来鼓励我执行了既定计划。”王廷芳是郭沫若多年的秘书，他在《她酷爱中国》中这样评价安娜:“安娜和郭老共同生活这二十多年，是郭老写作和翻译从开始到成熟的时期，也是他在这方面成就最大、数量最多最丰富的时期。他的这些成就的取得，倾注了安娜夫人的全部心血、劳动和牺牲。可以毫不夸张地说，没有安娜夫人的奉献，郭老是不可能取得那样辉煌成就的。”

1937 年 7 月 7 日，“七七”事变爆发，日本发动全面侵华。郭沫若再也沉不住气了，他要回国参加抗日活动。当时郭沫若受到日本军政当局的监视，全家回国根本不可能。经过多日思索，郭沫若决定抛妻别子，自己单独回国。安娜明白他有走的意思，也理解他的举动，没有阻拦他。只是说了一些告诫的话:“走是可以的，不过不能像从前那样的胡闹才是。你的性格不定，最足担心。只要你是认真地做人，就有点麻烦，我也只好忍受了。”细品安娜的话，郭沫若自然有愧于心。由于自己生性浪漫，曾经给患难与共的妻子带来很多烦恼与伤害。就在几年前，自己的不检行为而染上了性病，并且传给了安娜。郭沫若为此异常痛苦，不得不写信给恩师小野寺直助先生，恳求他帮忙寻找专科名医。此时此刻，听着安娜的嘱咐，郭沫若越发觉得对不起安娜。他在心底起誓，决心“不接近一切的逸乐纷华，甘受戒僧的清规。”临行前的深夜，他夜不能寐，仔细端详着枕畔妻儿熟睡的面容，心中有千言万语要对他们诉说。想到三天后自己将要投入抗日洪流，心潮澎湃，于枕上赋诗一首，沿用鲁迅《惯于长夜过春时》一诗的韵脚。

又当投笔请缨时，别妇抛雏断藕丝。

去国十年余泪血，登舟三宿见旌旗。
欣将残骨埋诸夏，哭吐精诚赋此诗。
四万万人齐蹈厉，同心同德一戎衣。

1937 年 7 月 25 日凌晨，郭沫若为正在熟睡的孩子写下“勤勉”两字作为留言，贴在墙上，希望他们以此作为座右铭，好好学习，好好做人。然后告别安娜，穿着一身和服离开了家。在好友钱瘦铁的帮助下，郭沫若在神户港登上了加拿大公司的“皇后号”邮轮，离开了日本，两天之后，到达上海公和祥码头。

郭沫若离开日本的家以后，上午九点多钟，负责监视的日本警察来询问郭沫若去哪儿了。安娜镇定地告知郭去东京图书馆了。第二天，警察又来询问，安娜谎称：郭沫若带了女人去温泉玩了。安娜的掩护，为郭沫若回国赢得了时间。不久，日本警察在报纸上看到郭沫若已经安全抵达上海，就把安娜抓起来拷打审讯。安娜遭受了警察的毒打，每一次都隐瞒自己的伤情，不让孩子们知道。郭沫若走后，他们的朋友也遭到日本警察的审讯，孩子也经常遭受日本孩子的歧视。1937 年 10 月，安娜托人带给郭沫若一封信，信中诉说他走后发生的一切以及自己的态度。郭沫若见信后大恸，立即赋律诗一首：“两全家国殊难事，此恨将教万世绵。”至此双方音讯断绝。

在八年抗战期间，安娜除了受到政治上的歧视和迫害外，经济上也失去了来源。郭沫若离开日本时，没有给安娜留下财产，五个孩子的生活全靠安娜打理，生活的艰苦可想而知。安娜抱定一个宗旨，活下去就是一切。刚开始时她做小贩，在山区收购一些农产品，然后拿到城镇去卖，利用城乡差价获取利润。后来他又把一个孩子的户口转成农业户口，种二亩旱田，三亩水稻，还租种了一块菜地。

让孩子们帮忙把收获的粮食、蔬菜运到集市上去卖。为了生活，安娜还做过房地产生意。正是安娜的日夜操劳、挣扎，使一家六口度过了艰难的岁月。后来安娜曾自豪地说:“我让五个孩子得到像富人的孩子一样的教育。”

1945 年 8 月 15 日，日本天皇发布“玉音广播”，向全体日本国民宣布无条件投降。安娜听到消息后，激动不已。她现在可以去寻找她的丈夫了，虽然她听说丈夫已经在中国建立一个新的家庭，但是她也要和郭沫若说清楚，孩子也要到他们父亲身边去。为了能够顺利到达中国，她先注销了日本国籍，然后和孩子们一起去台湾定居。1948 年 8 月，郭沫若受夏衍邀请，在香港《华商报》写作《抗战回忆录》，并连载三个月。安娜在报纸上看到郭沫若在香港的消息，便领着女儿淑子和儿子志鸿渡海来到香港。通过辗转联系，才得以相见郭沫若。

自他们在日本分别，已经十一年。当安娜和两个子女突然出现在郭沫若面前时，郭沫若着实吃了一惊。子女都已经长大成人，而他们的母亲历经沧桑也苍老了很多。此情此景，郭沫若内心五味杂陈，而安娜的心情更是如同在油锅里煎熬，这是多么尴尬的场面呀。安娜望着自己日思夜想的丈夫，又转眼望着像排队似的站在他身后的五个孩子和他们的母亲，自己日夜焦虑的事情还是发生了，怨愤之情充斥胸膛。安娜指着于立群问郭沫若:“这是谁？”郭沫若回答:“这是我的新夫人。”安娜生气地说:“这又不是买一件东西，要个新的，将旧的扔掉。”郭沫若无言以对。

当时地下党领导人安排冯乃超代表组织与安娜商谈此事，设法结束此尴尬局面。冯乃超指出造成当前这一局面的根本原因不是郭沫若，也不是于立群，而是日本帝国主义对中国的野蛮侵略。郭沫若是为了参加抗战而回国的，是长达八年的战争使他们离散并音信不通。郭沫若内心也很愧疚，也能充分理解安娜与孩子们内心的痛苦与创伤，希望能得到安娜与孩子们的谅解。安娜知道局面已经无法挽回，没有吵闹。她本着基督教的精神，牺牲自己，成全他人。她可以放弃郭沫若，但孩子不能没有父亲。为此，她对郭沫若提出三个条件：一是供淑子与志鸿读完大学；二是要给她本人相当数量的抚养金；三是登报脱离关系。后来冯乃超与郭沫若协商，第一条没有问题，抚养金与登报脱离关系目前还无法做到。安娜对此答复开始不接受，后来经过反复做工作，郭沫若答应将他的部分著作权归安娜所有。安娜很明智，接受了这一临时解决办法，由冯乃超作证签了分居协议。

北平解放以后，安娜来到北平，并以“郭安娜”的名字自愿加入中国国籍。其后她的五个孩子陆续来到中国，并在组织的安排下参加工作。安娜在香港时提出的三个条件，还有两个没有解决。安娜想与郭沫若谈谈，郭沫若总是避而不见。于是安娜找到他们的老朋友、国务院总理周恩来。周恩来在百忙之中接待了她，认真听取了安娜关于这件事的意见与要求，并对安娜今后的生活以及孩子们的学习与工作做了周到的安排。最后周恩来劝说安娜体谅郭沫若与组织上的困难，顾全郭沫若在国内外的影响，不要再提和郭沫若脱离关系的要求了。

建国后，郭沫若和安娜名义上仍然保持夫妻关系。因为中华人民共和国婚姻法规定实行一夫一妻制，郭沫若为此与毛泽东主席有一次谈话。郭沫若说：“我觉得我应该把家庭关系整理一下”。毛泽东思索了片刻说：“整理的结果，对于与你共同生活的女性来说，当然是件好事。可对另一位女性就是不幸的了。我看一切还是留给时间来解决吧。”众所周知，毛泽东主席因为有一个贺子珍的问题需要妥善处理，他和郭沫若在婚姻问题上同病相怜，所以才对郭沫若说了一番通情达理、宽厚仁爱的话语。

在组织的安排下，安娜晚年和长子和夫一起生活在大连。在以后的漫长岁月里，她和郭沫若没见过几次面。

安娜与郭沫若最后一次见面是在 1975 年下半年。郭沫若生病住在北京医院，安娜在女儿淑瑀的陪同下来医院看望他。坐在沙发上的郭沫若看到她们走来，吃力地站起来迎接。安娜则快步上前将郭沫若扶回沙发，并握着他的手说："你变了，变得慈祥了，你是会进天堂的。"

这对名义上的老夫妻在八十高龄再次相见，"别有一番滋味在心头"。悠悠岁月，已经淘洗净往日的一切芥蒂，只留下温馨的回忆。安娜与郭沫若像老朋友似的用日语交谈起来。安娜询问了郭沫若的病情后，向他介绍了自己回日本探亲的情况，并把自己在市川故居拍的照片一一给郭沫若看。一对老人，缓慢而又兴奋地回忆着往事。窗外正是秋天，发黄的树叶在空中飘零，恰似人的暮年。

郭沫若与安娜第一次见面是在 1916 年日本东京圣路加医院，最后一次见面是在北京医院 101 病房里，仿佛隐隐之中有上帝在安排。

1978 年 6 月 12 日，郭沫若在北京逝世。在大连居住的安娜得知消息后，特地穿上一身黑衣服，身披黑纱以示哀悼。她曾沉重地说："上帝会热情地欢迎他，在那里他会得到安慰与快乐的。"

1994 年 8 月 15 日，安娜逝世于上海，享年 101 岁。

"抗战夫人"——郭沫若与于立群

"又当投笔请缨时，别妇抛雏断藕丝。"1937 年 7 月，郭沫若秘密从日本返回国内。在上海，经诗人林林介绍，认识了于立群。在郭沫若的印象中："我认识了立群，顿时感到了惊异。仅仅二十来岁，在戏剧电影界已经能够自主的人，对一般时髦的气息，却丝毫也没有感染着。两条小辫子，一身蓝布衫，一个被阳光晒得半黑的面孔，差不多就和乡下姑娘一样。"

于立群 1916 年出生于广西贺县（今广西省贺州市）桂岭，是出身名门的大家闺秀。她的祖父于式枚是清朝同治年间的榜眼，曾任广州学台、驻德大使、吏部侍郎。她的母亲是两广总督岑春煊的女儿。这样显赫的家庭成长起来的于立群从小就受到良好的传统教育。于立群很小的时候就搬到上海与外祖父一起生活，她的多才多艺也赢得了外祖父岑春煊的宠爱。十四岁那年，于立群就考入了上海明月歌舞剧社，后来又进入上海电影学校。年纪轻轻就演过话剧，拍过电影，也算是出道较早，她的艺名叫黎明健，在当时的上海滩也算是响当当的明星。

郭沫若之于于立群，还有另一层因缘。郭沫若在流亡日本期间曾经结识于立群的胞姐于立忱，当时于立忱曾是天津《大公报》驻日记者。两人在日本期间有过交往，而且一度过从甚密。在郭沫若心目中，于立忱是一株"大山朴"，郭沫若喜欢"它那叶像枇杷而更滑泽，花像白莲而更芬芳"。于立忱比郭沫若早回国几个月，但由于不堪疾病折磨，竟在这年五月在上海自缢身亡。临死前，留下绝命书："如此国家，如此社会，如此自身，无能为力矣。"郭沫若知晓于立忱的死后，悲痛欲绝，他回到上海第四天就和朋友一起到中国公墓去悼念于立忱。

正因为于立群是于立忱的胞妹，郭沫若对于立群一见如故，他似乎从于立群的脸上又看到了于立忱的面影。于立群把大姐于立忱写给郭沫若的诗笺交给了他，郭沫若心情也十分激动。他想自己对于立忱最好的纪念就是：我有责任保护立群，但愿我能把爱她姐姐的心转移到她的身上！

自此以后，郭沫若和于立群就经常见面了。他们常一起去前线慰问抗日战士。有一次去战场劳军后，他们中途分手，郭沫若因事去了昆山，于立群与其他人仍折回上海。于立群乘坐的车经过大场时，恰遇日军大举进攻，她差点成了炮灰。郭沫若为此虚惊一场，而于立群却满不在乎。为此，郭沫若有诗为证：

前线归来毕，清晨入我斋。
劈头相告慰，未得成炮灰。

不久上海沦陷，于立群与郭沫若相继离开上海，取道香港到达广州。1938 年 1 月，郭沫若与夏衍在广州复刊《救亡日报》，使之成为华南抗日宣传的一座阵地。于立群也来到了广州，准备去武汉，再转到陕北求学。在广州期间，两人的关系已经由原来的相敬转向相爱了。广东话里有一个词叫“拍拖”，指男女手挽手在街上走。此时郭沫若“在精神上已经紧紧地把她‘拍拖’着了。”不久，于立群与其他朋友分开，搬进新亚酒楼与郭沫若同居。新亚酒楼也成了他们新生活的一个转折点。

于立群书法

“凤眼明贞肃，深衣色尚蓝。人前恒默默，含意若深潭。”郭沫若笔下的于立群形象十分鲜明。于立群生性文

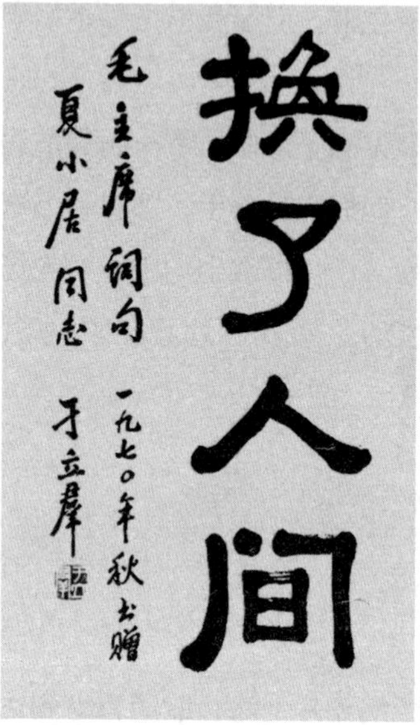

郭沫若、于立群合作书法作品

雅、娴静，整天待在新亚酒楼读书写字。由于家庭熏陶，她写得一手很好的颜体字，而且还是悬肘走笔。于立群的字端庄雄伟，也让郭沫若惊喜不已。在《洪波曲》中，郭沫若曾经夸奖过这个“小妹妹”的书法，说她写的字严肃，说她的写法对人有着一种规范的作用，能使一个人的生活也严肃起来。有了这样一位严肃的“小妹妹”在旁边写颜字，惹得郭沫若也兴味盎然，陪着她一连写了几天大颜字。他们一起临摹《颜家庙碑》。笔能达意，墨能通情，两个人的感情跨越了年龄和经历的差距，像墨汁一样浓得化不开了。

1938 年初，郭沫若、于立群来到抗日重镇武汉。郭沫若出任国民党政治部第三厅厅长。由于愤怒于国民党要弄手腕，郭沫若负气出走长沙。两人一个在武汉，一个在长沙，虽然有鸿雁频传，但是也摆脱不了精神上的苦闷。二十多天以后，于立群带着周恩来的亲笔信赶到长沙，劝说郭沫若回到武汉工作。在党性与爱情的双重催促下，郭沫若决定返回武汉。在场的田汉哈哈大笑，指着于立群说：“不辱使命，毕竟还是女性的力量大，爱情的力量大呵！”

1938 年 10 月，武汉失守。郭沫若与于立群辗转于湘桂之间，年底相会于重庆，在陪都重庆开始了长达七年的相对安定的生活。汉英、庶英、世英、民英相继出世，于立群不仅要抚养儿女，还要照顾郭沫若的生活，担任她的工作秘书，生活的辛苦与所耗费的心血不言而喻。

1945年6月，应苏联科学院之邀，郭沫若与丁西林赴苏联参加科学院成立220周年纪念大会。为了此次出行，于立群整整忙了十天。郭沫若在《苏联纪行》中这样叙述："特别是立群，她快要忙坏了。拖着幼小的三子一女（顶大的汉英六岁，庶英五岁，世英四岁，民英两岁），还要为我准备行装，并奔走其他事务。"机场送行的时候，于立群一再叮嘱："到那边少喝些酒啊。"苏联大使馆的费德林博士打趣她说："在我们苏联是要来这一套的。"

一日不见，如隔三秋。郭沫若飞赴苏联仅仅三天，于立群就写了一封家书：

你安心地去完成你那伟大的使命吧。家中一切都平安，只是寂寞得难受。因为你走的路太远了，怎么能够安定呢？同你在一起的时候不觉什么，事实上分开了真觉得自己是一条迷了路的小羊，既年轻又无智。唯一的希望是你要多多注意自己的身体，并时常能得到你的消息。

郭沫若不止一遍地读着这封家书，不觉已经能够暗诵了。

每一个成功的男人后面，都有一个为之默默奉献的女性。对郭沫若来说，此言信然。于立群作为郭沫若的贤内助，为郭沫若的散文、杂文、小说、论著的编辑、出版付出很多。1948年3月，郭沫若在《蜩螗集》的序言中有这样的记载："这儿所收集的大率写于抗战后期，我自己并没有留稿，是立群从报章、杂志上替我剪存下来的。"

值得一提的是《洪波曲》，郭沫若在这部20多万字的"抗战回忆录"后记中提到："乃超与立群是帮忙最多的，有好些事是靠他们的手记或者记忆而写出的。”这部回忆录也是他们两人感情生活的见证，记录了他们在抗战时期颠沛流离而又相依相携的生活。

转瞬即将迎来解放，1948 年 11 月，郭沫若只身离开香港北上奔赴解放区，参加新政协的筹备工作。郭沫若此行意义非凡，于立群更是激动不已，虽有依依不舍之情，但还是以新中国成立大业为重。于立群为郭沫若整理行囊，既有北国御寒的衣物，又有整理容貌的用品，一应俱全。有郭沫若《赴解放区留别立群》诗为证：

此身非我身，乃是君所有，慷慨付人民，谢君许我走。
赠我怀中镜，镜中有写真，一见君颜开，令我忘苦辛。
赠我琉璃梳，每日必梳头，仿佛君在旁，为我涂膏油。
赠我象牙爪，能搔身上痒，仿佛君在旁，代搔不须想。
赠我珐琅帽，是君所爱戴，仿佛君在旁，余温尚犹在。
赠我皮手套，是君亲手购，仿佛君在旁，紧握我双手。
赠我毛线衣，是君亲手织，仿佛君在旁，拥抱不相释。
谢君珍重意，我也知自爱，非为爱此身，为民爱器械。
地北与天南，相隔纵迢遥，献身为三反，此心只一条。
寄语小儿女，光荣中长大，无须念远人，须念我中华。
中华全解放，无用待一年，毛公已宣告，瞬间即团圆。

建国后，郭沫若、于立群夫妇定居北京。郭沫若任政务院副总理、全国人大副委员长等职务，为新中国的科技文教事业的发展尽心尽力。50 年代中后期，于立群由于患神经官能症方面的疾病，长期在外地疗养。长期分居两地使郭沫若的生活与公务活动受到很大的影响，以致周恩来总理总是向文化界的人士呼吁，多关心关心郭老的生活。后来于立群康复，周恩来总理还特意安排郭沫若夫妻两人一同接见外宾，并在报纸上刊发出来。

于立群擅长书法，也能诗词。60 年代她经常陪伴郭沫若在全国各地风景名胜游览，踪迹所到之处，多有吟咏。有一次，郭沫若为宁波天一阁藏书楼题七律一首，其中颈联为“林泉清洁多奇石，楼阁雅癯类硕儒”，于立群吟咏再三，觉得“清”、“雅”两字互置更妥帖。郭沫若欣然接受她的意见，在题赠的条幅上又加写一行：“第五行清改为雅，第六行雅改为清”。

郭沫若与于立群在诗书方面的合作也堪称佳话。抗战时期，于立群只身赴长沙，劝说郭沫若回武汉时，曾以自己的名字撰写一联语：

立德立言乃是立功之本

群有群享须从群治得来

郭沫若应邀为之书写一条幅，诗书合璧，这是夫妇两人留给我们的最初的书法合作。

60 年代，于立群以隶体书写“万方春色”，郭沫若见之，补书“千顷湖光”四个大字，构成一联：“万方春色，千顷湖光”。这又是一副诗书合璧的佳作。1965 年三八节这一天，郭沫若自撰一联语作为礼物送给于立群，以表达自己对于立群书法的称赞：

推翻经石峪

压倒逍遥楼

郭沫若还在这条联语下作注：

经石峪在泰山，字大如斗，北齐人所书；颜真卿书“逍遥楼”三大字在四川梓潼县武连驿。立群同志喜作大字，戏以此联奉赠。

在60年代，郭沫若夫妇还书写《毛泽东诗词》作为礼物送给毛泽东。一般都是于立群写隶书，郭沫若写行书。有时夫妻二人一个写条幅，一个在条幅上写跋语。于立群书写规模巨大，她用斗大的字书写一整套《毛泽东诗词》。据说完工以后，整整装了两大木箱。毛泽东收到以后亲笔复信，说：“都已看过，十分高兴。”还称赞于立群：“你的字好，又借此休养脑筋，转移精力，增进健康，是一件好事。”

十年动乱，郭沫若、于立群夫妇迭遭丧子之痛，身心遭到巨大的摧残。三子郭民英肄业于中央音乐学院，1967年参加中国人民解放军海军，因性格缺陷再加上时代氛围不容于他，毫无预兆地突然自杀了。二子郭世英曾就读于北京大学哲学系，聪颖好学，富有探索精神。在读书期间因组织社团X小组，被批判为反动组织。1968年4月的一天，郭世英被北京农业大学的红卫兵抓去刑讯逼供，不久从四楼坠下而死，自杀他杀至今成谜。郭世英遭绑架的那一天，郭沫若正参加周总理主持的外事活动。他几次想向总理反映此事，但看到精神疲惫、心力交瘁的总理，觉得不能以家庭之事给日理万机的总理再增加负担了，于是隐忍未言。噩耗传来，于立群悲痛欲绝，忍不住责怪郭沫若：你为什么不向总理求救？郭沫若无语，半晌才吐出一句话：“我也是为中国好啊。”儿子死后，郭沫若强忍内心的悲痛，经常伏在案头，用颤抖的手握着毛笔，工工整整地抄写儿子世英留下的日记，他整整抄写了八大本，用这种方式表

郭沫若和安娜及孩子们

于立群

郭沫若和于立群及孩子们

郭沫若

达自己对儿子的怀念。

连续的劫难摧残了他们夫妇两人的身体。此后的岁月，两人经常以医院为家。对于郭沫若来说更甚，他患有严重的肺病，长时间处于生命危殆的地步。

1978 年春天，郭沫若病情恶化，他预感自己来日无多，便把于立群与孩子们叫到身边，要他们牢记他的话：

“毛主席的思想比天高，比海深。照毛主席的思想去做，就会少犯错误。”

“我死后，不要保留骨灰。把我的骨灰撒到大寨，肥田。”

面对着同甘苦、共患难四十余年的妻子于立群，郭沫若拉着她的手，长久地端详着她瘦弱的面影，他再三叮嘱于立群：“你不要悲观。你很泰然，我就放心了。”

1978 年 6 月 12 日，郭沫若走完自己辉煌而又曲折的人生历程，享年八十六岁。

郭沫若去世以后，于立群撰写了《化悲痛为力量》等怀念文章，并着手整理郭沫若遗稿。她带病坚持把郭沫若 1976 年以后所写的诗文编纂成《东风第一枝》一书，并写下文采斐然的序：

东风欣然有主，春色蕴意常存。

愿这集子成为一束迎东风而放的花枝，加入万紫千红的队伍，为神州的春天再增一分春色。

1978 年 10 月，“郭沫若著作编辑出版委员会”在京成立，作为委员会委员的于立群心情格外激动，她饱蘸笔墨，用古朴苍劲的隶书书写了“郭沫若全集”五个大字。

令人痛惜的是，于立群于 1979 年 2 月在北京寓所自缢身亡，终年六十四岁。此时距郭沫若去世不到一年。抗战时期，郭沫若曾经送给于立群一首诗中有这样的诗句：“要活总要在一块”，现在读来，这仿佛成了谶语。

郭沫若生平年表

1892年11月16日，出生于四川省乐山县沙湾镇。

1906年春，入乐山县高等小学。

1912年2月，受父母之命与张琼华结婚。

1914年1月抵东京，同年秋，考入东京第一高等学校预科。

1916年夏，与东京圣路加医院护士佐藤富子相识，冬与佐藤富子在冈山结婚，开始新诗写作。

1921年，第一部诗集《女神》问世。

1926年3月，赴广州，任广东大学文学院学长。7月参加北伐，任国民革命军总政治部副主任、代主任。

1927年3月，作《请看今日之蒋介石》，痛斥蒋介石叛变革命，被蒋介石政府通缉。

1928年2月，为躲避国民党政府缉捕，化名旅日，定居千叶县市川市。

1937年7月，抗日战争爆发，只身归国参加抗战。

1938年1月，与于立群结合，在武汉任国民政府军事委员会政治部第三厅厅长。

1942年，作历史剧《屈原》、《虎符》、《高渐离》、《孔雀胆》。

1944年春，作《甲申三百年祭》，被中共中央定为整风学习文件。

1949年10月，中华人民共和国成立，任政务院副总理、文化教育委员会主任、中国科学院院长。

1954 年，当选全国人民代表大会常务委员会副委员长。

1978 年 6 月 12 日，于北京逝世，享年八十六岁。

郁达夫

“知识我也不要，名誉我也不要，我只要一个安慰我体谅我的‘心’。一副白热的心肠！从这一副心肠里生出来的同情！从同情而来的爱情！

“我所要求的就是爱情！

“若有一个美人，能理解我的苦楚，她要我死，我也肯的。

“若有一个妇人，无论她是美是丑，能真心真意地爱我，我也愿意为她死的。

“我所要求的就是异性的爱情！”

1921年10月15日，郁达夫的小说集《沉沦》由上海泰东书局出版。小说出版以后，立即引起轰动，仿佛枯槁的中国社会突然吹来一股别样的春风，小说惊人的取材和大胆的描写吹醒了无数青年的心。人们互相阅读着，议论着，并且记住了一个不曾见过的名字——郁达夫。

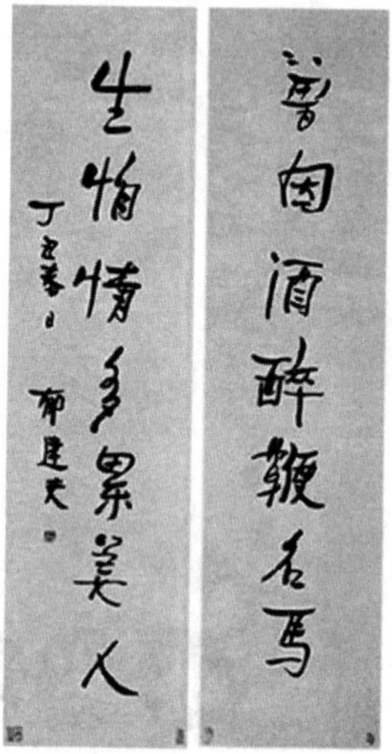

然而，谁又能想到，几年以后，当这个多情的文坛才子遇上南国美人，一场惊世骇俗的婚恋在离乱中的中国大地上演，其间的痛苦与欢乐，背叛与忠诚，分与合，爱与恨，毁与誉都因生命的张扬而显得斑斓多姿，历经岁月的淘洗而焕发出迷人的光彩。

“母亲的礼物”——郁达夫与孙荃

郁达夫原名郁文，1896年12月7日出生于浙江富阳一个破落的书香家庭。他自幼丧父，由母亲拉扯长大。按照郁达夫自己的说法，他的出生是“一出结构并不很好而尚未完成的悲剧。”郁达夫自小天资聪颖，喜爱中国古典文学。1911年开始写作古典诗词，显现出作家的才情，引起当时文坛的注意。1912年郁达夫考入大学预科，后因参加学潮，被校方开除。

1913年，郁达夫跟随兄长郁曼陀赴日留学。他在日本逗留十年之久，先学经济，后来转向文学创作。

郁达夫在少年时期多愁善感，据他的《水样的春愁——自传之四》里记载，在他十三岁的时候，同邻居“赵家少女”有过“水样的春愁”般的初恋，还“整整扰乱了他两年童心。”

在日本留学期间，日本社会开放的两性观念使郁达夫性的苦闷也越来越膨胀。在这期间，他和日本侍女有过亲密的交往。由于弱国子民的身份，郁达夫在日本的恋情都有始无终，这给他心灵带来很大的打击。《沉沦》写于这个时期，其中那个饱受性压抑苦闷的青年身上，有郁达夫真实生活的影子。

和中国现代许多文人一样，郁达夫第一次婚姻也是由母亲做主包办的。这位“母亲的礼物”，是富阳宵井一个颇有名望的书香之家的女儿。其父亲孙孝贞受过传统教育，对西方文化也十分倾心，在当地属于开明的贤达之士。

在日本求学的郁达夫接到母亲的来信，于1917年8月回国与孙家小姐订婚。在孙家父亲的安排下，郁达夫约见了孙家小姐：面孔清瘦而苍白，下边穿着玄色的布裙，盖着一对缠得小小的足。

郁达夫心中不免失望，站在面前的是一旧式女子，可是与这个小姐对话后，郁达夫不觉有点惊讶了。

郁达夫问她：“敢问小姐芳名？”

“名兰坡，字潜媞。”孙小姐轻声回答，脸上泛起一层红晕。

“不知出自何典？”郁达夫又问。

“《诗·小雅·采绿》：‘终朝采兰，不盈一襜’。又诗曰：‘好人媞媞’”。小姐又恭敬地答道。

郁达夫眼睛一亮，这个其貌不扬的乡间女子还是一个才女，刚才心中的一丝失望不觉被好感代替。

接着郁达夫赠孙家小姐一名号曰：“孙荃”，“荃”出自《楚辞》，是一种香草，孙荃喻指孙家的香草之意。孙家小姐非常高兴地接受了这么一个好听的名字。自此之后，尽管她未能和郁达夫相伴终生，但这个名字一直陪伴她走到生命的终点。

后来，郁达夫曾写一首《赠名》送给孙荃：

赠君名号报君知，两字兰荃出楚辞。
别有伤心深意在，离人芳草最相思。

对于这次婚约，郁达夫是有矛盾的。一方面是自己作为一个留学日本的新派人物，却要奉母之命，接受传统的旧式婚姻。另一方面就孙家小姐来说，虽说是“荆钗裙布，其貌不扬，然吐属风流，亦有可取之处”。

郁达夫就是怀揣着这样的矛盾心情，在日本一住就是两三年。每当夜深人静时，他也会想起这个乡间才女，甚至有意把她理想化。“未嫁罗敷别有情”，“瘦似南朝李易安”，就是他想象中的孙荃：既有罗敷之美又有李清照的才气。

郁达夫曾写过一些诗词寄给孙荃，表达自己的相思之情，真挚动人。其中有一首：

故里逢君月正弯，别来夜夜梦青山。
相思倘化夫妻石，汝在江南我五关。

郁达夫的海外来鸿，也给漫漫等待中的孙荃以巨大的精神安慰。1918 年底孙荃曾寄给郁达夫《有感》一诗，表达自己的怀人之情：

笑不成欢独倚楼，怀人望断海南州。

他年纵得封侯日，难抵春闺一夜愁。

1920 年，在母亲的催逼下，郁达夫回家成婚。他写给长兄郁曼陀的信表达了当时的心情：

弟之未婚妻，本非弟择定者，离婚又不能，延宕过去，又不得不被人家来催，是以弟不得已允于今年暑假归国，简略完婚。

孙家对此事相当看重，准备按照当地习俗铺张一番，郁母也有此意。但由于郁达夫坚持，婚礼从简，没有什么仪式，也没有主婚人、证婚人出席，也没有花轿鼓手。

夜幕降临的时候，几串鞭炮声传来，一乘小轿把孙荃抬到了郁家。郁母陪新来的儿媳妇吃一顿晚饭，新娘回洞房休息，一切都无声无息。

新婚之夜，郁达夫一点也没有新郎官的高兴愉快。望着孙荃单薄的形体，泪汪汪的眼，郁达夫又怜惜又惭愧。

郁达夫心中暗想："这就是我的女人了——啊啊，我的不爱而又不能不爱的女人！……"

婚后，孙荃送郁达夫两件礼物作为"信物"。一个是钻石指环，还有一件意大利制的四圈有象牙螺钿镶着的镜子。郁达夫一直随身带着，只是那只钻石指环，后来在日本时，因穷困质在当铺里了。

大概是新婚燕尔的缘故吧，孙荃作为一个旧式女子也十分温柔体贴，婚后他们一起过了一段快乐的日子。闲来无事，夫妻俩赋诗作词，一唱一和，倒也和谐美满。

孙荃怀着古代闺中少妇的情怀写了一首：

深闺静坐觉魂销，梅影横窗气寂寥。
无奈长夜孤梦冷，书灯空照可怜宵。

郁达夫看了微微一笑，写了《春闺两首》相和，抒发了自己婚后的喜悦之情。

梦来啼笑醒来羞，红似相思绿似愁。
中酒情怀春作恶，落花庭院月如钩。
妙年碧玉瓜初破，子夜铜屏影欲流。
懒卷珠帘听燕语，泥他风度太温柔。

豆蔻花开碧树枝，可怜春浅费相思。
柳梢月暗猜来约，笼里鸡鸣是去时。
锦样文章怀宋玉，梦中鸾凤恼西施。
明知此乐人人有，总觉儿家事最奇。

就这样，一直在乡下生活，没有进过新式学校的孙荃，提着一双缠小的足，抱着一箱家塾里念过的《烈女传》、女四书之类的旧书籍，走进了郁家，成了郁达夫的妻子。女人的风情如何展现，时尚的衣裳如何裁剪，她不知道。她只知道“柔顺”二字，借此赢得丈夫的欢心。问题是，在那个新旧社会转型的时代，能博得丈夫一时的满意，能否赢得丈夫一辈子的忠心？

1922年，郁达夫毕业于东京帝国大学经济系。回国后从上海到安庆执教，便接孙荃来同住，孙荃在安庆生下他们第一个孩子龙儿。后来一家人难以维持生活，孙荃不得不挥泪相别，带着孩子重回富阳老家。

1925年，郁达夫在北京教书时，把孙荃母子接到北京，妻子柔顺，儿子可爱，一家人过了一段短暂的幸福时光。

后来，郁达夫辗转奔波于上海、广州、杭州等地，夫妻很少团聚。孙荃在家照顾孩子，打理家务。1926年初夏，龙儿患重病，郁达夫当时在广州，连夜赶回还是没能见上一面，龙儿已经埋葬四天了。郁达夫抱着妻子痛哭，连声说："是我对不起龙儿，是我对不起龙儿。"夫妻俩长久地沉浸在悲伤之中。

郁达夫回到上海以后，不久移情别恋王映霞，抛弃了这个家，抛弃了孙荃。孙荃只觉晴天霹雳，痛不欲生。但是为了孩子，她必须生活下去，她带着孩子回到富阳老屋，开始了长达五十年的凄凉悲苦的孤独生活。她和郁达夫最终没有离婚，作为原配夫人，她含辛茹苦把三个孩子拉扯长大，独立支撑这个没有丈夫的家，直到1978年去世。

风雨丽人——郁达夫与王映霞

1927年1月14日，上海，天气温暖如春。郁达夫穿着孙荃从北京寄来的皮袍子，心里非常感激。正寻思着不知怎么报答妻子才好，不知不觉来到他的同乡也是留日时的友人孙伯刚家。

老朋友相见，一阵寒暄。落座以后，一个美丽的姑娘引起了郁达夫的注意：水汪汪的大眼睛，婷婷的身材，健美的体态，再加上优雅的举止，活泼的性格，处处显示出受过新式教育的知识女性的动人之处。

这就是杭州美女王映霞。她原名金宝琴，1907年生于风景秀丽的杭州西子湖畔，她是杭州文人王二南的外孙女，从小过继给王家。王映霞在浙江省立女子师范学校读书时，是出名的校花，因皮肤晶莹白嫩，有“荸荠白”的美称。王家和孙家是世交，因为避难，王映霞暂住孙伯刚家。

郁达夫眼睛一亮，被她的美丽和光艳吸引住了。在主人的介绍下，王映霞开朗大方地与郁达夫交谈着。其实王映霞早就知道郁达夫的大名，在杭州读书时，就被他的作品《沉沦》吸引过，只是今天才近距离的认识这个大名鼎鼎的作家。

临近中午，心情愉快的郁达夫请孙伯刚夫妇和王映霞吃饭喝酒。席间，不知是郁达夫喝醉了，还是被王映霞的美丽陶醉了，他深情脉脉地望着王映霞，仿佛一切都是在梦中一样。“亲爱的映霞，我爱你……”他差点喊了出来。

从此，这个多情的文坛才子生命中出现一个重要的女性。王映霞，就像她的名字一样，是一片明丽的彩霞，映照着郁达夫布满灰色阴霾的天空，但也只是辉煌一闪，便化作美丽而忧伤的回忆。

郁达夫的心被扰乱了，从这一天开始，他接二连三地跑到尚贤坊孙家的楼下。他几乎每天都盼望和王映霞见面，一向生活拮据的他也变得挥金如土，每天去饭店，看好莱坞电影，尽情享受都市生活的时尚。如果有一天见不到王映霞，他会连着写三四封爱得发狂的信寄去。

郁达夫把王映霞看得比自己的生命还重要。家庭、名誉、社会地位他全不在乎，道德、礼教，一切都被他踏在脚下。恋火一旦熊熊燃烧起来，其强度和热度使郁达夫做出了常人不能想象的行为。

有一次王映霞不辞而别，回杭州与家人团聚。郁达夫急匆匆赶到火车站，等了两个多小时，火车开了，也没见到人，干脆跳上火车去寻找，又没找到。在车上补了票，在松江下车。在松江守候了两个小时，还是没有见到踪影。干脆一不做，二不休，买票到了杭州。到了杭州，既不知道王映霞家的住址，又不知道她回杭州的日期，就留在火车站一班车又一班车的等待着，焦急着，等了两天，仍是见不到王映霞。只好在寒风侵袭的无奈中，搭车回上海。

面对比自己大十几岁，又有妻子儿女的郁达夫，王映霞也在犹豫矛盾之中，她不敢面对，总是想躲避。有一次，她谎称自己已有婚约，让郁达夫断绝了痴心妄想。哪知马上就收到他的一封信：

听说你对茗溪君的婚约将成，我也不愿意打散这件喜事，可是王女士，人生只有一次的婚姻，结婚与情爱，有微妙的关系，你但须想想当你结婚年余之后，就不得不日日作家庭的主妇，或抱了小孩，袒胸哺乳等情形，我想你必能决定你现在所走的路。

你情愿做一个家庭的奴隶呢？你还是情愿做一个自由的女王？你的生活，尽可以独立，你的自由，决不应该就这样的轻轻抛去。

人非草木，孰能无情。在郁达夫热情大胆的追求下，奇迹发生了。王映霞经过一番犹豫困惑之后，在春暖花开的季节，终于动心了。

“此心耿耿，对你只有感谢和愉快。若有变更，神人共击，我可以指天而誓。”郁达夫望着王映霞美丽明亮的大眼睛，再次表白全心全意的爱。

“我也爱你，之死靡他……”王映霞依偎在郁达夫的怀里，一往情深地说。

郁达夫乘兴赋诗两首，送给王映霞：

（一）

朝来风色暗高楼，偕隐名山誓白头。

好事只愁天妒我，为君先买五湖舟。

（二）

笼鹅家世旧门庭，鸦凤追随愧秽形。

欲撰西泠才女传，苦无椽笔写兰亭。

1927年6月5日，郁达夫与王映霞在杭州聚丰园举行订婚喜筵，当时有四十余人参加，主要都是王家的亲朋，郁达夫的二哥郁养吾也代表郁家出席。

郁达夫和王映霞都沉浸在热恋的幸福感中。然而，这期间也发生了一些波折，令王映霞大为不快。1927年9月郁达夫的《日记九种》在北新书局出版。《日记九种》是郁达夫半年来生活思想的真实记录，上面记载着与王映霞交往的情感过程。当时，社会上都知道郁达夫在追求王映霞，日记出版以后，他们之间的关系成为人们饭后茶余的谈资。

郁达夫在出版前没有和王映霞商议，王映霞看到以后，气恼不过。她认为郁达夫在用自私的手段来达到他的目的。很多年后，王映霞在自传里还愤愤不平：

他之所以不让我知道，主要是希望我和他在感情上从此不再发生旁的枝节。他觉得先用公开的仪式似嫌力量不够，这样他将生活细节公布于众，我就不能再化作漏网之鱼。这是他个人想法。

王映霞为此着实郁闷了一段时期，甚至有后退的打算。过了不久，还是被郁达夫的热情融化。

1928年1月，郁达夫和王映霞在上海东亚酒楼请客，正式宣布了结婚。当时郁达夫三十三岁，王映霞二十二岁。

出身名门的新女性王映霞还是很介意名分的，从一开始就希望郁达夫和孙荃离婚，然后自己再嫁。但郁达夫的矛盾和拖延使她这一心愿没能达成。到结婚的时候，还是没有和孙荃离婚，这样，勉强可算是个“两头大”的格局。

郁达夫与王映霞婚后也有过一段愉快的日子。当时郁达夫隐居家中写作，王映霞操持家务，照顾孩子，两人终日厮守，生活安稳。两人在一起只有爱、欢乐和对未来美好的憧憬。郁达夫结束了长期漂泊的孤独生活，精力充沛，各方面都变得有条有理起来，创作力也更加旺盛。

夫妻之间的长期相处，思想上的距离，年龄上的悬殊，性格上的差距使他们之间的隔膜也越来越多。郁达夫有一个坏毛病，就是一不高兴就“离家出走”。王映霞不能容忍这种行为，还有更甚的是，郁达夫和她原配妻子孙荃“藕断丝连，怜念有加，暗中往来如故”。有一次，郁达夫负气出走，竟在富阳老家住了一周时间，让王映霞发现了。

郁达夫在结婚时，没有给王映霞一个“清爽的身子”。王映霞的内心深处早有不满，现在又暗中和孙荃往来，夫妻间的争吵和裂痕加剧。郁达夫无言以对，只有写“保证书”赔礼认错。这样的事情一而再、再而三地发生，郁达夫的悔过书写多了，也没用了。后来，在外祖父王二南的操持下，郁达夫又签署了“版权赠予书”给王映霞。这样家庭风波暂时告一段落。然而，郁达夫从此对王映霞产生了一个很不好的印象，她觉得王映霞把金钱、物质看得比什么都重要，是一个未脱尽世俗的女子。

1933 年春天，为了节省开支，也为了换一个新环境，郁达夫一家想移居杭州。当时，鲁迅曾劝阻他不要去：“至于西湖风景，虽然宜人，有吃的地方，也有玩的地方，如果流连忘返，湖光山色，也会消磨人的志气。”郁达夫不听劝阻，移居杭州，不久就陷入世俗的环境之中。想象中安静的心情和写作环境没有得到，每日不停地应酬和交际让他疲惫不堪。而王映霞天生一副美人胚子，正值盛年，如牡丹盛开，鲜艳照人。每日旗袍革履，在交际场中周旋，风头越来越健。她已经不满足于一介寒士之妻，开始羡慕那些出则汽车、住则洋楼的达官贵人。

1935年底，郁达夫倾其所有，开始营建其爱巢“风雨茅庐”。房院设置得很古雅，有书房、花园、浴室，儿童房等。郁达夫请其好友马君武书写了“风雨茅庐”的横额。按照郁达夫的解释，“风雨茅庐”是“避风雨的茅庐”，但王映霞对这个名字不悦，认为不是个好征兆。没想到一语成谶，几年以后，这对伉俪没有能经受住“风雨”的考验，“茅庐”——家，倒塌了。

“风雨茅庐”还没完工，郁达夫就到福建任职。紧接着，战争爆发了。国难当头，郁达夫不在身边，王映霞独自带着几个孩子和老母亲，从富阳到丽水，从丽水到汉口，不停地逃难。此时的王映霞愈发感觉到郁达夫是一个不负责任的丈夫，而郁达夫在福州则听说王映霞与时任浙江省教育厅厅长的许绍棣过从甚密。许绍棣新近丧偶，也正携着三个孩子避居丽水。这件事深深地刺激了郁达夫，夫妻关系已在崩溃的边缘。

1938年7月，汉口。郁达夫和王映霞的矛盾公开激化，经过几天的争吵以后，王映霞离家出走。郁达夫在家中发现许绍棣的“情书”，断定王映霞一定去找许绍棣了，一气之下，自我暴露的老毛病又犯了。他叫许多同事到家里来“观赏”所谓的“情书”，另一方面，他又分别给蒋介石和陈立夫写信，要他们管管许绍棣，更不可想象的是，他在汉口《大公报》刊登这样一则《寻人启事》:

王映霞女士鉴：

乱世男女离合，本属常事。汝与某君之关系，及携去之细软衣饰现款契据，都不成问题，唯汝母及小孩等想念甚殷，乞告以住址。

郁达夫谨启

后来，郁达夫在一个朋友家里找到王映霞。王映霞不愿回来，为了使双方对峙气氛缓和，王映霞尽快回家，郁达夫又被迫在同一家报纸上刊登《道歉启事》：

达夫前因神经失常，语言不合，致逼走妻映霞女士，并登报招寻启事中，诬指与某君关系，及携去细软等事。事后寻思，复经朋友解说，始知全出于误会。兹特登报声明，并深致歉意。

郁达夫启

这两则多少带有桃色新闻意味的“启事”一出，很快成了轰动武汉三镇的新闻。一连好几天，人们在谈论“保卫大武汉”、轰炸、撤退之外，谈论最多的就是这个话题。

后来经过许多朋友的规劝和调解，郁达夫和王映霞也经一番的忏悔和深谈，双方又重新签订了“协议书”，定下了“让过去埋入坟墓，从今后各自改过，各自奋发，再重来一次灵魂与灵魂的新婚”的誓约。一场风波暂告平息了。

不久，郁达夫接受新加坡《星洲日报》的邀请，主编副刊《晨星》。为了改善夫妻间的关系，王映霞愿意同行。夫妻二人携其长子郁飞一起到了新加坡，住在中峇鲁中保路一套公寓式楼房里。郁达夫主编《星洲日报》副刊《晨星》，后来又接编《星洲日报星期刊》的《文艺》周刊和《星槟日报星期刊》的《文艺》双周刊。王映霞则编辑《星洲日报》的妇女版。

在新加坡期间，郁达夫和王映霞的关系并没有向好的方向发展。只是在朋友来家的时候，才能看见他们的笑容。朋友一走，又重归沉寂。真正的心与心的沟通与微笑，很少见到。

1939 年春，香港《大风》旬刊发表了郁达夫的《毁家诗纪》，其诗词尤其是注文毫不保留地暴露了他们夫妻婚变的内幕，下面节录其中一首：

寒风阵阵雨潇潇，千里行人去路遥。
不是有家归未得，鸣鸠已占凤凰巢。

（原注）

这是我在福州王天君殿里求得的一张签诗。正当年终接政治部电促，将动身返浙去武汉之前后。诗句奇突，我一路上的心境，当然可以不言而喻。一九三八年一月初，果然大雨连朝；我自福州而延平，而龙泉、丽水。到了寓居的头一夜，映霞就拒绝我同房，因许君这几日不去办公，仍在丽水留宿的缘故。第二天，许君去金华开会，我亦去方岩，会见了许多友人。入晚回来，映霞仍拒绝和我同宿，谓月事方来，分宿为佳，我亦含糊应之。但到了第三天，许君自金华回来，将于下午六时去碧湖，映霞突附车同去，与许君在碧湖过了一晚，次日午后，始返丽水。我这才想起了人言之啧啧，想到了我自己的糊涂，于是就请她自决，或随我去武汉，或跟许君永远同居下去。在这中间，映霞亦似曾与许君交涉了很久，许君似不肯正式行结婚手续，所以过了两天，映霞终于挥泪别了许君，和我一同上了武汉。

郁达夫在《毁家诗纪》中公开了妻子“红杏出墙”的艳事，并指出妻子在情感上的背叛是导致毁家的重要原因。这一期的《大风》旬刊，万人争诵，不得不一版再版，一时轰动国内外。

郁达夫这一丧失理智的疯狂之举，简直达到了情感纠葛之中不可复写的极致。

王映霞看到以后，好似五雷轰顶，不敢相信自己的眼睛。她紧闭房门，沉思默想，新仇旧怨一时涌上心头，提笔给《大风》杂志写下《一封长信的开始》和《请看事实》进行报复和反驳，《大风》杂志以“不袒护”为理由公开发表。夫妻之间在海外又引发了一场轩然大波。

《毁家诗纪》彻底把家毁了，这一对“富春江上神仙侣”终于走到了婚姻的尽头。1940 年春，郁达夫和王映霞协议离婚。王映霞孤身返回国内，郁达夫继续带着儿子郁飞留在新加坡。十二年的风雨情路，十二年的悲欢离合，就这样以彼此怨恨的方式分手了。

王映霞上船回国时，郁达夫还等在报馆里。他手里捏着王映霞留给他的最后一封信，心潮翻滚，懊悔不已，作诗一首《寄王映霞》：

大堤杨柳记依依，此去离多会自稀。
秋雨茂陵人独宿，凯风棘野雉双飞。
纵无七子为哀社，尚有三春各恋晖。
愁听灯前儿辈语，阿娘真个几时归？

几时归，阿娘永远不归了。一时的宣泄虽淋漓，一世的悲怆更难耐。爱就好比一把双刃剑，一头对着对方，另一头对着自己，究竟谁伤谁更深？

回国的那一幕，晚年的王映霞还记忆犹新：

我离开郁达夫，拎了一只小箱子走出了那幢房子。郁达夫也不送我出来，我知道他面子上还是放不下来。我真是一步三回头，当时我虽然怨他和恨他，但对他的感情仍割不断；我多么想出现奇迹：他突然从屋子里奔出来，夺下我的箱子，劝我回去，那就一切都改变了……

长空玉音——郁达夫与李筱瑛

王映霞走后，郁达夫很快从孤寂和颓唐的心境中走了出来。一则因为抗战形势不能使自己长时间沉浸在个人的悲欢离合之中，另外就是这时另一个女性闯进了他的生活。

因主编《华侨周报》之事，郁达夫认识了李筱瑛。李筱瑛是福州人，毕业于暨南大学，有很好的英语表达能力，特别是她的银铃般的声音更令人着迷。她当时二十五六岁，因于跟丈夫感情不和，刚刚离异。现在在英军情报部门工作，是新加坡电台的国语播音员。

郁达夫看到这个有着姣好容颜的女播音员，心头的涟漪再次波动。他们开始在一起聊天，聊得那么自然，又那么愉快。李筱瑛十分倾慕郁达夫的文学才华，她从报纸上也知道一些郁达夫的家庭变故，有意无意之间，对郁达夫产生爱恋之情。

正在心情孤寂中的郁达夫焉有不回应的道理，于是，两人一拍即合。不久，李筱瑛因租不到房子，就搬到郁达夫家去住。郁达夫把自己的书房让给李筱瑛，暗中实行同居之好。

在那段时间，郁达夫主编《华侨周报》，李筱瑛担任主编助理。根据李筱瑛的建议，郁达夫把老朋友林语堂用英文写的长篇小说《瞬息京华》译成中文在《华侨周报》上发表。

不久，日军战火迫近新加坡。李筱瑛随英军情报部门先行撤退，两人被迫分离，郁达夫黯然伤神。也许缘分不够，这一对乱世男女，终没有走上婚姻的旅途。

李筱瑛走后，郁达夫在撤退途中每天赋诗一首，述远怀旧，排遣内心的寂寞。现存《乱离杂诗》十二首，前七首即为怀念李筱瑛所作。郁达夫的朋友、在新加坡一起逃难的胡愈之后来说："从他的《乱离杂诗》中，我们可以看到他是把燃烧的热情寄托在这位年轻的小姐（指李筱瑛）身上，正如但丁之于比德丽斯一般，达夫是拿她作为形象，以表现他的理想和爱。"

郁达夫和李筱瑛相识虽短，但他们之间的爱比人们想象的深。《乱离杂诗》其七记载了被迫分别时李筱瑛对郁达夫的殷殷叮咛：

犹记高楼诀别词，叮咛别后少相思。
酒能损肺休多饮，事决临机莫过迟。
漫学东方耽戏谑，好呼南八是男儿。
此情可待成追忆，愁绝萧郎鬓渐丝。

郁达夫后来在避难的时候，每隔几天必定去附近的一个市镇听巴城的广播，"却喜长空播玉音，灵犀一点此传心。"这一方面是出于对战局的关心，另一方面也是为了想要听听李筱瑛的声音。

何丽之有——郁达夫的第三次婚姻

后来，郁达夫和一批文化人辗转逃到苏门答腊的巴爷公务隐蔽。在这里，他们得到一批从外地寄来的救济款。于是，他们就用这笔钱开办了一家酒厂。郁达夫化名赵廉，担任酒厂老板，酒厂名为“赵豫记酒厂”。

为了更好地掩护自己的身份，郁达夫在朋友的撮合下，1943年9月娶何丽有为妻。何丽有原名何如转，1921年生于广东台山县一个贫农家庭里。由于家庭贫困，后来何家把她送给陈姓人家，改名陈莲有，随陈家来到南洋谋生。和郁达夫结婚时，她年仅20岁。因为容貌一般，郁达夫就戏着给她取一个新名字，叫“何丽有”——意思是“何丽之有”。何丽有没有读过书，只懂广东方言和印尼语，所以她也听不懂什么意思。

结婚以后，郁达夫对这个比自己小很多的妻子格外关怀体贴，何丽有从小受苦又缺少家庭温暖，对郁达夫的温柔非常感动，于是更用无限的柔情和爱去回报自己的丈夫。对于丈夫的身份，何丽有一无所知，甚至都没有想到去打听打听，因为她毫不怀疑丈夫是一个好人，一个有学问的人。

有一次，郁达夫主动问妻子：“你看我究竟是做什么的？”

何丽有望一望丈夫手中的书，突然说了一句：“我看你呀，我看你是一个‘都岗八杂’（马来语，“读书匠”之意），哈哈……”

“哈哈，我就是一个‘都岗八杂’，我就是一个‘都岗八杂’……”郁达夫大笑着，眼泪都差点出来。

郁达夫有时和何丽有开玩笑，称何丽有是“婆陶”（马来话，

郁达夫和孙荃

王映霞

李筱瑛

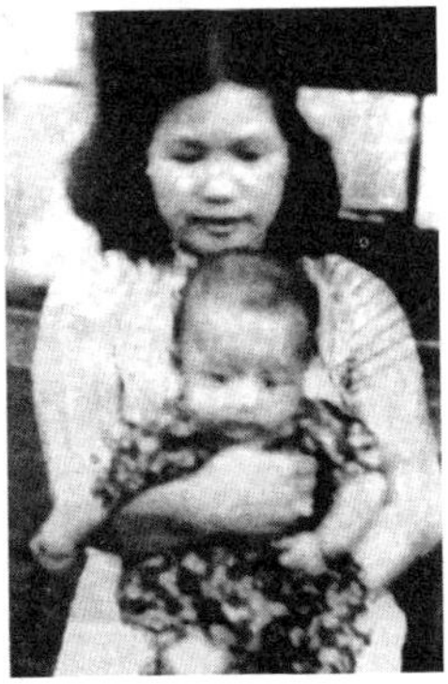

何丽有

意思是“傻瓜”），然而，何丽有是认真的，她对郁达夫的爱也是认真的。每当郁达夫在读书、写字时，她从不去打扰，甚至连走路都要蹑手蹑脚，生怕影响到丈夫做他喜欢的事。当有客人来找郁达夫时，她总是礼貌地招待客人，送上茶水，然后主动回避。

郁达夫对这个“婆陶”太太也渐渐有了真感情。婚后第二年，何丽有生下一个男孩，取名大亚，郁达夫比过去更加高兴，对妻儿也更加关怀备至。

事情每每出人意料，这个年轻的“婆陶”太太以她的青春、爱意、真实与坦然，使饱受国破家亡、妻离子散的郁达夫，在生命的晚年，享受到一份真实的感情和安慰，也收获到一份朴实、纯洁、原始风味的婚姻。

文人本多情，如果说郁达夫与现代女性王映霞的婚恋，彰显着的是爱的放恣和人生的飞扬，那么，他与何丽有甚至孙荃的婚姻，则展现得更多的是人生素朴安稳的一面，而这人生素朴安稳的一面则有着永恒的意味，也闪现神性的光辉。

1945 年 8 月 15 日，日本宣布无条件投降，中国的抗日战争终于取得了胜利。然而，远在苏门答腊地区的日本侵略者还余威未尽。因为郁达夫懂得日语，曾被迫做过日本宪兵队的通译，后来由于叛徒告密，他的真实身份被日本宪兵队发现，1945 年 8 月 29 日，驻在当地的日本宪兵害怕郁达夫知道的情况太多，为了隐瞒他们犯下的罪行，将郁达夫杀害。终年五十岁。

郁达夫死后的第二天，他的妻子何丽有产下女儿美兰。

附录：晚霞映天——王映霞的第二次婚姻

王映霞回国途中，托朋友分别在香港的《星岛日报》、重庆的《中央日报》和浙江的《东南日报》刊登了离婚启事：

郁达夫年来思想行动，浪漫腐化，不堪同居，业已在星洲无条件协议离婚，脱离夫妻关系。儿子三人，统归郁君教养，此后生活行动，各不相涉，除各执有协议离婚书外，特此奉告海内外诸朋友，恕不一一。

王映霞启

然后，只身飞赴重庆。经人介绍，先在重庆保育院工作，后又到外交部文书科当科员。

已经是三十四岁的女人了，王映霞清楚地知道青春不再，红颜易老。她要把握住所剩无几的容颜风姿，摆脱“郁达夫弃妇”的阴影，重新在社交界抛头露面。在外交部上班的第一天，她刻意打扮了一番，身穿从香港买的花色旗袍，足登三寸高跟皮鞋，款摆腰肢地走进办公室，着实让那些进进出出，口操外语的上流人物眼前一亮。

由于工作关系，王映霞不久就结识了前外交部长王正廷、前驻俄公使朱绍阳、前上海商会会长王晓籁、三北轮船公司董事长虞洽卿等显赫一时的达官贵人。连商会会长王晓籁也成了她的“继爹”。

在王正廷的介绍下，王映霞认识了钟贤道。他是浙江常州人，当时任重庆华中航业局的经理，拥有相当的地位和实权。

1942 年 4 月 4 日，王映霞和钟贤道在重庆厄龄餐厅举行婚礼。

婚礼前，他们在重庆的《中央日报》、香港的《星岛日报》和浙江的《东南日报》刊登了结婚启事。

结婚的仪式相当隆重而热闹，轰动了整个山城重庆。主婚人是前上海商会会长王晓籁，证婚人是著名外交界人士王正廷，介绍人是朱绍阳与吴启鼎。花篮从礼堂一直排列到大门口，甚至有许多不认识的来宾来道贺。当时重庆的中国电影制片厂，还来拍摄许多张照片。

婚后，王映霞辞去外交部的工作，回家专门从事家政，过着朴实无华的主妇生活。王映霞与钟贤道生下一子一女，新中国成立后，夫妇二人定居上海。钟贤道对王映霞体贴入微，这让王映霞很是感动，晚年的她曾多次对朋友说："他是个厚道人，正派人。我们共同生活了三十八年，他给了我许多温暖安慰和幸福。对家庭来说，他实在是一位好丈夫、好父亲、好祖父、好外公。"

20 世纪 80 年代，王映霞被聘为上海市文史馆馆员，她将与郁达夫来往的书信结集成册，出版了极富史料价值的《达夫书简——致王映霞》。

2000 年 12 月，经过了一个幸福的晚年以后，王映霞去世，享年九十三岁。

对于自己的两次婚姻，晚年的王映霞在自传里说：

……如果没有前一个他（郁达夫），也许没有人知道我的名字。……如果没有后一个他（钟贤道），……我的后半生也许漂泊不定。他俩是我生活中的一部分，在他们身上，我尝到了甜蜜的初恋，疯狂的追求，新婚的缱绻，揪心的痛苦，残酷的折腾，深沉的情感，这一切的一切，已随着历史长河的流逝，淌平了我心头的爱和恨，留下的只是深深的怀念。

郁达夫生平年表

1896年12月7日，出生于浙江富阳一个破落的书香之家。取名文，表字达夫。

1907年春，入富阳县立高等小学堂。9月，转入杭州府中学就读。

1913年9月，随长兄郁曼陀赴日本留学。

1914年11月，进入东京帝国大学经济学部。

1920年7月，与孙荃结婚。

1921年6月，与郭沫若、成仿吾、张资平等人在东京成立创造社，10月，第一本小说集《沉沦》由上海泰东图书局出版。

1927年1月，认识王映霞，并开始追求她。

1928年1月，与王映霞结婚。

1930年2月，中国自由运动大同盟在上海成立，为发起人。3月，中国左翼作家联盟在上海成立，为发起人之一。

1935年7月，在杭州官场弄般若堂边购地，开始兴建“风雨茅庐”。

1936年2月，应福建省政府主席陈仪的邀请赴闽，被委任为福建省政府参议。

1938年3月，赴武汉任军委会政治部第三厅少将设计委员，同时参加中华全国文艺界抗敌协会成立大会，被选为理事。12月，偕王映霞和长子郁飞离开福州赴新加坡。

1939年1月，主编《星洲日报》早版的《晨星》副刊和晚版的

《繁星》副刊。

1940 年 2 月，与王映霞协议离婚。

1942 年 1 月，出席星华文化界抗敌联合会成立大会，被选为主席。

1943 年 9 月，与华侨姑娘何丽有在巴东结婚，后生子大亚，女美兰。

1945 年 8 月 29 日晚，被日本宪兵秘密杀害于武古丁宜的丹戎革岱的荒野中，殉难时仅五十岁。

徐志摩

轻轻的我走了，
正如我轻轻的来；
我轻轻的招手，
作别西天的云彩。
……

1931年11月19日中午12点30分，济南南郊泰山北麓白马山上一声巨响，一架司汀逊式小型运输机撞在山头上。机上唯一的乘客，著名诗人徐志摩，在这场意外的空难中结束了年仅三十五岁的生命。

诗人仓促而辉煌的去世，留下了一生的诗文著述，未了的夙愿，更留下了纠缠的爱恨和纷扰的评说。如他自己所说："我这一生的周折，大都寻得出感情的线索。"在他短暂的人生场景里，与发妻张幼仪的离婚，对林徽因的苦苦追求，与陆小曼惊世骇俗的爱情，这位从头到脚都洋溢着浪漫主义气息的诗人，上演了一幕幕具有传奇色彩的婚恋剧。

小脚与西服——徐志摩与张幼仪

徐志摩与张幼仪是在1915年10月29日结婚的。这一年徐志摩十八岁，张幼仪十五岁。新娘张幼仪出身于江苏南部宝山县的名门，其祖父是清朝的举人，父亲是当地著名的医生。她的两个兄长张嘉璈、张君劢都曾留学日本，学成回国后，张嘉璈是当时中国金融界响当当的人物，张君劢也是政界、思想文化界的新秀，均系当时的社会名流。

对于浙江硖石的徐家来说，能攀上这门亲戚，打着灯笼也找不到。事实上，两家联姻还是张家主动向徐家提亲的，其中的撮合人正是新娘的四哥张嘉璈。

还是徐志摩在杭州一中读书的时候，有一天，给浙江都督朱瑞当秘书的张嘉璈，奉命视察杭州一中。在检查学生的作文时，无意中发现一篇优秀的作文——《论小说与社会之关系》。这是一篇模仿梁启超的主张和文笔的“新民体”论文，写得汪洋恣肆、才情横溢，处处显露出作文者逼人的才华和灵气。这位爱才的官员看得手不释卷，连声叹好。自此，在张嘉璈的心中牢牢记住了“徐志摩”的名字。

徐志摩是何许人也？张嘉璈很快派人去打听，原来是硖石商会会长徐申如的儿子。虽然徐家不如张家的门庭那么显赫，但徐家经营实业，在当地也颇有名气。人才难得，后生可畏，张嘉璈想到自己的小妹张幼仪尚待字闺中，心中便有把徐志摩招为张家女婿的想法。于是，张家主动托人向徐家提亲，愿结为秦晋之好。

对于徐家来说，这是求之不得的好事。张家的门第、声望和社会地位都在徐家之上，徐家在实业上的长足发展，也需要张家在政治和社会关系上提供稳固的支持和帮助。再加上张幼仪大家闺秀，端庄大方，又受过新式教育。因此，徐志摩的父亲徐申如，这个精明的商人，爽快地答应了这门亲事。

于是，这桩由家庭包办的旧式婚姻，在新的仪式中举行了。1915 年秋天，刚刚考入北大预科的徐志摩被父亲匆匆召回。婚礼在硖石商会大厅举行。整个大厅张灯结彩，宾客如云。证婚人是有“浙江梁启超“之称的汤寿潜。新郎西装革履，新娘婚纱盛装。在一派欢乐祥和的喧闹声中，新郎牵着新娘的手走入洞房。婚礼进行得隆重而又新潮，着实让徐家大大风光了一把，也让乡民们大开了眼界。

对于徐志摩来说，他并不了解张幼仪，结婚只是父母之命。张小姐虽然不算漂亮，但也端庄大方，出自名门，又受过新式教育。结婚是每个人都要经历的事情，他没有理由不听从父亲的安排。张幼仪虽然不是自己理想的爱人，但现在是自己的妻子了。徐志摩努力培养自己对妻子的爱，新婚燕尔，这对少年夫妻也尝到了幸福和欢欣。

1918 年 3 月，张幼仪在家乡硖石为徐志摩生下一个儿子，取名积锴，乳名阿欢。徐家举家欢庆，在外求学的志摩也感到初为人父的喜悦，对自己的妻子也多了一份牵挂。孩子的出世，也让张幼仪如释重负。夫妻两人共同的结晶也是两人感情距离的纽带，张幼仪也想借此把丈夫狂放不羁的野性拴在自己的感情之中。

然而，这年夏天，夫妇两人还没有来得及进行充分的情感交流，徐志摩便接受恩师梁启超的建议远赴大洋彼岸的美国留学了。

在美国的两年，徐志摩刻苦攻读，在克拉克大学读完了大学本科，又在哥伦比亚大学拿到了经济学硕士学位。然而，就在 1920 年秋天，徐志摩突然放弃攻读经济学博士学位的机会，离美赴英，追随罗素攻读哲学，这让他的老父申如公大惑不解。

到达伦敦的徐志摩，每日周游于名流绅士之间，性灵更加舒展。此时的徐志摩再也不是刚结婚时对两性感情懵懂的徐志摩了。西方文明对两性关系和婚姻道德的阐述，也让饱受传统文化浸染的徐志摩大开了眼界。自己崇拜的诗人拜伦和哲学家罗素对自由爱情的大胆追求，也触动了徐志摩的心思。

恰恰在这个时候，才貌绝伦的花季少女林徽因奇迹般出现了。徐志摩沉默多年的浪漫感情被点燃了，他和张幼仪的这桩包办婚姻出现了危机。

正当他和林徽因情意绵绵地频频交往之际，张幼仪从国内来到了伦敦。徐志摩没有久别重逢的喜悦和激动，站在面前的妻子和自己是那么遥远。两人之间的冲突在从巴黎至伦敦的飞机上就发生了。张幼仪没坐过飞机，所以晕机吐在一个纸袋子里。让她伤心的是，她呕吐的时候，徐志摩不仅不关心她，还把头撇过去，嫌弃地摇着头说：“你真是个乡下土包子。”不久，志摩也吐了，幼仪也不甘示弱地回敬一句：“我看你也是一个乡下土包子。”

对张幼仪来说，和徐志摩在一起的生活是沉闷的，志摩每天神情恍惚，对自己不理不睬。他们仿佛生活在两个不同的世界。同床共枕的夫妻竟不能成为心灵相通的知音，这不能不让张幼仪感到痛苦。

不久张幼仪发现自己又怀孕了，她把这个消息告诉丈夫。徐志摩听了立刻说："那就堕胎吧。"张幼仪绝没有想到徐志摩这般无情，接着说："我听说有人因为堕胎死掉的。"徐志摩冷冷地反驳："还有人因为火车肇事死掉的呢，难道你看到人家不坐火车了吗？"

这样的争吵发生过几次。终于有一天，在晚饭后，徐志摩突然向张幼仪提出离婚。见幼仪不答应，一周后，徐志摩不辞而别，消失了，把张幼仪一人撇在沙士顿。有孕在身的张幼仪这时觉得自己仿佛是一把"秋天的扇子"，被人遗弃了。

日子一天天过去了，仍不见徐志摩的人影。张幼仪只好向巴黎的二哥张君劢写信求救。张君劢很快回信，劈头就是一句中国老话："张家失徐志摩之痛，如丧考妣"，惊讶和悲痛不难想象。同时，告诉妹妹"万勿打胎，兄愿收养。抛却诸事，前来巴黎。"

张幼仪到了巴黎，在孩子出生前一个月，她又来到了德国。1922 年 2 月的一天，张幼仪在柏林生了一个男孩，取名德生，借以纪念这次伤心的生产。孩子的出世并没有牵住父亲向外奔放的感情。在张幼仪出院一周后，收到徐志摩一封慷慨激昂的信，正式书面向她提出离婚要求：

……无爱之婚姻无可忍，自由之偿还自由，真生命必自奋斗自求得来，真幸福也必自奋斗自求得来，真恋爱也必自奋斗自求得来！彼此前途无限……彼此有改良社会之心，彼此有造福人类之心，其先自作榜样，勇决智断，彼此尊重人格，自由离婚，止绝痛苦，始兆幸福，皆在此矣。

浪漫诗人的为“自由”、“幸福”、“理想”而冒天下之大不韪的举动，在当时乃至以后的张幼仪看来，都是因为徐志摩已经有新的女朋友了。张幼仪深知志摩已回头无望，便答应了离婚的请求。在他们的朋友吴经熊和金岳霖的作证下，正式签署了离婚协议。

徐志摩当时高兴极了，满面春风地说：“太好了，太好了，我们一定要这么做，中国一定要摆脱旧习气，我们一定要做给别人看，非开离婚先例不可。”

随后不久，徐志摩写了《笑解烦恼结》一诗，副标题是《送幼仪》，在《新浙江》副刊发表，同期还刊登了《徐志摩、张幼仪离婚通告》。在送给张幼仪的诗中，他把自己和幼仪的“烦恼结”归罪于“忠孝节义”，紧接着诗中写道：

莫焦急，万事在人为，只消耐心共解烦恼结。
虽严密，是结，总有丝缕可觅，
莫怨手指儿酸，眼珠儿倦，
可不是抬头已见，快努力。

如何！毕竟解散，烦恼难结，烦恼苦结。
来，如今放开容颜喜笑，握手相劳：
此去清风白日，自由道风景好。
听身后一片声欢，争道解散了结儿，消除了烦恼。

徐志摩的烦恼结解了，这起被说成现代中国第一桩文明离婚案也该告一段落了。然而在徐志摩的老家浙江硖石却掀起轩然大波。

徐父申如公暴跳如雷，声称宁可不要自己的儿子，却不能不要媳妇。张幼仪可以不是志摩的太太，但不能不是徐家的媳妇。在申如公的恳求下，张幼仪答应做徐家的寄女，仍住徐家为徐家人。

在这里不能不提一人，那就是徐志摩的恩师梁启超。徐志摩在出国前夕，在妻兄张君劢的引见下，得以拜当时中国学界、思想界最显赫的人物梁启超为师。徐志摩天资聪颖，自然得到梁启超的喜爱。当时徐父为促成此事，不惜破费，光见面礼就是一千块大洋。据说这个投资是值得的，在徐父一生所有的投资中，这或许是回报最丰的一笔。

徐志摩和张幼仪离婚的消息经张君劢传到梁启超那里，恩师梁启超连夜累书一封，对志摩的轻率行为提出严厉训导和忠告：

其一，人类恃同情心以自贵于万物，义不容以他人之苦痛易自己之快乐，弟之此举，其于弟之将来之快乐能得之否，殆茫然如捕风，然先已予多人以无量之苦痛，……滋事恐弟将终身受良心上之重罚无以自宁也。

其二，恋爱神圣为今之少年最乐道，吾于兹义固不反对，然吾以为天下神圣之事亦多矣，以滋事为惟一之神圣，非吾之所敢闻，且滋事可遇而不可求，非可谓吾欲云云即云云也。况多情多感之人，其幻象起鹘突，而得满足得宁帖也极难，所梦想之神圣境界，恐终不可得，徒以烦恼终其身已耳。

呜呼志摩，天下岂有圆满之宇宙？……吾侪当以不求圆满为生活态度，斯可以领略生活之妙味矣。……若沉迷于不可必得之梦境，挫折数次，生意尽矣，忧悒侘傺以死，死为无名，死犹可矣，最可畏者，不死不生而堕落至不能自拔，呜呼志摩，无可惧耶，无可惧耶！

梁启超写此信时，他的长子梁思成刚刚和林徽因确立了恋爱关系，正在商议订婚之事。我们不知道梁给徐志摩写此信是否怀有私心。但是，凭梁启超丰富的人生阅历，上述言论可谓指出了徐志摩人生信条的要害之处，对徐志摩来说，这些规劝无疑都是金玉良言，听者无论是谁都会感激涕零。

但是我们的诗人并不领情，纵然是老师，也不买他的账。徐志摩立马回信，而且他浪漫的根性表现得比以前更决绝和激烈。

我之甘冒世之不韪，竭全力以斗者，非特求免凶惨之苦痛，实求良心之安顿，求人格之确立，求灵魂之救度耳。

人谁不求庸德？人谁不安现成？人谁不畏艰险？然且有突围而出者，天岂得已而然哉？

我将于茫茫人海中访我唯一灵魂之伴侣；得之，我幸；不得，我命，如此而已

嗟夫我师！我尝奋我灵魂之精髓，以凝成一理想之明珠，涵之以热满之心血，朗照我深奥之灵府。而庸俗忌之嫉之，辄欲麻木其灵魂，捣碎其理想，杀灭其希望，污毁其纯洁，我之不流入堕落，流入庸懦，流入卑污，其几亦微矣！

吾爱吾师，吾更爱真理。志摩深信理想的人生，必须有自由，必须有爱，必须有美。吾深信三位一体的人生是可追求的，可以用纯洁的心血培养出来的。

话说到这个份上就没必要争论下去了。尽管梁启超非常喜爱徐志摩这个弟子，他接到此信时的心情我们不难想象。他的一腔怒气要到徐志摩和陆小曼婚礼那天，才淋漓尽致地喷发出来。

“许我一个未来吧”——徐志摩与林徽因

“徽徽，许我一个未来吧！”这是电视剧《人间四月天》里的一句台词。徐志摩也许未说过此句话，但徐志摩苦苦追求林徽因是真。与徐志摩有感情纠葛的三个女性中，只有林徽因没和徐志摩有婚姻关系，但是在徐志摩情感深处，林徽因却宿命般地成了他挥之不去、纠缠难清的生命女神。由于徐志摩的早逝，也由于当事人林徽因的缄默和低调处理，徐林之间的感情关系让人遐想千里也最具传奇色彩。

徐志摩初识林徽因应该在1920年底。在伦敦的一次演讲会上，徐志摩结识了中国国际联盟同志会驻欧代表林长民。两人性情相投，一见如故，很快建立了深厚的忘年之谊。

林长民当时携女儿林徽因随行，在伦敦一所女子中学读书。十六岁的林徽因深受父亲宠爱，从小就受到良好的中英文教育，不仅有良好的艺术天赋，而且还有惊人的美貌、高雅的气质。他的父亲林长民曾经半是自豪半是自负地说：“论中西文学及品貌，当世女子舍其女莫属。”

在林长民的家里，徐志摩遇到了林徽因，开朗活泼，明眸皓齿，处处透露出高雅的气质和绰约的风采。在目光交错的一瞬间，仿佛久旱的心灵被春霖滋润过一样，徐志摩久蛰的性灵顿时觉醒，从灵魂深处激起的诗情和喜悦连成一片。

徐志摩成了林家的常客。与天分极高、谈吐不凡的林徽因倾心长谈，成了他那段时间最大的享受和向往。在伦敦西区古老的街道上，在剑桥皇家学院的小径上，到处都留下了他们的身影。他们畅谈文学，谈理想，谈人生。徐志摩心中再也挥不去这位美丽才女的窈窕身影了。

徐志摩如火一样的爱试图照亮这位生命中的女神，而林徽因却不知所措。林徽因心中不能不冷静考虑，这就是自己渴望的爱情吗？这个比自己大八岁的朋友应该是自己叔叔辈，而且“使君自有妇”。自己那么小的年纪能担当起破坏别人家庭的罪名吗？于是，女儿把自己的心事告诉父亲，林父提笔给徐志摩一信：“足下用情之烈令人感怵，徽亦惶恐不知何以为答，并无丝毫 mockery（嘲笑），想足下误解了。”

此时，徐志摩的情感像脱缰的野马一样，再也收不住了。每天的鸿雁传书，每天的魂不守舍。为了林徽因，徐志摩正在商议与刚到伦敦的张幼仪离婚之事。

林长民把一切都看在眼里，他欣赏徐志摩的才情，也知道徐志摩为了徽因决定离婚。但是丰富的社会阅历使他更多地为女儿着想，女儿还是中学生，如果卷入这场婚姻纠葛中，难免会受到社会非议。于是，1921 年秋天，他带着女儿不辞而别回国了。

徐林在伦敦相识至相恋半年光景，现在林徽因回国了，徐志摩在痛苦和失望中开始写诗了。就像有人所说，正是林徽因的出现，成就了一个伟大的诗人徐志摩。

1922 年秋，徐志摩辞别剑桥，回国了。他已经知道，在双方父母的支持下，林徽因正在和梁思成相恋。但是，徐志摩又打听到梁林只有婚约但并没有公开订婚，痴情的徐志摩仍对唤回林徽因的爱充满幻想。

徐志摩到了北京以后，在恩师梁启超的推荐下，做了北京松坡图书馆的英文秘书。松坡图书馆有两处，一处是西单附近的石虎胡同七号，一处是北海公园里的快雪堂。当时梁启超是馆长，在快雪堂办公，这是一个幽静的小院，周末不对外开放，正是情人约会的好去处。梁思成因特殊关系经常约林徽因在这里谈情说爱。徐志摩也总是来这里找林徽因。来的次数多了，自然引起梁思成的反感，可是又当面不好意思说明。梁思成便在门上贴了一个纸条："Lovers want to be left alone"（情人不愿受干扰）。徐志摩见了，只得快快而去。

1924年春天，应梁启超、林长民主持的讲学社的邀请，获得诺贝尔文学奖的印度诗人泰戈尔访华，徐志摩担任陪同翻译，林徽因和梁思成也参与接待工作。徐志摩这时的心情好极了，不仅可以展现才华，大出风头，更重要的是可以和林徽因频繁接触。他仿佛又看见了爱的希望。

欢迎泰戈尔的仪式在北京日坛公园的草坪上举行。徐志摩、林徽因一左一右，扶白发如银，长须飘拂的泰戈尔走上讲台。据时人记载："林小姐人艳如花，和老诗人挟臂而行，加上长袍白面，郊寒岛瘦的徐志摩，犹如苍松竹梅的一幅三友图。"一时成为京城美谈。

为了庆祝泰戈尔六十四岁生日，北京学术界为他举办了祝寿会。在祝寿会上，徐志摩、林徽因、张歆海、林长民等联合出演了泰戈尔的爱情诗剧《齐特拉》。剧中林徽因扮演齐特拉，张歆海扮演王子，徐志摩扮演爱神，林长民扮演春神。演出把泰戈尔的祝寿会推向高潮。

在接待泰戈尔的日子里，台上台下，戏里戏外，徐志摩与林徽因有更近距离地交流和对话。徐志摩对林徽因的感情迅速升温，对于他们俩，外界也有"金童玉女"的美谈。据说徐志摩曾私下对泰戈尔说起他爱着林徽因，老诗人也代为求情，但没有得到答案。

林长民把一切都看在眼里，他已经和梁启超商定，梁思成与林徽因在6月一起赴美留学。林长民找一个合适的时间，把这个消息告诉了徐志摩。徐志摩不禁黯然神伤，单独约出林徽因。林徽因向他摊了牌，说她不能做他的妻子，他要和梁思成一起出国留学了。

离别总是过早地到来，1924 年 5 月 20 日，徐志摩要陪泰戈尔去山西。林徽因也在送行的人群中。徐志摩知道这一别将是永远地失去林徽因，心中的伤感与悲凉不能自抑。火车快开了，他急忙拿起笔给林徽因写信。信未写完，火车开动了，徐志摩冲过去想把信交给林徽因。泰戈尔的秘书恩厚之看到徐志摩太伤感，连忙把他拦住。这封未写完的信一直保存在恩厚之那里，许多年后，有人把它复印下来：

我真不知道我要说的是什么话，我已经好几次提起笔来写，但是每次总是不成篇。我这两日的头脑总是昏沉沉的，开着眼闭着眼却只见大前晚模糊的凄清的月色，照着我们不愿意的车辆，迟迟的向荒野里退缩。离别！怎么的能叫人相信？我想着就要发疯。这么多的丝，谁能割得断？我的眼前又黑了……

林徽因赴美以后，有一段时间，徐志摩仍未忘情林徽因。有一次，林徽因从美国来消息说，想收到徐志摩的信。徐志摩激动不已，连忙发电报回复，结果神魂颠倒地在半小时内发了又重发。

时光的河水能带走一切感情的波澜。陆小曼出现时，徐志摩对林徽因的爱已有了冷静的思考，在这期间他写下了《偶然》，有人说，这是送给林徽因的一首诗：

我是天空里的一片云，
偶尔投影在你的波心——
你不必讶异，

更无须欢喜——
在转瞬间消灭了踪影。

你我相逢在黑夜的海上，
你有你的，我有我的，方向；
你记得也好，
最好你忘掉，
在这交会时互放的光亮！

徐志摩和林徽因最后一次相处是在1931年，也就是徐志摩生命的最后一年。林徽因回国后，和梁思成一起在东北大学任教。1931年，林徽因因患肺病在北平香山疗养。这时，徐志摩也从上海到北平任职。徐志摩一直牵挂着林徽因的病，再加上梁思成不在身边，那段时间徐志摩成了香山的常客。因为曾经有段特殊的感情关系，徐志摩的经常探望，传出了很多“浮言”。很快也传到远在上海的陆小曼的耳中，陆小曼免不了写信猜疑、挖苦，志摩也有更多的辩解。有志摩信为证：

此次相见与上迴不相同，半亦因外有浮言，格外谨慎，相见不过三次，绝无愉快可言。……我不会侍侯病，无此能干，亦无此心思：你是知道的，何必再来说笑。

经历了许多人世沧桑以后，两人的重逢，不能不产生许多恋旧的情绪。徐志摩与陆小曼感情的不和谐带来的苦闷和重压，也在林徽因那里得到释放，徐志摩仿佛找到了自己久已失去的灵性，又开始写诗了。

徐志摩生前出版三本诗集。第一本《志摩的诗》，题词是“献给爸爸”。第二本《翡冷翠的一夜》是用给陆小曼的信作为代序，是送给陆小曼的礼物。1931 年 8 月出版的《猛虎集》印了当时写的《云游》作为献词，结合诗集的序文不难看出，第三本诗集是献给林徽因的。

因为懂得，所以珍惜。林徽因的心灵深处还是没有割舍掉徐志摩。在香山的寂静时光里，像是追怀又像是呼应，林徽因的诗句低吟而出：

那一晚我的船推出了河心，
澄蓝的天上托着密密的星。
那一晚你的手牵着我的手，
迷惘的星夜封锁起重愁。
那一晚你和我分定了方向，
两人各认取个生活的模样。
……
(《那一晚》)

你舒伸得像一湖水向着晴空里，
白云，又像是一流冷涧，澄清
许我循着林岸穷究你的泉源：
我却仍然怀抱着百般的疑心，
对你的每一个映影！
……
(《仍然》)

徐林最后一次见面是在 1931 年 11 月 10 日晚的一次茶会上。告别之后，徐志摩再去林徽因家，恰逢林徽因外出，徐志摩坐了一会，喝了一杯茶，写下一张便条离开了。林徽因回来，看到便条："定明早六时起飞，此去存亡未卜……"心中一怔，忙给徐志摩打个电话。徐志摩回答："你放心，很稳当的，我还要留着生命看更伟大的事迹呢，哪能便死？"

这个"更伟大的事迹"，如果可以具体地说，应该是指林徽因将在协和小礼堂为外国使节作的关于中国建筑的演讲吧。

1931 年 11 月 19 日，徐志摩考虑到当天晚上林徽因的演讲，在南京毫不犹豫地搭乘一架小型邮政飞机返北平，结果踏上了不归路。

"我不知道风是在哪一个方向吹"——徐志摩和陆小曼

陆小曼原名陆眉，小曼是徐志摩给她的名字，是指小曼殊菲尔，借以纪念他在英国结识的一个著名的女作家曼殊菲儿（现译"曼斯菲尔德"）。这个风华绝伦，美貌惊人的英国女作家是徐志摩心仪的圣洁女神，她曾经在家中短暂地接待过徐志摩，给唯美浪漫的徐志摩以"美"的感悟和启示。

陆小曼是江苏常州人，陆家是当时常州的名门望族。其父是前清举人，后留学日本，入帝国大学深造，为日本首相伊藤搏文的得意弟子，回国后，在外交部门工作。陆小曼聪明伶俐，悟性极好，十五六岁时就能讲一口流利的英语和法语。在法国圣心学堂读书之余，还喜欢读诗作画，跳舞演戏。

当时，北京外交部经常举行交谊舞会，陆小曼常被邀请参加。

小曼举止大方，又能用英语和法语与外宾交谈，跳起舞来，风姿绰约，“中外的男宾固然为之倾倒，就是中外的女宾，见了她好像也目眩神迷似的，必欲与之一言而后快。”

这样一位光彩照人，多才多艺的名门闺秀，在十七八岁时，已经誉满京城，成为北京社交界的数得着的名姝，当时有“南唐（唐瑛）北陆（陆小曼）”之誉。

小曼十七岁那年，由父母做主，嫁给了在外交部声誉鹊起的武官王赓。王赓少年得志，毕业于美国西点军校，与美国前总统艾森豪威尔是同学。回国后，在外交部工作，后执教于北京大学。1919年顾维钧担任北洋政府出席巴黎和会的代表，王赓随任上校武官，在当时颇为引人注目，被认为是前途无量的少壮派人才。

婚后，小曼渐渐发现自己的婚姻并不是想象中那样和谐和愉快。丈夫虽然学贯中西，文武全才，但是在应付女人方面，却完全是一个门外汉。自娶到一个如花似玉的太太以后，还是一天到晚手不释卷，严肃威武有余，温存柔情不足。

小曼喜欢交际，喜欢浪漫，也喜欢享受，她知道自己与丈夫在性情方面有差异，但木已成舟，自己只能直着脖子在人面前唱假戏，对于丈夫，自然也是敬多爱少。

也许是命运安排，在新月俱乐部的一次招待会上，浪漫诗人徐志摩认识了陆小曼。风情万种的小曼出现在眼前时，徐志摩怔住了，小曼仿佛天空中一颗璀璨的明星，浑身散发出耀眼的光彩。小曼优雅的谈吐，华贵的气质，娇媚的容颜，通体展现出一种摄人心魄的美。徐志摩禁不住想起了自己心目中的圣洁女神曼殊菲尔。

王赓也是梁启超的弟子，徐志摩早在此前就认识他。和陆小曼几次交往以后，徐志摩成了王家的常客。小曼喜欢交际游玩，王赓由于公事不能作陪，就让徐志摩陪同。他们一起去六国饭店跳舞，一起游览西山观赏红叶，一起去吉祥戏院听戏。

志摩和小曼单独接触久了，便发生了炽热的感情。一个是才华横溢的诗人，一个是风姿绰约的女子，出于共同的情感需要，双方都从对方身上发现自己久已渴求的东西。

在徐志摩眼里，陆小曼俨然是自己心目中理想的曼殊菲尔，他曾说："……眉，你真玲珑，你真活泼，你真像一条小龙。我爱你朴素，不爱你奢华。你穿上一件蓝布袍，你的眉目间就有一种特异的光彩，我看了就心里觉着不可名状的欢喜。"

面对风流倜傥、热情如火的徐志摩，陆小曼也仿佛发现一片新天地，终于找到自己梦想中的知己。

以前的一切我都感觉到假，为什么一个人先要以假对人呢？……自从我认识了你的真，摩，我自己羞愧死了，从此我也要走上"真"的路了。

只有你，摩，第一个人从一切的假言假笑中看透我的真心，认识我的痛苦，叫我怎能不从此收起以往的假而真正的给你一片真呢！自从认识了你，我就有改变生活的决心，为你我一定认真的做人了。

（《小曼日记》）

"忠厚柔艳如小曼，热烈诚挚若志摩，遇合在一起，自然要发放火花，烧成一片了，哪里还顾得了纲常伦教？更哪里还顾得了宗法家风。"1925 年春，一个离过婚的浪漫诗人与一个结了婚的闺中少妇惊世骇俗的婚外恋，成了京城交际圈最轰动的话题。

紧接着社会舆论一片鼎沸，父母的反对，亲友的非议，给徐陆两人极大的心理压力，也使他们的爱情经受严重的考验。为了对抗社会的压力，表达自己对自由恋爱的无畏追求。徐志摩写下了《这是一个懦弱的世界》一诗：

这是一个懦弱的世界：
容不得恋爱，容不得恋爱
披散你的满头发，
赤露你的一双脚；
跟着我来，我的恋爱，
……
听凭荆棘把我们的脚心刺透，
听凭冰雹劈破我们的头，
你跟着我走，
我拉着你的手，
逃出了牢笼，恢复我们的自由！

目睹陆小曼的情变，王赓当然痛苦不堪。他曾经想试图留住小曼的心，但是小曼对志摩的情越来越深，这更加深了他的痛苦。夫妻双方经过大半年的对峙，王赓看到和好无望，终于答应与小曼离婚。据说，这个受过西方教育的绅士和小曼离婚后，曾当面对徐志摩说："我们大家都是知识分子，我纵和小曼离了婚，内心并没有什么成见；可是你此后对她务必始终如一，如果你三心二意，给我知道，我定以激烈手段相对的。"

小曼自由了，徐陆之恋进入了他们的最终愿望——结婚阶段。

紧接着，志摩只身南下故乡硖石，说服了父亲徐申如同意他们的婚事。但是徐父也对儿子"约法三章"：一是结婚费用自理，家庭概不负担；二是婚礼必须由胡适做介绍人，梁启超证婚，否则不予承认；三是结婚后，必须回南方，在硖石老家安分守己地过日子。

1926 年 10 月 3 日也是农历的八月二十七日，徐志摩和陆小曼的婚礼在北海举行。来宾有二百多人，大都是京城文化界的名人。赵元任、陈寅恪专程从清华赶来，张幼仪的八弟张嘉铸也盛装参加。证婚人是梁启超，伴婚人是金岳霖。胡适不在国内，未参加。

一代宗师梁启超模仿西洋牧师的方式主持了婚礼。接下来，对徐陆二人发表了一通严厉的训词：

徐志摩，陆小曼，你们听着，你们都是离过婚，又重新结婚的，这全是由于用情不专，以后要痛自悔悟……我作为你们的先生——假如你还认我为你的先生的话——又作为今天这场婚礼的证婚人，我送你们一句话：祝你们这是此生最后一次结婚。

梁启超劈头盖脸的一顿训词，使原本不寻常的婚礼变得更加富有戏剧色彩了。

骂就骂吧，有了陆小曼，就什么都有了。看到自己奋斗两年的爱情终于修成了正果，徐志摩的心里还是抑不住的高兴。他在婚后给恩厚之的信中说：

我经过一场苦斗，忍受了许多创痛，那时候除了一二知己（胡适）的同情外，几乎一切事情都与我作梗。但我毕竟胜利了——我击败了一股强悍无比的恶势力，就是人类社会赖以为基的无知和偏见。

婚后，徐志摩、陆小曼一起到上海定居。自从有了陆小曼，志摩仿佛进入了自己多年追求的“爱、自由、美”的理想境界，“不仅脸上笑容多，心花也常常开着的”。新的生活也可能意味着新的转机，徐志摩也希望借此在事业上有一番作为。

然而诗人理想的翅膀一旦陷入世俗的泥沼，就飞不起来了。徐志摩还没有尽情享受新婚的快乐和幸福，新的烦恼就渐渐地向他袭来。

陆小曼从小养尊处优，善于交际，一到上海，很快就融入了上流社会。在每天的酒宴、舞会、戏院的漩涡之中，小曼如鱼得水。志摩为了让妻子高兴，一味迁就，有时还陪同小曼一起出入。日子久了，志摩也生得无限烦闷，他的朋友也对他们花天酒地的生活深感不安。

小曼生活的奢侈让人不敢想象。他们住在上海四明村的一所洋房里。每月房租就要花一百多大洋。家里还有汽车，小曼还有贴身丫鬟，再加上仆人、厨师、司机，佣人就有十个左右。每月的开销至少也得五六百元。他们的朋友郁达夫、王映霞到徐宅做客，心高气盛的王映霞看到徐家的排场也自愧不如。

小曼在北平就是出名的会花钱的小姐。在上海的日常生活中，吃西餐，吃大菜是家常便饭。有一次竟带领全家和客人去了一家幺二堂子，为所谓的一年一度的菊花大会摆酒庆祝。

小曼的挥霍苦了志摩，为了贴补家用，他不得不在光华大学、东吴大学任教，课余还要赶写诗文，赚取稿费。生活的重担压得志摩失去了笑容，笔头也迟钝了，他对小曼虽然还爱着，但总提不起精神。

小曼到上海后，很快结识了翁瑞午、江小鹣一帮朋友。江、翁都是世家子弟，又附庸风雅、爱好文艺。他们经常请小曼外出游玩、上台票戏。当时的上海上流社会，闻小曼登场，都以一睹小曼风采为荣。

志摩不得不陪着小曼票戏，有时候为了让小曼高兴，也妇唱夫随，凑个角色，为小曼配戏。1927 年 12 月，在上海的夏令匹克电影院，江小鹣主持的天马剧艺会组织了两场票友会演出。在演出《玉堂春》剧中，陆小曼饰苏三，翁瑞午饰王金龙，江小鹣饰蓝袍，徐志摩饰红袍。据说那天演出，徐志摩的演技最差，坐在那里，总把两脚伸到桌帏外面。

当时关于翁瑞午和陆小曼关系暧昧的流言已经很多。就是这次演出，无聊的小报就制造出"三男跑龙套，一女领风骚"的新闻。志摩也觉得很别扭，心里不是滋味。当晚就写下了一段苦闷的文字：

我想在冬至时节独自到一个偏僻的教堂里去听几折圣诞的和歌，但我却穿上了臃肿的袍服上舞台去串演不自在的"腐"戏。我想在霜浓月澹的冬夜独自写几行从性灵暖处来的诗句，但我却跟着人们到涂蜡的跳舞厅去艳羡仕女们发金光的鞋袜。

还有更让志摩痛苦的，就是小曼身体不好，常常生病，而翁瑞午却有一手推拿绝技，常为小曼推拿。后来为了治病，翁瑞午又教小曼吸食鸦片。经常看到的场景是，在徐家客厅的烟榻上，他们两人一榻横陈，隔灯并枕，吞云吐雾。

徐志摩看在眼里，嘴上不说，心里不能不蒙上一层阴影。《眉轩琐语》记载了当时志摩的一些心绪：

爱的出发点不定是身体，但爱到了身体就到了顶点。

厌恶的出发点，也不一定是身体，但厌恶到了身体也就到了顶点。

过去的日子只当是一堆灰，烧透的灰，字迹都不见一个。

我惟一的引诱是佛，它比我大得多，我怕它。

徐志摩那种痛苦与烦闷的心情由此可见一斑。

志摩竭力想把小曼从糜烂的生活中拯救出来，但收效甚微。“生活逼成了一条甬道”，上海不能再待下去了。志摩为了拯救自己，也希望小曼从此振拔，在他生命的最后一年，离沪赴京。

到了北京的志摩还是放心不下，为了家庭也为了小曼，半年之间往返八次。他始终没有放弃对小曼振作起来、重新做人的期待和希望，直到最后飘然云天外。

此恨绵绵无绝期——陆小曼、林徽因和张幼仪

1931 年 11 月 19 日，白马山上一声巨响，把小曼从纸醉金迷中惊醒过来。千般悲痛，万般悔恨齐聚心头。她饱蘸血泪给志摩写下挽联：

多少前尘成噩梦，五载悲欢，匆匆永诀，天道复奚论，欲死未能因母老。

万千别恨向谁言，一身愁病，缈缈离魂，人间应不久，遗文编就答君心。

志摩死后，小曼素服终生，没有再嫁。她一方面和赵家璧一起收集志摩遗作，编辑《志摩全集》；另一方面再拜名师，苦心学画，最终成了中国现代绘画史上一个不可多得的女画家。

在小曼的卧室里，悬挂着大幅的志摩遗像。她每隔几天就送上一束鲜花。她曾对王映霞说:“艳美的鲜花是志摩的象征，他是永远不会凋谢的。”在书桌的玻璃板下，有她用正楷写下的白居易《长恨歌》中的诗句:“天长地久有时尽，此恨绵绵无绝期。”

1965年4月1日，陆小曼病逝于上海华东医院。

徐志摩遇难的噩耗传来，林徽因只觉世界一片黑暗，心中的悲痛犹如肝肠寸断。她知道，徐志摩坐飞机匆匆赶回，是为了出席自己的学术演讲会。在无限的哀恸之中，她赶制了一个用碧绿铁树枝扎成缀以白花的小花圈，托梁思成带到济南，放在徐志摩的棺木前。

在飞机失事地点，理解妻子的梁思成，特地捡回一块未燃尽的飞机残骸。林徽因用黄绫布包着，挂在自己的卧室里，以志永远的纪念。

此情可待成追忆。此后的岁月里，林徽因写下了《悼志摩》、《纪念志摩去世四周年》等文，往事历历如在眼前，只是志摩已长眠于地下，生者灵魂的歌哭，只能诉诸缈远的长天，永夜的悲风。

斯人已去，人事已远。仿佛是为了告慰志摩的在天之灵，1936年，林徽因发表了自己写于徐志摩去世后的诗作《别丢掉》:

别丢掉

这一把过往的热情，

现在流水似的，

轻轻

在幽冷的山泉底，

在黑夜，在松林，

叹息似的渺茫，

你仍要保存着那真!

一样的月明，

一样的隔山灯火，

满天的星，

只使人不见，

梦似的挂起，

你问黑夜要回

那一句话——你仍得相信

山谷中留着

有那回音！

“山谷中留着 / 有那回音”，林徽因最终说出这句深藏于心也是志摩期待已久的话。

1955 年 4 月 1 日清晨，在经受了长达十五年的疾病折磨之后，一代才女林徽因带着那片飞机残骸告别了人世。

徐志摩遇难的噩耗传到张幼仪那里，她简直不敢相信自己的耳朵。对儿子阿欢说：“你爸爸上天了，快随你舅舅去接灵吧！”

这位“有志气有胆量的女子”，内心里始终存着“浪子回头”的幻想。志摩的遇难，击碎了她的最后一丝希望。悲痛欲绝之后，写下挽联：

万里快鹏飞，独憾翳云遂失路；

一朝惊鹤化，我怜弱息去招魂。

此后的张幼仪，孑然一身，一如既往地侍候公公，教育儿子，并全力经营徐家产业。在四哥的帮助下，她在上海创办第一家女子

张幼仪、林徽因、陆小曼

商业银行，自任董事长和总经理。1946 年，还以民主社会党中执委的身份，管理着民社党的财务。1949 年，张幼仪定居香港，不久与医生苏季之结婚。在经历了一个幸福的晚年后，1989 年 1 月 21 日病逝于美国。

晚年的张幼仪经常对她的侄孙女张邦梅长谈自己的一生。张邦梅是张幼仪八弟张嘉铸的孙女，毕业于哈佛大学东亚系中国文学专业，她把张幼仪的经历写成毕业论文，后来扩充成《小脚与西服》一书，1996 年在台湾出版。

在《小脚与西服》中，张邦梅问晚年的张幼仪对徐志摩是什么感情。生平“殊少欢愉”、尝遍人间爱痛的张幼仪，对此做了一个意味深长的回答：

你总是问我，我爱不爱徐志摩。你晓得，我没办法回答这问题。我对这个问题很迷惑，因为每个人总是告诉我，我为徐志摩做了这么多事，我一定是爱他的。可是，我没有办法说什么叫爱，我这辈子从没有跟什么人说过“我爱你”。如果照顾徐志摩和他家人叫做爱的话，那我大概爱他吧。在他一生当中遇到的几个女人里面，说不定我最爱他。

徐志摩生平年表

1897 年 1 月，出生于浙江海宁硖石镇。

1907 年，入硖石开智学堂就读。

1909 年，入杭州府中学。

1915 年，考入上海沪江大学，与张君劢之妹张幼仪结婚。

1916 年，入北京大学预科学习。

1918 年 6 月，拜梁启超为师。

1918 年 8 月，赴美留学，入克拉克大学历史系。

1919 年 9 月，入哥伦比亚大学经济系。

1920 年 10 月，赴英国伦敦大学伦敦政治经济学院攻读博士学位，结识英国作家威尔斯，对文学兴趣渐浓。

1922 年 3 月，与张幼仪离婚，入剑桥大学国王学院学习。

1923 年 3 月，发起成立“新月社”。同时在北京大学英文系任教。

1924 年 4 月至 5 月，泰戈尔访华，陪同在各地访问。8 月，第一本诗集《志摩的诗》出版。

1926 年 10 月，与陆小曼结婚。

1927 年 9 月，第二本诗集《翡冷翠的一夜》由新月书店出版。任上海光华大学教授。

1928 年 11 月，最有名的代表作《再别康桥》问世。

1929 年 9 月，应聘任南京中央大学文学院英语文学教授。

1931 年 1 月，与陈梦家、方玮德等创办《诗刊》季刊。8 月，诗集《猛虎集》出版。

1931 年 11 月 19 日上午，搭乘从南京到北平的“济南号”邮机，到达济南附近时飞机触山失事，遇难身亡，时年三十四岁。

沈从文

“我行过许多地方的桥，看过许多次数的云，喝过许多种类的酒，却只爱过一个正当最好年龄的人。”这是恋爱中的青年沈从文写给心上人张兆和的情话，如此充溢感情的话沈从文写了一生，张兆和也读了一生。

“爱情的甜酒”

1928年，由徐志摩推荐，只有小学文凭的沈从文被胡适担任校长的上海中国公学聘为讲师，主讲低年级的文学课。这时的沈从文，不再是那个连标点符号都不会用的“乡下人”了，凭着手中一枝勤奋的笔，他已经在文坛上初露头角。现在又有了大学教师这份体面工作，心中的欣喜可想而知。

谁又曾想到，就在中国公学，他遇到了“一个正当最好年龄的人”，陷入了一场纠缠一生的师生恋。

第一次登台讲课的时间到了，沈从文既兴奋又紧张。他特意准备了一番，匆匆走上讲台。谁知生性内敛的沈从文，还是改变不了胆怯羞涩的性子。当他抬头看见黑压压一片人头时，脑子“嗡”的一声怔住了，要说的话堵在嗓子里就是出不来。就这样，待在讲台上，足足站了有十分钟。然后，他突然惊叫了一声说：“我见你们人多，要哭了。”这一句古往今来堪称奇绝的开场白以后，沈从文就滔滔不绝地讲起来了。更让他难堪的是，在匆忙中，原先准备的一个小时的内容竟在十分钟讲完了。

同学们议论纷纷，消息传到校长胡适耳中。胡适不但不介意，还笑着说：“上课讲不出话来，学生不轰他，这就是成功。”

就在这次课上，一个美丽脱俗的身影闯入沈从文的心里，这就是张兆和，秀丽的面庞，窈窕的身材，微黑的肤色。这位出身苏州的名门闺秀，刚从预科升入大学一年级，被学生公认为中国公学的校花。

张兆和美丽沉静的身影摇荡着沈从文的心旌。一股股爱的潮汐来得那么猛烈，沈从文常常坐卧不安，心神不宁。他总是情不自禁地向张兆和的宿舍走去，可是站在张兆和面前，这个口齿木讷的人又不知怎样对张兆和倾吐。

沈从文想到自己的笔，他开始用那只打天下的笔给张兆和写情书了，而且一发不可收。

有一天，张兆和突然接到一封薄薄的信，拆开一看，才知道是沈从文老师的信。第一句话是："不知道为什么我忽然爱上你？"这位对爱情还没有准备好的少女，面对连篇累牍的情书不知所措。她知道沉默是最好的拒绝方式，然而，张兆和的不理不睬差点要了沈从文的命：

因为爱她，我这半年来把生活全毁了，一件事不能作。我只打算走到远处去，一面是她可以安静读书，一面是我免得烦恼。我还想当真去打一仗死了，省得把纠葛永远不清。

（《沈从文致张兆和的同学王华莲》）

沈从文狂热地爱上张兆和的消息，在校园里传播开来，有人说张兆和不理睬沈从文，以至于沈从文要自杀，这给这个单纯的少女以无形的压力。在同学的劝说下，张兆和抱着一摞情书找到校长胡适。

谁知沈从文早已告诉胡适此事，胡适答应要帮助沈从文解决这个问题。这位出色的"爱情大使"对找上门来的张兆和说："沈从文是个天才，是中国小说家最有希望的一个。社会上有这样的天才，人人应该帮助他，使他有发展的机会。"

张家小姐说："我正在念书，也没时间去应付这个事情。"胡适笑着说："他崇拜你真是崇拜到极点了。他文章写得好，你们不妨通通信啊？”

胡适答应写一信劝劝沈从文，张家小姐告辞。

在随后写给沈从文的信中，胡适说：

……这个女子不能了解你，更不能了解你的爱，你错用情了。“爱情不过是人生的一件事（说爱是人生唯一的事，乃是妄人之言）我们要经得起成功，更要经得起失败。”你千万要挣扎，不要让一个女子夸口说她曾碎了沈从文的心……

胡适的“调停”并没有阻止沈从文一封封情书的传递，反而他似乎从中得到一种间接的鼓励。在张兆和眼里，这一封封曼妙轻扬的情书，无疑是莫大的诱惑，扔在一边又忍不住去想去读，一种甜蜜的忧愁充溢心中，潜意识里，爱在悄悄萌芽。

在这期间，沈从文写了多少情书，没有准确的记录，但估计有几百封。这些情书大都毁在抗战初期的硝烟之中。在现今仅存的几封中，我们仍能发现沈从文的倾心和痴诚。

……每次见到你，我心上就发生一种哀愁，在感觉上总不免有全部生命奉献而无所取偿的奴性自觉，人格完全失去，自尊也消失无余。明明白白从此中得到的是一种痛苦，却也极珍视这痛苦来源，我所谓“顽固”，也就是这无法解脱的宿命的粘恋。……

……“一个女子在诗人的诗中，永远不会老去，但诗人，他自己却老了。”我想到这些，我十分忧郁了。生命都是太脆弱的一种东西，更不比一株花更经得住年月风雨，用对自然倾心的眼，反观人生，使我不能不觉得热情的可珍，而看重人与人凑巧的藤葛。……

……“崔苇”是易折的，“磐石”是难动的，我的生命等于“崔苇”，爱你的心希望它能如“磐石”。

望到北平高空明蓝的天，使人只想下跪，你给我的影响恰如这天空，距离得那么远，我日里望着，晚上做梦，总梦到生着翅膀，向上飞举。向上飞去，便看到许多星子，都成为你的眼睛了。

××，莫生我的气，许我在梦里，用嘴吻你的脚，我的自卑处，是觉得如一个奴隶蹲到地下用嘴接近你的脚，也近于十分亵渎了你的。

我念到我自己所写到“崔苇是易折的，磐石是难动的”时候，我很悲哀，易折的崔苇，一生中，每当一次风吹过时，皆低下头去，然而风过后，便又重新立起来了，只有你使他永远折伏，永远不再作立起的希望。

沈从文凭着乡下人的憨劲，把这场马拉松式的求爱过程进行了将近四年。1932 年暑假，正在青岛大学任教的沈从文决定去苏州看望张兆和，希望能得到一个明确的答复。

这天，苏州九如巷三号的大门堂中，站了一个苍白脸戴眼镜的羞涩的客人，说是从青岛来，姓沈。喜爱成人之美的张家二小姐允和见义勇为，热情招待了他。沈从文带了一大包礼物送给张兆和，大都是英译精装本的俄国小说。这些英译名著，是托巴金选购的。还有一对贵重的书夹，上面有两只有趣的长嘴鸟。这些礼物，据说是他卖了一本书的版权买的。张兆和觉得礼太重了，退了大部分书，只收下《父与子》与《猎人笔记》。

张家父亲张吉友是个商人，受过五四新思潮的洗礼，开明仗义，爱惜人才。他有四个女儿，个个天资聪明、才貌双全，其中张兆和是他的三女儿。在对子女教育方面，张吉友主张任其自由发展，儿女婚姻恋爱，他从不干涉。

张家父亲见到沈从文，谈得十分相投，彼此心照不宣。沈从文曾经致函张家二小姐询问父亲意见，并向张兆和说：“如爸爸同意，就早点让我知道，让我这乡下人喝杯甜酒吧。”父亲同意了这门婚事，张家二小姐允和给沈从文拍了一个电报，简约地用了她自己名字“允”。张兆和怕沈从文不明白，去电报说：“乡下人，喝杯甜酒吧。”电报员奇怪，问是什么意思，兆和不好意思地说：“你甭管，照拍好了。”

1933 年初，沈从文和张兆和订婚后，一起去青岛。沈从文在青岛大学教小说史和散文写作，张兆和在青岛大学图书馆编英文书目。

经过多年的追求，张兆和终于在自己身边了。有一次，张兆和问沈从文：“为什么有好多很好看的女子你不麻烦，却老是缠着我？我又不是什么美人，为人老实不中用，实在很平凡。”

沈从文说：“美是不固定无界限的，凡是凡物对一个人能够激起情绪，引起惊讶，感到舒服就是美。我认识许多女子，但能征服我，统一我，只有你有这种魔力和能力。”

1933 年 9 月 9 日，沈从文和张兆和在北平中央公园水榭结婚。婚礼很简单，没有仪式，没有主婚人、证婚人。沈从文穿一件蓝色葛夹袍，张兆和穿一件浅豆沙色普通绸旗袍。客人大都是北平几所大学和文艺界的朋友。

新居在西城达子营的一个小院落，院子里有一棵枣树和一棵槐树，沈从文称它为“一枣一槐庐”。新房没有什么陈设，两张床上各罩一锦缎百子图的罩单，是梁思成、林徽因夫妇送的，才略显新婚的喜庆气息。

云南看云——生命的“偶然”与“情感发炎”

沈从文在收获着爱情的同时，在创作上也取得了丰硕成果。小说《边城》是沈从文新婚蜜月的产物。这是一部比较客观化的作品，和沈从文自己的婚恋生活没有什么联系。但是沈从文在后来写的《水云》中说，《边城》是将自己“某种受压抑的梦写在纸上”。

什么是自己“受压抑的梦”？在新婚蜜月里，为什么《边城》是一部悲剧的作品？沈从文解释说：“情感上积压下来的一点东西，家庭生活并不能完全中和它消耗它，我需要一点传奇，一种出于不巧的痛苦经验，一个从我‘过去’负责所必然发生的悲剧。换言之，即完美爱情生活并不能调整我的生命，还要用一种温柔的笔调来写爱情，写那种和我目前生活完全相反，然而与我过去情感又十分相近的牧歌，方可望使生命得到平衡。”从中不难看出，沈从文的解释颇具弗洛伊德的味道，幸福而平静的生活无法消耗淤积内心的激情能量，当理想的爱情一旦走向实际的婚姻，精神的厌倦与疲乏似乎需要再次激起内心的风暴，尽管这可能比较节制和隐晦。

沈从文和高青子的婚外恋关系已被研究界承认。高青子是诗人高韵秀的笔名，她是民国第一任总理熊松龄家的家庭教师。沈从文 30 年代在北平时，去找熊松龄办事时认识高青子。双方交谈后，都留下很好的印象。有人说沈从文在熊松龄家辅导过高青子怎样作文。高青子崇拜沈从文，她身上的服装都是模仿沈从文小说中主人公的装束。这被沈从文发现，彼此心照不宣，也因此感动了沈从文。

高青子的小说《紫》在沈从文主编的《国闻周报》上发表时，沈从文还帮助她修改过。小说的情节大致为沈从文而设计，人物关系和命运与当时沈从文的处境相当吻合。明眼人不难看出他们两人之间的关系。

沈从文和高青子的关系给张兆和以很大打击，她当时刚生下长子龙朱，正在医院里。当时许多亲友居中斡旋，还帮助高青子找对象，希望他们从此了结关系。据说，翻译家罗念生就是一个“对象”人选。

许多年以后，有人采访张兆和，她仍对此事耿耿于怀，她承认高青子人长得很美，当时与沈从文关系密切。

“偶然”的灵魂出轨并没有改变沈从文和张兆和婚姻的固有航道。沈从文还是深爱着张兆和，他在情感上受高青子吸引，但理智把他坚定地留在张兆和身边。

抗日战争爆发后，沈从文历经辗转到达昆明，在西南联大任教。这时高青子也到了昆明，在联大图书馆工作。昆明的重逢，使两人的交往更加密切。在理智与情感的矛盾中，情感又占据了上风。这时期沈从文创作的《看虹录》闪现了两人情感放纵的影子。小说写一个作家身份的男子深夜去探访自己的情人，用意象传达出一种含蓄的色情。有人证实，小说写到的房间就是沈从文昆明的家，其中的女子，在性情、服饰、举止方面都取自高青子。据后来张兆和说，沈从文当时不让她读《看虹录》，有人问沈从文小说的真实性，沈从文笑而不答，这也说明小说有某种程度的真实性。

沈从文和高青子的关系没有一直维持下去，与坚固的长久的婚姻比起来，短暂的婚外恋要脆弱得多。当感情退潮，理性回归，双方都带着“一种出于勉强的充满痛苦的笑”终结了这场感情的漩涡。

写于1942年的《水云——我怎么创造故事，故事怎么创造我》，是沈从文情感历程和写作历程的心理自传。在这本自传里，沈从文把许多具体事件都化作抽象的思想。我们从书中提到的“偶然”，可以发现高青子的影子。

高青子走了，给沈从文留下的只有“云南看云”了。写于1946年的《主妇》是沈从文纪念结婚十三周年的作品，也是沈从文写给张兆和的忏悔书。在小说中，沈从文现身说法，对妻子造成的伤害表示深深的歉意，他的态度十分诚恳：“和自己的弱点作战，我战争了十年。”

1949——“为了你们，我终得挣扎”

1949年，一个新的伟大时代到来的时候，正准备“好好地来写”一二十本文学作品的沈从文，中止了文学事业，也走下了北大中文系的讲台。由于内外原因交互作用，从一月起，沈从文陷入精神失常，他病了很久，很久……

沈从文陷入精神恍惚之中，无论张兆和怎样开导，都没有效果。和沈从文相处以来，张兆和第一次尝到了束手无策的滋味。她没有听从别人的劝说：“你们别管他，随他去。”而是尽力找朋友来开导他。

住在清华园的梁思成林徽因夫妇、金岳霖等朋友知道了，就把沈从文接到刚刚解放的清华园去调养。当时北平还在围城之中，解放后的清华园依然宁静安详。沈从文每天在金岳霖家住宿，在林徽因家吃饭。饭后，总是漫无目的地聊天，借此缓和沈从文精神上的压力。林徽因是沈从文多年的知心朋友，沈从文遇到什么不顺心的事总是说给林徽因听。现在，自己的老朋友病了，林徽因不能不放在心上。关于他们之间的关系，费慰梅在《梁思成与林徽因》一书中说：“他们之间发展了一种亲密的友谊。她对他有一种母亲般的关怀，而他，就像一个亲爱的儿子一样，一有问题就去找她商量办法。”在 30 年代，沈从文陷入一场情感风波时，他曾毫不隐瞒地向林徽因倾诉，林徽因也给予足够的同情和抚慰。

在清华期间，沈从文写下了一些“呓语狂言”，能看出他心灵的痛苦与挣扎，他试图突围，但无功而返。

我应当休息了，神经已发展到一个我能适应的最高点上。我不毁也会疯去。（题《绥魇》的文旁）

我十分累，十分累。闻狗吠声不已。你还叫什么？吃了我会沉默吧。我无所谓施舍了一身，饲的是狗或虎，原本一样的。社会在发展进步中，一年半载后这些声音会结束吗？（复张兆和的信）

你说的是，可以活下去，为了你们，我终得挣扎！但是，外面风雨必来，我们实无遮蔽。我能挣扎到什么时候，神经不崩毁，只有天知道！我能和命运挣扎？

小妈妈，你的爱，你的对我一切善意，都无从挽救我不受损害。这是夙命，我终得牺牲。（复张兆和的信）

极度不安的恐惧还在心头萦绕，似乎还有更大的“破坏”要来……

1949 年 3 月 28 日，在无法排解的苦闷中，沈从文用剃刀刺破颈部及手腕上的血管，又喝了一些煤油，企图寻求永远的解脱……但是被及时发现送到医院，医生把他从死亡的边缘挽救了回来。沈从文醒过来以后，觉得自己是被投进了监狱，直喊着“我要回家，我要回家”……

与沈从文生活十几年的张兆和也一筹莫展，她对沈从文的精神世界并不十分明白，因而不可能理解沈从文的惶恐。她所能做的只有生活上细心的照顾和精神上的抚慰。她曾对沈从文说：“我一直很强健，觉得无论如何要坚强地扶持你渡过这个难关，我想我什么困难，什么耻辱，都能够忍受。”

我相信此时的张兆和最孤独，距离不能将他们分开而疾病却能。这一切都没有改变张兆和，她怀着与当初同样的耐心，在每一个寂静的夜晚，等待着沈从文归来。

妻子、孩子对新社会的热情，无形中影响着沈从文。新社会没有什么可怕的，经过漫长的时间煎熬和心灵的痛苦挣扎，沈从文终于度过了这场危机。他仿佛脱胎换骨似的迎接着一个崭新的自己。1949 年 11 月 13 日，对沈从文来说，是重要的一天，他在日记中写道：“我怎么会忽然成为这么一个人？过去的我似乎完全死去了。新生的我十分衰弱。只想哭一哭。我好像和一切隔离，事实上却和一个时代多少人的悲喜混同而为一。我似乎已觉醒，或已新生。”

不过，历史已不允许他发言，他被排斥在文坛之外，“这是夙命，我终得牺牲”，预言般地划定了他下半生的人生轨迹。

午门城下——生命的放逐与苦难的柔情

沈从文“转业”了，他到午门城下的历史博物馆去上班了。1951 年，他在给一位青年记者未发出的信中说：

我在这里每天上班下班，从早七时到下午六时共十一个小时。从公务员而言，只是个越来越平庸的公务员，别的事通说不上。生活可怕的平板，不足念。

每天虽和一些人同在一起，其实许多同事就不相熟。自以为熟悉我的，必然是极不理解我的。一听到大家说笑声，我似乎和梦里一样。生活浮在这类不相干笑语中，越说越远。

关门时，独自站在午门城头上，看看暮色四合的北京城风景……我明白我生命实完全的孤独……因为明白生命的隔绝，理解之无可望……

信中流露出内心的惨淡、孤独和无望，贯穿着他以后很长很长一段岁月，尤其是政治风暴来临时，这种伤感也就被无限放大。

50年代中期，有一天馆里接到通知，说是领导要来馆里视察。沈从文被通知陪同领导讲解。他一大早来到馆里，等了好久，领导终于到了，原来是北京市副市长吴晗。沈从文见了就躲开了。后来领导追问，他解释说："他曾经是我的学生，我怕他恭恭敬敬地对待我。"据张兆和的二姐张允和后来回忆说："三妹兆和在中国公学读书时是满疯的女孩子，活泼，爱运动，在学校运动会上老是拿第一。很多人追我们的三妹，沈从文的情书最多，吴晗也写过一些。"

此情此境，敏感而又自尊的沈从文还能从容面对吗？他只有一躲了事。

旧日的朋友很多都声名显赫、身居高位，像茅盾、郑振铎、巴金、老舍，都十分活跃，出国飞来飞去，被当成大宾。而当时的沈从文，"天不亮即出门，在北新桥买个烤白薯暖手，坐电车到天安门时，门还不开，即坐下来看天空星月，开了门再进去。晚上回家，有时大雨，即披个破麻袋。"

文革开始后，沈从文作为"反动权威"，在天安门历史博物馆打扫女厕所。沈从文每天把女厕所打扫得干干净净，这项工作持续了一年多。当时沈从文认为："这是造反派领导、革命小将对我的信任，虽然我政治上不可靠，但道德上可靠……"80年代中期，

沈从文和张兆和

沈从文

晚年的沈从文和张兆和

有一个杂志社的女记者采访沈从文，谈及此事时，沈从文突然像一个委屈的孩子一样，抱着女记者的胳膊号啕大哭起来。所有在场的人都惊呆了，不知所措，还是张兆和出来打圆场，像哄孩子一样让老人安静下来。

苦难时期的爱情也让人唏嘘不已。1969年冬天，沈从文下放的前夜，他在家收拾东西时，张允和来看他。在凌乱得难以下脚的房间里，他从鼓鼓囊囊的口袋里掏出一封皱头皱脑的信，又像哭又像笑地对张允和说："这是三姐给我的第一封信。"然后又把信在胸前温热了许久，又小心地放在衣兜里，口中喃喃着："三姐的第一封信——第一封信。"说着就吸溜吸溜哭起来了，快七十岁的老头子像一个小孩子一样哭得又伤心又快乐。

上帝似乎总在他们夫妻之间设置障碍。下放结束以后，沈从文在东堂胡同的住房被别人占去两间，只剩下一间。经过作协的李季和严文井各方奔走，又为张兆和在小羊宜宾胡同争取一间房子。这样沈从文一家就有一块"飞地"。不管是夏天还是冬天的下午五点钟，认识沈从文的人，总是会发现他提着一个南方的带盖的竹篮子，兴冲冲地到另一个"飞地"去。他必须到张兆和那里去吃饭，并带回第二天早上和中午的饭。

沈从文缺少政治经验，在变幻莫测的政治风浪面前，总是显得无所适从。什么事情该说，什么事情该做，全靠张兆和沉稳安排。在黄永玉的记忆中，"婶婶像一位高明的司机，对付这么一部结构很特殊的机器，任何情况都能驾驶在正常的生活轨道上，真是神奇之至。两个人几乎是两个星球上来的人，他们却巧妙地走在一道来了。没有婶婶，很难想象生活会变成甚么样子，又要严格，又要容忍。她除了承担全家运行着的命运之外，还要温柔耐心引导这长年不驯的山民老艺术家走常人的道路。"

沈从文私下里把他的夫人称为“家庭政委”，也就是思想上把关的人。张兆和在《人民文学》编辑部工作，有时她的同事去看沈从文。沈从文往往显得很热情，谈起他发现的文物，如数家珍。但这些编辑爱说些当今文坛上的事，也常常问及沈从文，“可还在写作？”“你的小说选为什么选的那么少？”……每当这种时刻，夫人张兆和总是以眼色、微小的动作，暗示沈从文“三缄其口”。这种微妙的细节，自然也被其他人感到了。

流放者归来——阳光与鲜花的旅途

漫长的冬季终于过去了，走进生命垂暮之年的沈从文迎来了迟到的春天的温暖气息。这个在漫漫长夜中摸索前行的旅人，终于走上阳光与鲜花的旅途。

在东单公园西侧小街的人行道上，走来一对互相搀扶着散步的老人。太阳越升越高，阳光洒在老人的脸上，阵阵花香迎面扑来。沈从文边走边用一只手来解开外套的纽扣，把外套向两边使劲地敞开着，里面露出黄色的薄毛衣。张兆和怕他着凉，赶紧将他的外套合拢，可是沈从文顽固地几次把外套敞开。

沈从文体验到的明朗温暖的时光很短。1988 年 5 月 10 日，沈从文因心脏病突发，在家中去世，走完了自己八十六岁的生命历程。他的孙女沈红说：“他默默地走去，他死得透明。”

“凤兮凤兮归故乡。”沈从文生于湘西凤凰，凤凰也因沈从文而出名。在那一条长达千里的沅水上，沈从文始终没有离开过，二十岁以前他生活在沅水边的土地上，二十岁以后生活在对这片土地的印象里。

魂归与水，这是先生的夙愿。1992 年 5 月 10 日，在张兆和和亲友的护送下，沈从文的骨灰送回他的故乡凤凰安葬，一半撒入沱江，一半埋进墓地。

那天，沱江两岸水清木秀，风和日丽。一叶扁舟载着沈从文的儿子虎雏、孙女沈红，从城东水门码头沿江而下，骨灰缓缓撒下，那一捧捧玫瑰花瓣在水中自如地回旋着，直到消失在人们的视野里。

沈从文的墓地没有坟冢，也没有通常的墓碑，只是在山坡上架有一块形状朴拙的天然五色石。石的正面和背面各铲平一块书写碑文。正面碑文取自先生饱含哲理的句子并手迹：照我思索，可理解“我”；照我思索，可认识“人”。碑文的背面由先生的妻妹张充和撰联并手书：不折不从，星斗其文；亦慈亦让，赤子其人。这也是一幅藏尾联，最后几个字联起来是“从文让人”，也是沈从文一生淡泊如水的写照。在墓碑不远的树荫下，有黄永玉为表叔立的一块墓表，上面写着：“一个士兵，要不战死沙场，便是回到故乡。”这也是沈从文的心愿。

这个朴素的墓地背负听涛山，面临沱江水，满山遍野青松翠竹。张兆和还在墓碑脚下种下一株株虎耳草，这是沈从文喜爱的植物，他曾在那篇著名的小说《边城》里描写过它们。

《从文家书》——“幸福还是不幸？”

沈从文去世以后，张兆和只能靠回忆来回味一起走过的日子。往事历历，从相知、相恋到走向婚姻，张兆和伴随的不是一个平凡的作家，而是“一匹无法驯服的斑马”。她仿佛是一个高明的牧马人，任何情况下都能让“它”奔走在生活的正常轨道上。这位活在伟大作家光环之下的女性，得到了充满诗意和神性的幸福。为此，也付出了巨大代价，也将被永不停歇的时光带走。

留存下来的书信是他们情感生命的结晶，也是他们情感历程的见证。张兆和曾经把这“美丽”的家书，当作世间最宝贵的财富。在战火纷飞的 1938 年，她写给沈从文的信中说：“我又欣喜你有爱写信的习惯，在这种家书抵万金的时代，我应是全北京最富有的人。”

在漫长的岁月中，无论是战乱时的苦苦分离，还是三五日的短暂小别，鱼雁尺素始终连着心与心。1995 年 8 月，沈从文去世七年之后，由沈虎雏编选、张兆和审核的《从文家书》出版。在这部书信选的后记中，张兆和写道：

……从文同我相处，这一生，究竟是幸福还是不幸？得不到回答。我不理解他，不完全理解他。后来逐渐有了些理解，但是，真正懂得他的为人，懂得他一生承受的重压，是在整理编选他遗稿的现在。过去不知道的，现在知道了；过去不明白的，现在明白了。……越是从烂纸堆里翻到他越多的著作，哪怕是零散的，有头无尾，有尾无头的，就越觉斯人可贵。太晚了！为什么在他有生之年，不能发掘他，理解他，从各方面去帮助他，反而有那么多的矛盾得不到解决！悔之晚矣。

这段坦率得令人惊讶的话，后来被补刻在沈从文五色石墓碑下方的一块石碑上。

垂垂老矣的张兆和在忏悔……生命越接近晚年，人变得越完美主义。所有的不理解、不经意和不珍惜都在老人衰老的瞳孔里不断放大和闪回。

许多人注意到他们之间的性格差异，也注意到他们两人在那个特定时代背景下的感情生活。特别是新中国成立初年，满怀热情地拥抱新中国的张兆和总是觉得沈从文落后，拖后腿，她和孩子一起责备沈从文不积极向上，不向新中国靠拢。这给沈从文精神上的压力很大，沈从文也一度想离婚。

伟大的作家注定是孤独的，不仅孤独于自己的时代，也孤独于自己的亲人。

很多年前，沈从文曾委婉地告诫他的读者："你们能欣赏我故事的清新，照例那背后蕴藏的热情却忽略了，你们能欣赏我文字的朴素照例那作品背后的隐伏的悲痛也忽略了。"

他的儿子沈虎雏也说："并不仅仅是大家对他理解不够，我们这些天天和他生活在一起的家人也没有真正地去理解他。尤其是现在父亲去世了，看看他留下的一些文字，觉得确实没能好好地走进父亲的世界。"

"历史是一条河"，所有的浪花都在无声无息中变成了时间。我想，所有崇敬人类一切健康情感的人，都无意评价他们在特定时代背景下的感情生活，读着暮年的张兆和阅尽千帆后的遗憾，所有的话语都显得多余。

2003 年 2 月 16 日，沈从文百年诞辰后不久，张兆和在北京去世，享年九十三岁。

沈从文和张兆和相处，究竟是"幸福还是不幸"？张兆和没有答案，许多读者也没有答案。还是应了黄永玉先生的话：婚姻就像穿鞋一样，舒服不舒服只有脚知道。

沈从文和张兆和结缡于 20 世纪 30 年代，经历过旧时代的战火纷纷，也经历过新时代的风风雨雨，但他们始终相濡以沫，心连着心，携手走过了半个多世纪的人世沧桑。他们的爱情和婚姻，总的来说是一个非常美丽的故事。

沈从文生平年表

1902 年 12 月 28 日，出生于湖南省凤凰县。

1915 年，入新式凤凰第二小学，半年后再转入凤凰文昌阁小学。

1917 年秋天，高小毕业后辍学当兵，参加了隶属于湘西靖国联军第二军的一支本地部队。

1923 年 8 月，在“五四”余波影响下，从湘西去了北京。

1924 年，一边去北大旁听，一边学习写作。12 月 22 日，《晨报副刊》首次刊出他的散文《一封未曾付邮的信》。从此，他成为这个刊物的经常撰稿人。

1929 年 8 月，由胡适延聘到中国公学任讲师。在这里，认识了张兆和女士。

1933 年 9 月 9 日，与张兆和结婚。

1934 年元旦，中篇小说《边城》在《国闻周报》开始连载，成为以后最受国内外广泛关注的代表作。

1949 年 1 月 31 日，北平和平解放，他一方面盛赞“解放军进城威严而和气”，另一方面却又处在对新政权不理解的幻觉之中。以后发展到神经极度紊乱而自杀，幸及时发现而得救。秋，病情好转，转到历史博物馆工作。

1950 年参加中央革命大学研究班学习，对解放前的政治思想和文学道路进行了反思和总结。后据此写成《我的学习》一文发表在沪、港两地《大公报》上。

1979 年 10 月，出席全国第四次文代会。

1980 年 10 月，应邀赴美讲学。

1981 年 9 月,《中国古代服饰研究》在香港精印出版，

1988 年 5 月 10 日，心脏病发，于下午 5 时 30 分逝世。四年后夫人及其亲属将骨灰送回凤凰，一部分撒入沱江，一部分落葬于临水的听涛山麓。

梁实秋

我不愿送人，亦不愿人送我。对于自己真正舍不得离开的人，离别的那一刹那像是开刀，凡是开刀的场合照例是应该先用麻醉剂，使病人在迷蒙中度过那场痛苦，所以离别的苦痛最好避免。一个朋友说，“你走，我不送你；你来，无论多大风多大雨，我要去接你。”我最赏识那种心情。

《槐园梦忆》——梁实秋与程季淑

1974年4月30日是一个不祥的日子。这一天上午，客居美国的梁实秋与原配妻子程季淑一起去住宅附近市场采购食物。非常不幸的是，市场门前的一个梯子忽然倒下，正好击中了程季淑。送到医院急救，未能挽回生命，遂与世长辞。这一意外的事故，给晚年的梁实秋带来沉重打击："我像一棵树，突然一声霹雳，电火殛毁了半劈的树干，还剩下半株，有枝有叶，还活着，但是生意尽矣。"程季淑去世后，葬在美国西雅图之槐园（Acacia Memorial Park）。为纪念亡妻，悲伤不已的梁实秋用温婉细腻的笔触，写下了《槐园梦忆》，记录了两人相识、相恋、结婚、相守共五十年的恩爱岁月。

梁实秋是地道的北京人，1903年出生于北京东城内务部街二十号，内务部街二十号是一个大院子，是梁实秋的祖父买的。梁实秋的父亲毕业于京师同文馆，是一位很难得的有教养而又开明的人士，他的母亲也是一位温和、善良的女性。梁实秋十二岁考入清华留美预备学校，当时学制是八年。在他十八岁那年的一个周末，从学校回家，发现父亲的书房里有一个纸条，上面恭楷写着："程季淑，安徽绩溪人，年二十岁，一九一O年二月十七日寅时生。"梁实秋不明白，就去问他大姐。大姐告诉他有人正式向他们家提亲，还说这个程小姐，母亲已经见过："人挺好，蛮斯文的，双眼皮，大眼睛，身材不高，腰身很细，好一头乌发，挽成一个髻堆在脑后，一个大篷覆着前额。"这位程小姐毕业于北京女高师之师范本科，在一所女子师范学校任教。

梁实秋毕竟是经过五四新思潮洗礼的青年，他知道婚姻大事终需自作主张，于是大胆地决定和程小姐面谈。他设法找到了程小姐的电话号码，直截了当地要求见面一谈。从电话那边传出来的声音让梁实秋很是高兴："她说话的声音之柔和清脆是我所从未听到过的。形容声音之美往往用'珠圆玉润'四字，实在是非常恰当。我受了刺激，受了震惊，我在未见季淑之前先已得到无比的喜悦。"

见面的那天终于来了，梁实秋穿着一件蓝呢长袍，袖口挽着，胸前挂着清华的校徽，脚下穿着一双棕色皮鞋。程季淑更是朴素的学生打扮，一件花蓝色的棉袄，一条黑裙子，长抵膝头，脚下穿着一双黑绒面的棉毛窝。第一次见面是在程季淑学校的一个会客室里，阳光洒在窗户纸上，房间里温暖如春。季淑有几分矜持，不健谈，但是并不羞涩。

第一次见面彼此留下很好的印象，也没有忘记约好下次相见的时间与地点。"人类的历史就是由一个男人一个女人在一个花园里开始的。"一周后，他们相见在中央公园。后来他们又约在游人稀少的太庙。花前月下，喁喁而语，两位年轻人沉浸在爱的柔情蜜意里。有一次，程季淑亲自缝制一个枕套，在雪白的绸子上，用抽丝的方法挖了一朵一朵的小花，然后挖出一串小孔穿进一根绿缎带，缎带再打出一个同心结。送给梁后，梁实秋如获至宝，套在自己的枕头上，不大不小正合适。夜晚睡在枕头上，一梦香甜，醒后有感，作诗一首：

吾爱啊！
你怎又推荐那孤单的枕儿，
伴着我眠，偎着我的脸？
醒后的悲哀啊！

梦里的甜蜜啊！

……

孤零零的枕儿啊！

想着梦里的她，

舍不得不偎着你；

她的脸儿是我的花，

我把泪来浇你！

——《梦后》

1923 年 6 月，梁实秋在清华毕业，8 月要出国留学。他与程季淑的爱情也到了谈婚论嫁的时候了，他们约定留学三年归来结婚。临行前，梁实秋去廊放头条太平洋钟表店买了一只手表送给程季淑，程季淑则送梁实秋一副她亲自绣的《平湖秋月图》。9 月 1 日，梁实秋到达美国，入科罗拉多大学学习。此时，他与程季淑只能鸿雁传书。那时通信全靠船运，需要十几天才能到达。但是他们每天写信，隔几天付邮一次，这样差不多每隔两三天就可以收到信。时空阻隔，只能通过信件来交流思想与情感，留美三年，两人各自积攒一大包书信。

1926 年 7 月，梁实秋从美国返回中国。他先赴南京取得东南大学的聘书之后，回到北京。久别重逢，似有千言万语，程季淑只一语出之："华，你好像瘦了一些。"一个是楚楚动人，一个是因相思而消瘦，三年时光，他们的爱情经受住了时间的考验。

1927 年 2 月 11 日，北京南河沿欧美同学会，二十四岁的梁实秋与二十六岁的程季淑在此举行婚礼。结婚那天，天气晴而冷。证婚人是梁实秋的父亲出面请来的贺履之先生，年高有德，是一位山水画家。男傧相是梁实秋的同学张心一、张禹九，女傧相是程季淑在美专的同学冯棠、冯棣。程季淑头上戴着茉莉花冠，身上穿着粉红色缎子做的礼服，脚上穿着一双高跟鞋，鞋上缝了一圈亮片，走起路来一闪一闪的。因戒指太松了，新郎在婚礼上把戒指甩丢了。新娘则安慰他说：“没关系，我们不需要这个。”

婚后，夫妻二人去了上海。他们在上海租了一楼一底的房子，比贫民窟好一点。但是他们居住在里面却感到很幸福。对他们来说，“世界上没有一个地方比自己的家更舒适，无论那个家是多么简陋、多么寒伧。”梁实秋在《时事新报》编一个副刊《青光》，每天夜晚上班发稿，完成以后立刻回家，从后门匆匆登楼。妻子季淑总在床上看书等着他。有一次，程季淑问梁实秋：“你上楼的时候，是不是一步跨上两级楼梯？”梁实秋回答：“是的，你怎么知道？”季淑说道：“我听着你的通通响的脚步声，我数着那响声的次数，和楼梯的级数不相符。”对梁实秋来说，每日恨不得一步跨进自己的房间。上海生活很是艰苦，甚至有点狼狈，但是夫妻之间琴瑟和谐，相敬如宾。1927 年 12 月 1 日，他们的大女儿文茜出生。

1930 年夏天，梁实秋应杨振声之邀，去青岛教书。青岛四年的生活，对梁实秋一家来说是快乐的，这里的环境清洁，气候适宜，程季淑尤其喜欢这个海滨城市。他们租住的鱼山路的房子离海滩很近。程季淑兴致很高，经常带着孩子，穿上泳装，和梁实秋一起下海。孩子们用小铲子在沙滩上挖沙土，梁实秋与程季淑就躺在沙滩上晒太阳，玩到夕阳下山还舍不得回家。梁实秋每天到青岛大学上课，程季淑则在家里主持家务、照顾孩子、招待亲戚朋友。在程季淑的支持下，梁实秋在这里也开始了他的莎士比亚研究。程季淑怕他译书太累，一年只许梁实秋译两本。

1934 年夏天，北京大学的胡适先生邀请梁实秋去北京大学教书，梁实秋遂决定回到北平工作。梁实秋又回到父母身边生活，一家三代，大小十几口人，再加上佣人六七人，居住在内务部街二十号。家事上下全由季淑处理，上下安然，梁实秋在教书之余也安心翻译写稿。

我在西院南房，每到午后四时，季淑必定给我送茶一盏。我有时停下笔来拉她小坐，她总是把我推开，说：“别闹，别闹，喝完茶赶快继续工作。”然后她就抽身跑了。我隔着窗子看她的背影。我的翻译工作进行顺利，晚上她常问我这一天写了多少字，我若是告诉她写了三千多字，她就一声不响的翘起她的大拇指。我译的稿子她不要看，但是她愿意知道我译的是些什么东西。所以莎士比亚的几部名剧里的故事，她都相当熟悉。有几部莎士比亚的电影片上演，我很希望她陪我去看，但是她分不开身，她总是遗憾的教我独自去看。

1937年7月28日，北平陷落，烽火连天。因政治的原因，梁实秋与妻子商议，决定先走一步，只身逃离北平，待局势稍缓，再作打算。临别时，程季淑没有一点儿女态，很勇敢地送梁实秋到家门口，互道珍重，相对黯然。谁能想到，这一别竟长达六年。六年之中，梁实秋生活颠沛流离。程季淑在北平侍奉公婆、老母，养育孩子，主持家事。1944年夏天，程季淑拖着病病歪歪的身体，带着三个孩子，十一件行李，从北平乘车南下，由徐州转陇海路到商丘，由商丘转旱路到亳州，由亳州到洛阳，由洛阳搭上陇海路的火车至宝鸡，由宝鸡改乘公共汽车入川。一路上历经磨难，终于抵达北碚与梁实秋相会。六年睽别，相见之下，惊喜之情可以想象。这六年分别的苦难，也让梁实秋得到一个结论：“在丧乱之时，如果情况许可，夫妻儿女要守在一起，千万不可分离。”

梁实秋在重庆北碚定居时，所居住的房屋在一个向阳的山坡上，是一个很普通的四川乡下茅屋，窗户糊纸，泥墙刷灰，地板踩上去吱吱作响。房屋一共六间，梁实秋居住两间，他的朋友居住另外几间。房子没有门牌号，为了方便邮递，梁实秋根据一起同住的朋友龚业雅的名字，取名“雅舍”。并找来一块木牌，亲笔题写“雅舍”二字，竖在山坡上。在雅舍定居不久，梁实秋就应在重庆主办《星期评论》的老朋友刘英士的邀请，在刊物上开设专栏，每期写二千字的小品文。写过几篇以后，在社会上产生很大反响，梁实秋也觉得找到一种适合自己特点的新的艺术形式。小品文在刊物上连载的时候，他的老朋友，具有高度审美眼光的朱光潜就从成都发信来表示祝贺，并预言:“大作《雅舍小品》对于文学的贡献在翻译莎士比亚的工作之上。”这些小品文，后来结集《雅舍小品》出版，一时洛阳纸贵。

抗战胜利以后，梁实秋一家返回北平，家园已经破碎，须从头收拾，而国事蜩螗，不堪想象。不久，更严峻的形势再次展现在梁实秋面前。1948 年冬天，节节胜利的中国人民解放军调集重兵把北京城团团包围起来，整个北京城人心惶惶。作为一个与国民党比较亲近的知识分子，梁实秋面临艰难的选择：是去，是留？经过痛苦的思考与抉择之后，在一个凄清的日子，梁实秋携带儿子文骐、小女儿文蔷，心情沉重地登上了开往天津的火车。那令人心碎的时刻，许多年后，梁实秋的大女儿梁文茜曾经追述道：

记得十分清楚，我去送爸爸上火车，小妹文蔷哭得抬不起头来，弟弟愣着不言语，只有爸爸含泪隔着火车的窗户对我招手，只说了一句“保重”，隔着眼镜我也看见爸爸眼睛红红的流下泪珠。火车开动了，越走越快，这时我忽然想起还有一句话要说，便拼命地跑啊跑啊追火车，赶上去大声喊：“爸爸你胃不好，以后不要多喝酒啊！”爸爸大声回答我说“知道了”。火车越走越远，一缕青烟，冉冉南去，谁能想到这一分手就是四十年。

1949 年春天，人民解放军渡过长江天险，广州震动，人心惶惶。这年 6 月底，梁实秋携妻子及小女文蔷搭乘华联轮赴台。正在大学读书的长女文茜、儿子文骐留在大陆，从此天涯阻隔，音讯杳无。

梁实秋赴台以后，先在国立编译馆任职，后在台湾师范大学教书。程季淑在家处理家务，养花种草，夫妻二人朝夕相处，在背井离乡的台湾也算是生活安定。

1960 年 7 月，梁实秋赴美国西雅图参加“中美文化关系讨论会”，这是他来台后第一次与程季淑作短期的别离。在美二十余日，梁实秋的心情与三十年前在美国做学生的时代一样，总是记挂着程季淑。而程季淑则算计着梁实秋的归期，花两天时间给自己缝制了一件新衣。“铅华不可弃，莫是藁砧归。”她穿着新缝制的西装和新的鞋子到机场迎接梁实秋，梁实秋欢喜不已，小别重逢，恩爱夫妻，爱情如新。

程季淑虽是妇道人家，但是遇到事端临危不乱，镇定自如。1963 年 12 月的一天，一盗贼持枪闯入家中，季淑正在厨房准备午饭，闻警报声急忙入室，看见盗贼正拿着枪对着梁实秋作欲射击状。季淑从容不迫，对盗贼说：“你有何要求，尽管直说，我们会答应你的。”盗贼听此气色稍微缓和，这时突然门铃大作，盗贼以为是警察到门，扬言要同归于尽。季淑则不慌不忙告之：“你们两位坐下谈谈，我去应门，无论是谁，我不准其入门。”盗贼果然就坐，然后取钱，取手表、首饰而逃。季淑的镇定应付使梁实秋免于灾难。

在妻子的陪伴与支持下，梁实秋长年累月地艰苦工作，1967年，莎士比亚三十七种剧本的翻译工作全部完成，并由远东图书公司出版。是年8月6日，“中国文艺协会”、“中国青年写作协会”、“台湾省妇女写作协会”、“中国语文学会”在台北举行庆祝会。台湾著名作家谢冰莹在庆祝会上致辞，大声疾呼：“《莎氏全集》的翻译完成，应该一半归功于梁夫人！”这一年也是他们结婚四十周年，梁实秋后来曾经深情地回忆道：“我翻译莎氏，没有什么报酬可言，穷年累月，兀兀不休，其间也很少得到鼓励，漫漫长途中陪伴我、体贴我的只有季淑一人……她容忍我这么多年做这样没有急功近利可图的工作，而且给我制造身心愉快的环境，使我能安心地专于其事。”

季淑晚年备受高血压折磨，在美国定居的女儿文蔷盼望着爸妈两人来美国安度晚年，这样可以就近照料。1972年春天，梁实秋卖掉了他们自己修建的位于台北安东街309巷的房子，携妻子程季淑飞往美国，侨居西雅图。寓居美国，一缕乡愁常萦怀抱，季淑常常怀念台北安东街寓所她所手植的那棵面包树。梁实秋曾戏填一首俚词送她：

恼煞无端天末去。
几度风狂，不道岁云暮。
莫叹旧居无觅处，
犹存墙角面包树。

目断长空迷津渡。
泪眼倚楼，楼外青无数。
往事如烟如柳絮，

相思便是春常驻。

岁月不饶人，夫妻二人都垂垂老矣。生死之事常常挂在嘴边，季淑说："我们已经偕老，没有遗憾，但愿有一天我们能够口里喊着'一、二、三'，然后一起同时死去"。这当然是奢望。

人生距离终点还有一段路程，夫妻二人还有雄心勃勃的计划，一是由于美国已与中国建立了外交关系，他们打算回祖国大陆走一走，那里还有他们久别的女儿与儿子。二是，再过两年就是他们结婚五十周年，他们打算在可能的范围内庆祝一下。为了这两件事，夫妻两人不知商量出多少计划。

天有不测风云，1974 年 4 月 30 日，这个不祥的日子，让这两个计划都落了空。贤妻去世以后，梁实秋心情暗淡，许久没从悲痛中摆脱出来：

多少朋友劝我节哀顺变，变故之来，无可奈何，只能顺承，而哀从中来，如何能节？我希望人死以后尚有鬼魂，夜眠闻声惊醒，以为亡魂归来，而竟无灵异。白昼萦想，不能去怀，希望梦寐之中或可相觏，而竟不来入梦！环顾室中，其物犹故，其人不存。元微之《悼亡诗》有句："惟将终夜长开眼，报答平生未展眉！"我固不仅是终夜常开眼也。

程季淑去世后，葬在美国西雅图北端的槐园。槐园面积很大，方圆约百数十亩，芳草如茵，林木蓊郁。园里既没有槐树，也没有桦树，有的只是高大的枞杉和山杜鹃之类的花木。墓旁有一个小喷水池，从这里流出的水声呜咽，让听者闻之动容。远望树木山峦层次分明，近看公路蜿蜒，车如流水。程季淑就在此安眠，旁边则是梁实秋为自己预留的墓地。

“如有可能，我愿每日在这墓园盘桓，回忆既往，没有一个地方比槐园更使我时时刻刻的怀念。”梁实秋每到其妻墓地，都感到“徘徊不忍去”。他先把自己带来的鲜花摆整齐，放在一个半埋在土里的金属瓶里，灌满清水，然后低声地呼唤季淑的名字，向她报告最近一段时间发生的比较重大的事，然后默默地立在她的墓旁，在想象中与她的心灵吻合在一起。

梁实秋曾为妻子程季淑做一首诔词，对其一生进行高度褒扬：

绩溪程氏，名门显著。红闺季女，洵美且淑，雍容俯仰，丰约合度。洗尽铅华，适容膏沐，自嫁黔娄，为贤内助。毕生勤俭，穷家富路。从不多言，才不外露。不屑时髦，我行我素。教导子女，正直是务。善视亲友，宽待仆妇。受人之托，竭诚以赴。蜜月迟来，晚营小筑。燕婉之求，朝朝暮暮。如愿以偿，魂兮瞑目。

安葬完妻子程季淑以后，梁实秋哀痛的心情无法平复，对妻子的爱与怀念使他不能不回忆起他们相识相携、相濡以沫的恩爱岁月。于是他拿起笔来，把回忆与对人生的透彻理解都浸透在文字中。不久，这篇催人泪下的《槐园梦忆》便呈现在读者面前。作者娓娓道来，深情款款，五十年来夫妻生活的点点滴滴、聚散离合尽在笔端，堪称中国现代怀人散文的佳作。

黄昏之恋——梁实秋与韩菁清

《槐园梦忆》脱稿后，梁实秋立即把书稿航寄台北远东图书公司。梁实秋与台北远东图书公司有良好的友谊，他主编的《远东英汉词典》、《远东英汉大词典》、《远东常用英汉词典》、《远东高中英文读本》等工具书均由这家图书公司出版。不久，正沉浸在丧妻之痛中的梁实秋，收到他的老朋友、远东图书公司老板浦家麟先生的热情邀请，请他飞赴台北校阅《槐园梦忆》一书的清样，并借此“散散心”。

她的女儿文蔷也是这个意思，也劝爸爸出去走走：“我劝爸爸到台湾去散心，可能有机会遇到情投意合的朋友，可以结伴共度晚年。爸爸笑道：‘无此意矣！’”

就这样，1974 年 11 月 3 日，梁实秋登上了飞往台北的飞机。飞机上，梁实秋思绪翩翩，想起两年前还是夫妻双双飞越太平洋，从台北至西雅图；而现在重返家园，只剩下孤身一人，真让人唏嘘不已。遂在飞机上，口占一绝：

却看前年比翼飞，
凄凉今日只身归，
漫如孤鬼游云汉，
犹忆槐园对翠微。

在夜色苍茫中，飞机降落在台北松山机场。梁实秋下榻于台北仁爱路华美大厦。

梁实秋回台的消息很快传出，很多文坛的朋友纷纷前来问候，形单影只的梁实秋心灵上也得到些许安慰。不久，《槐园梦忆》与读者见面了，立时成了台湾的畅销书。很多读者流着眼泪读完《槐园梦忆》，并纷纷称赞梁实秋对亡妻的深情、对爱情的忠贞。谁都认为，七十一岁的梁实秋将会是这样从一而终。

然而，人生并不是这样简单。一桩意想不到的事情将要发生。11 月 27 日，无论是对于梁实秋，还是对于即将登场的女主角韩菁清，都是“历史性的一天”。

这天，台北远东图书公司，老板浦家麟接待了一男一女两位客人，男的是谢仁钊，台湾立法委员，国际法教授。女的是韩菁清，四十三岁，出身于名门巨贾之家，自小喜欢唱歌，极具音乐禀赋，1946 年当选为上海“歌星皇后”，后来赴台，是台湾家喻户晓的歌星。曾经有过两次失败的婚姻，现在单身一人。

谢仁钊和浦家麟是老朋友，他带着“义女”韩菁清来到远东，是想请浦家麟送韩菁清一本《远东英汉大词典》。浦老板非常恭敬，当即奉送一本，并告诉谢教授一个好消息：词典的主编梁先生从美国回来了，是我们远东请的，现在住在华美大厦，想不想见一见？谢教授与梁实秋也是朋友，闻讯后，带着韩菁清驱车来到华美大厦。

与梁实秋见面以后，一行人去一家咖啡馆聊天。韩菁清就抱着一本崭新的词典，没有说什么话。在咖啡馆里，谢仁钊教授又碰上了美国教授大卫，因为两个人都是研究政治的，有共同的话题，于是越谈越投机，却把梁实秋与韩菁清晾在一边。

于是梁实秋与抱着大词典的韩菁清开始闲谈起来。互通姓名之后，梁实秋告诉韩菁清：“我听过你的歌，但是看到你的名字觉得很别扭”，你想想，‘菁清’多拗口，要么叫菁菁，要么叫清清，才顺口”。梁实秋毕竟是“现代孔夫子”，开始咬文嚼字起来。韩菁清告诉他自己的本名叫韩德荣，韩菁清是她的艺名。“我小时候在上海唱歌的时候，觉得韩德荣是一个男孩的名字，遂从《诗经·唐风·杕杜》‘其叶菁菁’里，选‘菁菁’作为艺名，但是发现歌星中叫‘菁菁’的很多，于是改名‘韩菁清’”。

梁实秋听了很高兴，称赞韩菁清小小年纪，就知道《诗经》，还懂得“其叶菁菁”。其实韩菁清小时候就喜欢古典文学，和梁实秋谈起来有许多共同的话题。梁实秋像父辈的口吻说：“你这样喜欢文学的女孩子，当初如果长在我家里，那该多好！”两人相谈甚欢，不觉天色已晚，韩菁清起身要去台湾电视台听课，梁实秋执意相送，两人来到电视台，在电视台餐厅吃了一顿工作餐。在暮色苍茫中，一见如故的两人挥手告别。

第二天，梁实秋早早起床，走出华美大厦，按照昨天韩菁清留下的地址，来到忠孝路三段二一七巷韩菁清住所。看到七楼窗帘紧闭，这表明韩菁清还没起床，梁实秋就一直等啊，直至下午二时，七楼的窗帘拉开，梁实秋才敲门进来。韩菁清很是惊喜。又像头天晚上一样，两人在一起畅谈，很多共同的话题被提到，从书法到喜剧，从演艺到莎士比亚，漫无边际的长聊使他们之间的感情距离越来越近。

晚上，韩菁清去电视台上课，梁实秋早早地在电视台门口等候她下课，还陪她吃宵夜。第二天午后两点，韩菁清一拉窗帘，看到梁实秋已经在楼前仰望。此时，韩菁清的内心不能不起波澜。她心底里喜欢这个儒雅、幽默的教授，但是考虑到年龄这个巨大的鸿沟，又想打退堂鼓，试图关上情感的闸门。

当教授在非常明确地表达爱意时，韩菁清却说出了这样的话：“我愿为你做红娘！”没想到执着的梁实秋如此回答：“不，我爱红娘！”韩菁清不好当面表达自己的顾虑，就写了一封信送给教授，这封信写于他们相识的第五天，劝梁实秋能够“趁早认识我的为人”，并委婉地表达了两人在年龄方面差距太大的顾虑。韩菁清原以为这封信能阻止梁实秋的爱情攻势，哪知第二天中午，又发现梁实秋在门前等候，还带着一封信，这是梁实秋写给韩菁清的第一封信：

菁清：

昨晚看了你的信，十二点以后才睡。你这封信我本想不复，怕你不高兴，所以还是写几个字给你。其实见面谈，不是更好吗？

你的信写得极好，不但含蓄，而且深刻。我看了不知多少遍，当宝贝藏之。你要我“趁早认识我的为人”，我也要以同样的话叮嘱你。事实上我有更多的话叮嘱你。你不要任性，要冷静地想一想。从11月27日到今天还不到一星期，谁能相信？我认为这是奇迹，天实为之！我们还有漫长的路要走，希望我们能相互扶持。

今早起，我吃了一片糯米藕，好甜好甜。我吃藕的时候，想着七楼上的人正在安睡——是侧身睡，还是仰着睡，还是支起臂肘在写东西？再过几小时就又可晤言一室之内，信不要写了。

梁实秋

六三、一二、二早

梁实秋在信中明确表示自己的态度：“我们还有漫长的路要走，希望我们能互相扶持。”这时的韩菁清已经意识到梁感情的潮水已无法抑制，第二天两人又开始在室中晤谈。

情感的火花带来的是心灵的波荡，对一个情感细腻的作家来说，用笔吐露心声，是再自然不过的事情了。梁实秋仿佛又回到年轻时代，在美国读书期间，他曾经两三天给程季淑写一封信。现在即使和韩菁清天天见面，梁实秋也不忘通过写情书来表达自己的情感。只是，他这次写情书不再需要邮寄，有时是当面送给韩菁清，有时是塞进韩菁清的房间；有时一天一封，有时一天两封，在短短的两个月时间，他竟然写了九十多封。后来他把这些信都编上号，以备将来查询或者出版。

时间在飞驰，他们之间的感情也在逐渐深入。韩菁清每日读着那一封封充满炽热情感的信入眼。在他们结识的第十九天，也就是12月15日，她也忍不住给梁实秋写了一封信：

喂，人：

这一段日子里，我从心底一直笑到脸，你知道吗？你真的给了我，人所不能给我的真快乐，我从来不相信，在一个人仅仅的一个人身上，会找到一大把，一大把的爱，像似朋友，又是情人，像似长辈，却更超过亲父兄，奇特的事竟然发生在这段日子你我的身上。我好开心，我希望我永远拥有它，同时我也要好好待你，一如你之待我，也许我还会加倍还你，且待时间去证明罢！称和磅对我们都不准确！

你说我爱你，你会痛苦，我不爱你，你会更痛苦，那末你教我怎样？爱，不爱，都放弃？做一个“小马偶？”“波斯猫”亦是善体人意的感情动物啊！

告诉我，应该如何去尽我的力量，来使你快乐？如何使你快乐得像我一般？我会遵照你的意思去做！

你要我支持你，是我有这么偌大的权力？任何人都会像你听我的话么？我当然会支持你，即使无有太大的权力！我想情感会战胜一切，“柔能克刚！”

为了不让你独自闭门数秒地算着“时光”，我在你与我短暂的别离以前，我由衷地出于很高兴的“自愿”，每天和你在一起，但是，答应我不要为我流泪，要为我欢笑。“笑”会令人年轻，和我在一起，你应该得到这些才合理！否则，我能够给予你什么呢？你说！

小娃

1974.12.15

梁实秋收到这封信，心情激动，翌日清晨，即回信给韩菁清：

菁清，我的小娃：

盼你的信好像是盼了好几个（八百多）世纪；昨天终于拿到了，诵读之下犹如醍醐灌顶，我仔细的逐字欣赏，然后在字里行间推敲，最后我闭起眼睛穷思冥计，这封信我咀嚼了多少遍！

昨天我看见你脸色有异，我知道间接必定与我有关，我不愿多问，怕你说，“你这人好烦呀！”可是你要知道，你的笑容，你的笑声，使我心醉，你的笑容笑声一敛，转为一阵阵的沉寂或是阴晦的时候，你又使我惶惑、战栗、心痛。但愿以后凡有不快的事情都由我一个人承担，让我的小娃永久快乐。亲亲，我不知道我能给你多少快乐，我也不知道我能陪你多少年，请你准许我在此时此刻把我的一切奉献给你。

昨天胡姐（台湾女作家胡品清）说：“你这样的听话！”我说：“不是每一个人的话都听。”我只听一个人的话。我心甘情愿的让那一个人吩咐我，命令我，支配我，甚而至于折磨我！昨晚那一碗“当归蒸鳗”说到“自讨苦吃”，这一句话成了昨天我们谈论的主题。你在第一封信里就说“一个是自投罗网，一个是自讨苦吃”，投罗网也是吃苦，我问你：有没有苦尽甘来之一日？

我有一个奢望，愿以后我们能把我们的睡觉作息的时间慢慢的逐渐的拉近。你看，我昨天不是表现得很好吗？我不敢期望你改变习惯。

我答应你，我设法改变我的。

写此信时，你在酣睡，愿上天给你平安。我是最爱小娃的。

梁实秋

六三、十二、十六晨

相爱是简单、快乐的，离别却是痛苦的。梁实秋要在新年后的1月10日赴美处理前妻的后事，离别一天天逼近，他们也心绪黯然。韩菁清送给梁实秋一块名贵的手表，梁实秋戴在手上，亮晶晶的，放射出耀目的光芒。韩菁清又送给梁实秋一只祖传的戒指，作为定情之物。梁实秋戴在手上，幸福的感觉喜形于外，当天写信告诉韩菁清："现在觉得手指上添了一个新的东西，是一个负担，是一种束缚，但是使得我安全的睡了一大觉。小儿睡在母亲的怀里，是一副纯洁而幸福的图画，我昨晚有类似的感觉，'像是真的一样'"。

"悲兮悲兮生别离"，1月10日，梁实秋离台赴美，韩菁清怕止不住伤悲，没有送行，一个人躲在房间里，给梁实秋写信：

你走了，好像全台北的人都跟着你走了，我的家是一个空虚的家，这个城市也好冷落！"寻寻觅觅！冷冷清清！"

你的笑声、哭声，临别前的叮咛，重复在我的耳际，挂断了电话后，我不能成眠，我脑海中出现的只有你的影子，八、九、十、十一这四个小时中，我无时无刻不想再拨电话给你，但是，你说怕听我的声音，我的声音会令你心碎。所以我忍了又忍，一再的忍，并且盯着床边的小钟发怔，数着秒、分、刻、时，我知道你所讲的都是实话，没有半句骗我的……

亲人，想不到我出生至今才在台北的字典里，书店里、莎士比亚戏剧全集里找到你，我唯一的亲人啊，我愿意和你厮守一世、二世、三世……八百世……永远永远。亲人，你高兴吗？我要你高兴，我要使你高兴，你高兴，我才快乐，高兴快乐，才有健康，才有幸福，亲人，请你记得我所说的，我所希望的，因为不久的将来我们将要在一起创造我们的新宇宙、新园地！你能不能给我这些我所需要的……

你的小亲亲

1975年元月10日

梁实秋在赴美途中，也是心事重重，一是与韩小姐相别让他伤心，另一件事就是担心在美国定居的女儿不同意他们俩的婚事。好在女儿、女婿通情达理，在这件事情上，能理解并尊重父亲的选择，这让梁实秋非常高兴，匆忙写信向韩菁清报告。

梁韩之间的恋情是在保密中进行的，起初也只是在要好的朋友之间流传。在梁实秋赴美时，在机场上，他的朋友、前来送行的作家琦君就送给他两首诗：

其一
临行已订再来期，
半为知交半为伊，
宝岛风情无限意，
添香红袖好吟诗。

其二
行前早已数归期，
肠断阳关未有诗，
总是人间多遗恨，
相逢不在少年时。

但是，天底下没有不透风的墙，就在梁实秋赴美的关口，台北新闻界披露了这一爆炸性新闻:《教授与影星黄昏之恋》，一时舆论哗然，各大报纸竞相转载，梁韩之恋成了“倾城之恋”。香港报纸也迅速跟上，登载《韩菁清想嫁梁实秋》之类的新闻。韩菁清一时成为舆论的中心，也遭到一些持有偏见人士的攻击：韩菁清你如此年轻漂亮，却愿嫁给一个土埋半截的梁实秋。他们给韩菁清冠上“收尸集团”的恶名——盼着老人死去，自己好获得遗产。

在美国的梁实秋也陷在舆论的漩涡中。这时,《槐园梦忆》正在台湾各大书店畅销，读者正沉浸在梁实秋对亡妻的怀念中，突然听说梁实秋在和年轻漂亮的歌星韩菁清相恋，一时情感转不过来，纷纷对这件事情不满，甚至骂骂咧咧，说梁实秋对亡妻是虚情假意。在台湾，更有梁实秋的学生，组成“护师团”，要保护老师，认为老师要被“名女人”吃掉。在舆论的压力之下，梁实秋也是心情暗淡，他一次次去函安慰韩菁清，让她坚信他们之间的爱情经得住考验，同时，也与韩菁清商议婚期，这是他们回击流言的最好的方式。

1975 年 3 月 29 日夜晚，在一片夜色之中，梁实秋飞临台北，韩菁清去机场迎接。第二天，台北《中央日报》大字标题报道:

相识五个月　相思六十天

梁实秋返国践约

将与韩菁清结婚

梁实秋的归来，台北的新闻界又热闹了一番，而他与韩菁清则紧锣密鼓准备婚礼。他们最初议定的婚期是 4 月 6 日。然而让人意想不到的是，就在他们结婚的前一日，台湾突然发生“政治地震”——4 月 5 日蒋介石去世，台岛上下，黑纱飘拂，哀乐声声。没有办法，他们的婚礼只得延期。

婚礼终于来了，那一天是5月9日，地点是台北国鼎川菜馆。台湾各路新闻媒体纷纷到场，梁实秋在接受媒体采访时，有个记者问了一个非常冒失的问题："梁教授你与韩小姐结婚不怕危险吗？"韩菁清听了以后很生气，而梁实秋却很幽默地反问记者："你和你太太结婚，是不是很危险呢？"当着众多的新闻记者，梁实秋又重申："我与韩小姐结婚是我一生中最幸运快乐的事，赴汤蹈火在所不辞。我是鼓足了勇气，充满了信心，才求到今天的'金玉良缘'，我相信韩小姐是位善良、忠厚、热情、诚恳的好女子，跟她结婚是我的福气，哪里来的危险？我是一个一辈子做学问的人，她是要迷死我，还是要害死我？我想'结婚'与'危险'是两码子事。我和韩小姐结婚是件大好事，韩小姐如果拒绝我的求婚反而我就很危险了！"那位记者听到了这番话以后，面红耳赤地怏怏离去。

在国鼎川菜馆大厅，梁实秋设了两桌酒席，一桌是亲朋好友，一桌是韩菁清在电视台编导班的同事。梁实秋身穿玫瑰红色西服，橘黄色领带，胸前插着一束花。新娘穿一件黑条子白衬衣，外罩一件黑马甲，一条黑裙子，耳边与领口都带着一束花。证婚人为台北市议会会长、大同公司董事长林挺生先生。新郎在婚礼上风趣幽默，在结婚证书上盖章，又宣读结婚证书，并发表新郎致辞："谢谢各位的光临，谢谢各位对我和韩小姐的婚姻的关心。我们两个人同中有异，异中有同。最大的异，是年龄相差很大，但是我们有更多相同的地方，相同的兴趣，相同的话题，相同的感情。我相信，我们的婚姻是会幸福的、美满的。"

洞房花烛夜，非常兴奋的梁实秋因为近视不小心撞在了新房的墙上，韩菁清一把把他抱了起来。梁实秋笑韩菁清是"举人"，而韩菁清也不甘示弱，笑梁实秋是"进士"（近视的谐音）变成"状元"（撞垣的谐音）。爱情得来不易，两人在洞房里大笑大闹，后来又因为幸福在床上相拥而泣。

梁韩的婚礼又一次成为台湾新闻媒体的热点话题，台湾的电视台、电台、报纸又连篇累牍地报道一番。

婚后，两人的生活虽然是“同中有异”、“异中有同”，但是他们能“求同存异”、互敬互爱。梁实秋的生活习惯一般是早睡早起，上午是他的工作时间，而韩菁清则惯于夜生活，晚睡晚起。双方互相尊重彼此的生活习惯。婚后韩菁清买来花花绿绿的衣服，梁实秋也高高兴兴地穿了起来。有这样年轻漂亮的妻子陪伴在身边，梁实秋的心也变得年轻，文笔也变得轻盈，在人生的晚年，又一次迎来新的写作高潮。就连梁实秋的女儿、居住在大陆的梁文茜也写信称赞韩菁清：“妈妈（梁文茜称韩菁清为妈妈），谢谢你无微不至地关怀爸爸。爸爸变得好年轻哟。我感谢你！如果我生母的在天之灵知道你使爸爸的晚年如此美满，也一定会深深感谢你！”

梁实秋曾经写过一首小诗，记载了他们婚后相亲相爱的生活：

我早晨挤杯柳橙汁，
为你午间起来喝，
你晚上送来热茶水，
怕我夜里醒时渴。
这可是琼浆？
这确是甘露。
胜似千言万语。
抵得祝福无数。

而韩菁清年轻时就文艺范十足，这时，也常常写一些小诗，送给梁实秋：

你说你不爱花儿，
因为花儿太艳丽，
且难以抵抗那芬芳扑鼻。
你说你不爱鸟儿，因为鸟儿太调皮，
整天吱喳教人不能休息。
你却在我耳边细语：
你爱树，爱叶，也爱草地，
甚至于田原旷野也都如你意。
我问你："为什么？"
你说你爱的是那一片青青，青青，青青，
眼底，心底——青，青，青，
路远，路近——青，青，青，
充满人间天上——全是青，青，青。

两人在一起的日子，梁实秋常常一展歌喉。他最喜欢唱的是韩菁清当年编剧的电影《我的爱人就是你》的主题曲：

你遇见我，我遇见你，
我俩相逢像传奇。
你靠近我，我靠近你，
我俩从此不分离。
远山在含笑，
绿水多情意。
我心儿中我意儿里我的爱人就是你。

每次唱罢，梁实秋都得意忘形，说这首歌是当年韩菁清写给他的，虽然当时他们并不认识。梁实秋还引经据典说：“昔日韩娥之歌绕梁三日，今日韩菁清之歌绕梁三十年！”当然，此“梁”是指梁实秋也。

1985 年 5 月 9 日，梁实秋、韩菁清迎来了人生中重要的一日，这是他们结婚十周年纪念日。十年前结婚时，满城流言蜚语，甚至有人预言他们的婚姻短则三天，长则三个月，必定劳燕飞分。现在台湾媒体纷纷发文章祝福，他们的爱情经受住了严峻的考验。八十二岁的梁实秋在结婚纪念日给韩菁清写下了这样的话：

我首先告诉你，自从十年前在华美一晤，我就爱你，到如今进入第十个年头，我依然爱你。……十年来你对我的爱，对我的照顾，对我的宽容，对我的欣赏，对我所做的牺牲，我十分感激你……菁清，愿你幸福长寿！

1987 年，梁实秋八十四岁，按照中国人的平常说法，七十三、八十四都是人生的关口。生老病死，概莫能外，梁实秋也面临人生的关口。这时的他也开始怀旧了，他常常怀念他年轻时的朋友，怀念他的前妻程季淑，怀念他的母亲。韩菁清常常听到他在梦中不断地呼唤“妈妈、妈妈”。“四十年来家国，三千里地山河。”大陆一别，将近四十年，叶落归根，思乡之情不断萦绕他的心头。他怀念北京内务部街的故居，想喝北京的豆汁儿。后来，他听说台湾即将“开禁”——开放民众赴大陆探亲，他欣喜若狂，和韩菁清商议共赴大陆探亲的计划。

遗憾的是，这个计划未能成行。1987 年 11 月 2 日，台湾宣布“开禁”。而在 11 月 1 日晚上，梁实秋因心肌梗死，入医院抢救。

梁实秋和程季淑

梁实秋和程季淑

梁实秋、程季淑和女儿
梁文蔷

韩菁清

梁实秋和韩菁清

第二天，他仿佛有不祥的预感，看着陪护的妻子韩菁清，多次重复说：“菁清，我对不起你，怕是不能陪你了。”11月3日上午8时，梁实秋病逝于台北中心诊所。

11月18日，梁实秋安葬于台湾淡水北新庄北海公园墓地。墓地高旷，视野开阔。墓前树碑，碑上刻有“梁实秋教授之墓”黑底金字，乃其妻韩菁清手书。

秋的怀念——梁实秋逝世以后

韩菁清安葬了梁实秋以后，即赴香港，与未获准赴台奔丧的梁文茜一起回到北京。韩菁清说北京之旅是替梁实秋还“心愿”的。在北京，她受到了梁实秋在京亲人的热情招待，也探望了梁实秋的生前好友谢冰心、老舍夫人胡絜青。12月1日下午，在天安门广场不远处的南河沿欧美同学会大厅，哀乐响起，梁实秋追思会在这里举行。这里曾经是梁实秋与程季淑结婚的地方。韩菁清与梁实秋的很多友人出席了追思会，老舍夫人胡絜青在追思会上代读了冰心写的祭文。

韩菁清把梁实秋去世戏谑为“去英国”——他的灵魂去英国访问莎士比亚了。从大陆回来以后，韩菁清给梁实秋写了一封长信。当然这封信无法邮寄，只能焚烧在梁的坟前。在信中，韩菁清向梁实秋汇报了她大陆之行的种种见闻，在信的结尾，她敞开心扉，对自己收获这段“传奇的爱情”表示深深地满足：

我此生何幸嫁得如此可敬可爱的如意郎君？你说你娶我是几生修来，我现在想想，我才是几生修来！

……我不是你初恋的情人，我是你最后的“唯一所爱”，我好满足，好满足，你有了我永远不会再有别人了！

你也不是我初恋的情人，但是，你是我唯一的“敬爱的丈夫”，我爱你“至死不渝”！

梁走后，也把韩菁清的幸福带走了。韩菁清顿觉自己如孤雁一般四处飘零，她只能把自己无限的怀念诉诸笔端：

秋秋，我又在心底轻轻地呼唤你，不管你听得见或听不见。每天一睁开眼睛，所见到的都是你的照片，用手接触到的，哪怕是一支笔、一张纸条、一盏灯，甚至于电话听筒，上面都有你的手印，都有你极深刻的影子存在，我怎么能忘得了呢？

我现在唯一的安慰与快乐，就是默念你和回忆我们共同在一起的美好时光，你留给我的回忆是甜蜜的，虽然它增添了我现时无限的辛酸，可是我仍愿陶醉在回忆中，这就是所谓的“自我陶醉”吧！

在台北，每逢周末，韩菁清常常乘出租车去梁实秋墓地。她总是把家中养的花搬进汽车，送到梁实秋墓地，也摆一些水果在墓前的石台上，然后在坟前烧一些纸钱。她经常穿的衣服的前襟上，有一个“雅”字，那是她自己绣上去的，表示对《雅舍小品》作者的怀念。韩菁清的晚年与猫为伴，在孤独中度过，她原本并不爱猫，只是梁实秋喜欢猫，她也因此爱上猫。

晚年的韩菁清以梁实秋夫人的身份出席活动，说话总是嘴不离“教授”。谈到与梁的“倾城之恋”，韩菁清曾经说过：“十三年的恩爱岁月，虽然短了些，但留下了可歌可泣不可磨灭的回忆及一页流传的佳话和历史。我此生没有白活，直到如今我仍沐浴于爱河中，因为他永在我的心底。”

梁实秋去世后，韩菁清珍藏着教授当年写给她的那些滚烫的情书。韩菁清曾说，这些情书，是我余生的“精神支柱”。梁实秋生前有言:“我死之后，这些情书可以发表。”为了缅怀自己的丈夫，也让各方知晓梁韩之恋的真相，1989 年，韩菁清应《联合报》的要求，曾选了二十多封情书公开发表，又一次在台湾引起轰动。

韩菁清晚年深居简出，与外界很少交往。1994 年 7 月底，她因脑中风被送至台北仁爱医院急救，8 月 10 日悄悄去世，直到 9 月，她去世的消息才在新闻界传播开来。

梁实秋生平年表

1903 年，出生于北京，原籍浙江杭县。

1915 年，考入清华学校，在该校高等科求学期间开始写作。

1920 年 9 月，于《清华周刊》增刊第 6 期发表第一篇翻译小说《药商的妻》。

1921 年 5 月 28 日，于《晨报》第 7 版发表第一篇散文诗《荷水池畔》。

1923 年 8 月，自清华学校毕业，后赴美国科罗拉多州科罗拉多学院（Colorado College）留学。

1926 年回国，任教于南京东南大学。

1927 年 2 月 11 日，与程季淑结婚。

1927 年，到上海编辑《时事新报》副刊《青光》，同时与张禹九合编《苦茶》杂志。

1930年，任教于国立山东大学，担任外文系主任兼图书馆长。

1932年，到天津编《益世报》副刊《文学周刊》。

1934年，应聘任北京大学研究教授兼外文系主任。

1935年秋，创办《自由评论》，先后主编过《世界日报》副刊《学文》和《北平晨报》副刊《文艺》。

1937年，“七七事变”后离家独身到后方。

1938年抗战开始，梁实秋在重庆主持《中央日报·平明副刊》。任国民参政会参政员，国民政府教育部小学教科书组主任，国立编译馆翻译委员会主任委员。

1949年到台湾，任台湾师范学院（后改师范大学）英语系教授，后兼系主任，再后又兼文学院长。同年，台北正中书局出版《雅舍小品》。

1961年起，专任师大英语研究所教授。

1966年退休。曾携妻子游美，在美台两地轮流居住。

1974年4月30日，其妻程季淑去世。

1975年5月9日，同韩菁清结婚。

1987年11月3日，病逝于台北。

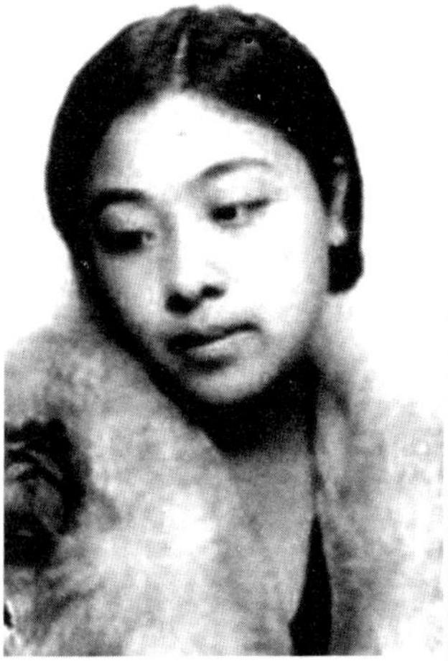

丁玲

在中国现当代文学史上，丁玲是最有才气的女作家之一。作为一位女性作家，她的人生不可谓不丰富。早年追求个性解放与生命自由，最终成为一个革命作家，在20世纪中国革命的“宏大叙事”里，其生命轨迹始终处在政治与文学的风口浪尖。她一辈子都搅在各种是非里，在时代与政治的漩涡里颠沛辗转。她的情爱世界与她早期的作品一样，叛逆、大胆、另类，即使今天看来，也显得生猛无比。她的一生与许多男人，确切地说，是与许多优秀的男人有过交集。在这些男人主宰的世界里，丁玲与他们有恩怨、有情爱，但又不止于情爱。王蒙曾经这样评价丁玲：“她比迄今为止‘五四’以来的新文学作品中表现过的（包括她自己笔下的）任何女性典型都更丰满也更复杂，更痛苦而又令人思量和唏嘘。”斯诺夫人说，看到丁玲使她想起了乔治·桑，她确实是中国的乔治·桑。“她在我们这个时代具有独一无二的地位。特别是，其他伟人都是男子，唯独她是女性。”这是雨果评价乔治·桑的话，放在丁玲身上也很恰当。

丁玲、王剑虹与瞿秋白

丁玲原名蒋伟，曾用名蒋冰之，1904 年生于湖南省临澧县一个没落的传统世家。丁玲四岁时，父亲病故，母亲余曼贞便带着一双儿女，回娘家常德城居住。丁玲幼时与表哥一起玩耍，在外婆的撮合下，与表哥定了“娃娃亲”。丁玲的母亲出身于书香门第，从小学习诗文，懂得教育的重要，所以丁玲小时候很受母亲的影响。在丁玲跟随母亲居住在常德时，舅舅从日本留学回来，正在常德筹办一所速成女子师范学校。于是丁玲的母亲内心突然产生一个冲动，她决意报名入学，希望为自己的人生开辟一条崭新的道路。这样一个出身于名门望族的三十一岁的年轻寡妇，成了常德女子师范学院的学生，而丁玲则跟着母亲读幼稚班。这在当时也是挺轰动的一件事情。

五四运动爆发时，丁玲正在桃源县女子师范读一年级，她和同学一起上街游行、讲演、喊口号，追求个性自由与思想解放的精神渐渐在她内心滋长。

1922 年，在好友王剑虹的动员下，丁玲决定放弃中学文凭同王剑虹一起奔赴上海，参加由陈独秀、李达创办的平民女子学校。在这期间，她通过自己的斗争解除了与表哥的婚约。1923 年，丁玲与王剑虹一起进入上海大学文学系学习。上海大学实际上是中国共产党培养革命干部的学校，也是国共合作的产物，共产党人邓中夏担任总务长，瞿秋白担任社会学系主任。

瞿秋白是丁玲与王剑虹最崇拜的教员，在上课之余，他经常光顾丁玲与王剑虹居住的亭子间，同她们谈希腊、罗马、文艺复兴、唐宋文明。

他不但讲死人，而且也讲活人。他不是对小孩讲故事，对学生讲书，而是把我们当作同游者，一同游历上下古今，东西南北。我常怀疑他为什么不在文学系教书而在社会科学系教书……后来，他为了帮助我们能很快懂得普希金的语言的美丽，他教我们读俄文的普希金的诗，在诗句中讲文法，讲变格，讲俄文用语的特点，讲普希金用词的美丽。为了读一首诗，我们得读两百多个生字，得记熟许多文法。但这二百多个生字、文法，由于诗，就好像完全吃进去了。当我们读了三四首诗后，我们自己简直以为已经掌握俄文了。

在上海大学许多师生中，丁玲认为瞿秋白是可以与之聊天的。随着交往的频繁，丁玲意外地发现好友王剑虹热烈地爱着瞿秋白。可是王剑虹自尊心极强，把爱情关在心里不表示出来。丁玲懂得好友剑虹，决定帮助她。她拿着剑虹写给瞿秋白的诗，去找秋白，告诉秋白剑虹爱着他。在丁玲的沟通撮合下，秋白与剑虹恋爱同居了。

瞿秋白给王剑虹写了很多情诗，也给丁玲写过一首，说丁玲是安琪儿，有赤子之心。大概是感谢丁玲对他们爱情的帮助。

瞿秋白是丁玲从事文学写作的启蒙老师，也是第一个发现丁玲文学才华并预见其成就的人。在与瞿秋白的交往中，丁玲从原来追求革命应有所行动的热情，渐渐地转到对文学的欣赏与思考。在与瞿秋白的交谈中，丁玲曾经说自己只是一个小学生，非常有趣地听着。关于文学上的浪漫主义、自然主义、写实主义，以及为人生、为艺术等一系列话题，对丁玲来说都是新鲜的，也是丁玲文学启蒙的第一课。

丁玲有一次问瞿秋白，自己将来究竟应该学什么、干什么好。瞿秋白毫不犹豫地答道：“你么，按你喜欢的去学，去干，飞吧，飞得越高越好，越远越好，你是一个需要展翅高飞的鸟儿。”瞿秋白的话曾经给丁玲无限的信心与力量。瞿秋白希望丁玲，包括王剑虹都走文学创作的道路，并在文学上有所成就。当然这也是瞿秋白自己向往而又不容易实现的。

暑假到了，丁玲决定“展翅高飞”，要离开上海、离开两年来一天也没有分开过的挚友王剑虹。她决定先回湖南看望母亲，然后去北京读书。

丁玲回到湖南常德不到一个月，就接到王剑虹的堂妹从上海发来的电报：“虹姊病危，盼速来沪。”丁玲百般思虑，只得匆忙重返上海，原来居住的慕尔鸣路已经“人去楼空”，只看到王剑虹的棺木停放在四川会馆，瞿秋白也不在跟前。剑虹的死使丁玲心绪复杂，她把如泉的泪水洒在四川会馆剑虹的棺木上，同时也对秋白产生不满。她不知道剑虹病死的经过，也不知道她临终时的感情。她只知道剑虹死于肺病，而且是从秋白那里传染而来的。

剑虹去世以后，丁玲像一个受了伤的人，同剑虹的堂妹一起坐海船来到北京。在北京，丁玲收到过十余封秋白的来信。按照丁玲的说法，“这些信像谜一样，我一直不理解，或者是似懂非懂。”秋白在信中总是责骂自己，说自己对不起剑虹，还说只有丁玲可以了解他的心曲，可以原谅他。丁玲也回过几次信，用茫茫然的心情谈一点有关剑虹的事。

瞿秋白写给丁玲的十余封信，丁玲一直保存着。后来丁玲被捕后，这些信件转存到一个朋友家里。全国解放后，这束信件却丢失了。有人说丁玲与瞿秋白也有恋爱关系，只是这一束信件找不到，似乎很难下结论。

1929年末，丁玲以瞿秋白与王剑虹的恋爱为原型发表中篇小说《韦护》。"韦护"是作品中男主人公的名字，在民间传说中，"韦护"是疾恶如仇，专打抱不平的韦陀菩萨，瞿秋白总把自己比做"韦护"，并经常用"韦陀"的笔名发表文章。1930年，瞿秋白曾托人带一封信给丁玲，信中对《韦护》的写作未发表意见，只是在信末赫然署名"韦护"两个字。瞿秋白显然还对那段感情寄有深情。

后来有一天晚上，瞿秋白突然来访丁玲，让丁玲大感意外与兴奋。瞿秋白笑着对丁玲说："士别三日，当刮目相看，你现在是一个有名的作家了。"丁玲感到他很真诚也很亲切。瞿秋白又看到丁玲与胡也频的儿子，问孩子有没有名字。丁玲说叫"祖林"。瞿秋白便笑着说："应该叫韦护，这是你又一伟大作品。"丁玲正在疑惑，他果真喜欢《韦护》吗？而瞿秋白却感慨万分地朗诵"田园将芜胡不归"。丁玲理解他的心境，他不是爱《韦护》，而是爱文学。

"革命+恋爱"——丁玲与胡也频

胡也频1903年出生于福建福州，从小家境贫寒，在店铺当学徒。后来参加大沽海军学校学习轮机。海军学校停办后，来到北京希望投考一个公费的大学，没有成功，于是自学写作。1924年夏天，在北京，胡也频认识丁玲时，是《京报》副刊《民众文艺周刊》编辑。胡也频对丁玲可以说是一见钟情，为她的容貌和气质所吸引，虽然他并不怎么了解丁玲。他听说丁玲有个弟弟死去了，丁玲常常为此哭泣，就做了一个纸盒子，里面装满黄色的玫瑰，送到丁玲住处，上面还写了一个字条："你的一个新的弟弟所献"。

对于胡也频的追求，丁玲当初并不是太在意。1925年夏天，丁玲回到湖南常德母亲身边度暑假。有一天听到大门咣咣地响，丁玲与母亲去应门，非常诧异地看到门前站着一个穿月白长衫的少年，这少年便是胡也频。更让丁玲诧异的是这个结识时间不长、彼此印象不深的他，竟然千里迢迢地从北京追至湖南。在常德这段短暂的日子里，丁玲与胡也频有了进一步的了解。胡也频在丁玲身边也似乎充满了幸福感。他津津有味地听着丁玲讲述她的家庭、她的经历以及上海的朋友，后来他曾经摄取其中的某些片段写过小说。在丁玲的心目中，胡也频有些简单、有些幼稚，但是他勇猛、热烈、执拗、乐观，有着完美的品质，像一块未经过雕琢的璞玉。

这年秋天，从常德回到北京，丁玲与胡也频在香山碧云寺下面的一个小村庄租了房子，同居在一起生活。

1985 年 3 月 1 日，丁玲在致信研究中国新文学的日本学生白滨裕美时说：

1925 年暑假，胡也频到了湖南。我那时的确对恋爱毫无准备，也不愿用恋爱或结婚来羁绊我，我是一个要自由的人，但那时为环境所拘，只得和胡也频做伴回北平。本拟到北平后即分手，但却遭到友人的误解和异议，我一生气，就说同居就同居吧，我们很能互相理解和体贴，却实在没有发生夫妻关系。我那时就是那样认识的。我们彼此没有义务，完全可以自由，但事实慢慢变得似乎应该要负一些道义的责任，我后来认为那种想法是空想，不能单凭主观，1928 年就决定应该和也频白首终身，断绝了自己保持自由的幻想。

尽管二人世界的生活非常艰难，除了一点微薄的稿费以外，没有其他经济来源，但是他们互相体贴与关爱，这段日子过得相对温暖与安稳。在胡也频的支持下，丁玲开始写小说了。1927 年丁玲的处女作《梦柯》深得编辑叶圣陶的赏识，在当时负有盛名的《小说月报》上发表；不久她的成名作《莎菲女士的日记》又在《小说月报》头条发表，在文坛引起强烈反响，当时评论界掀起一股“丁玲热”，虽然许多读者不知丁玲是谁。

1928 年春天，丁玲与胡也频从北京迁居上海。为了谋生，丁玲、胡也频和沈从文一起办了一个“红黑出版社”并出版《红黑》月刊。由于经营不善，不久出版社被迫关门，并欠下一笔债。为了还债，胡也频决定到济南山东省立高级中学教书。丁玲答应胡也频自己留在上海写文章。胡也频走后，丁玲坐卧不安，一个月以后，丁玲也追随也频来到了济南。丁玲虽然刚在文坛崭露头角，但是她的到来依然给济南带来了震动，她的自由的革命式爱情、她的时尚的衣着打扮都让这所省立高中泛起了涟漪。

当时在山东省立高中就读的季羡林回忆说：

丁玲的衣着非常讲究，大概代表了上海最新式的服装。相对而言，济南还是相当闭塞淳朴的。丁玲的出现，宛如飞来的一只金凤凰，在我们那些没有见过世面的青年学生眼中，她浑身闪光，辉耀四方。记得丁玲那时候比较胖，又穿了非常高的高跟鞋。济南比不了上海，马路坑坑洼洼，高低不平，高中校内的道路，更是年久失修，穿平底鞋走上去都不太牢靠，何况是高跟鞋。看来丁玲就遇上了‘行路难’的问题。胡先生个子比丁玲稍矮，夫人‘步履维艰’，有时要扶着胡先生才能迈步。我们这些年轻的学生看了这情景，觉得非常有趣。我们就窃窃私语，说胡先生成了丁玲的手杖。我们其实不但毫无恶意，而且是充满了敬意的。我们心中真觉得胡先生是一个好丈夫，因此对他更增加了崇敬之感，对丁玲我们同样也是尊敬的。

胡也频在济南完全变了一个人。他每天在学生中间宣传马克思主义，宣传唯物史观，引起了国民党当局的注意。不久国民党当局下令拘捕胡也频，胡也频与丁玲被迫逃回上海。1930 年 5 月，丁玲与胡也频同时加入了中国左翼作家联盟。胡也频从此经常参加革命活动，丁玲此时怀孕在身，大部分时间留在家中写小说。1930 年 11 月 8 日，丁玲与胡也频的儿子胡小频出生。胡也频来医院看望时，非常兴奋，他告诉丁玲，自己创作的小说《光明就在我们前面》已经完成。同时他也告诉丁玲，在左联的会议上，自己被选为出席在江西中央苏区召开的全国苏维埃第一次代表大会代表。

1931 年 1 月 17 日，胡也频去参加苏维埃代表大会准备会的机关接头，不幸在那里被捕。丁玲在等待中获悉这不幸的消息，她拖着产后虚弱的身体，一天到晚在马路上奔波，到处找人营救。最后，由沈从文找到国民党中央宣传部长陈立夫。陈立夫表示案情重大，但是答应如果胡也频出来之后能待在南京，可以想想办法。这其实是让胡也频投降国民党。丁玲深知胡也频不会投降，也后悔让沈从文去见陈立夫。

1931 年 2 月 7 晚上，胡也频与柔石、殷夫、林育南、何梦雄等二十四人被国民党枪杀于上海龙华。年仅二十八岁。当丁玲知道确切消息后，不能自已地痛哭起来，这是胡也频被捕后，她第一次流下眼泪，她无法停止这眼泪。

胡也频牺牲以后，丁玲先后写了《一个真实人的一生》、《胡也频》、《也频与革命》等文章纪念她最初的爱情。

“公开的秘密”——丁玲与冯雪峰

在丁玲与胡也频相爱的时候，冯雪峰闯入他们的生活。丁玲写小说，又想学日语，这时朋友推荐冯雪峰作为丁玲的日语老师。冯雪峰，1903 年出生于浙江义乌，认识丁玲时，他已经是小有名气的“湖畔诗人”，当时在北京大学自修日语。在丁玲眼中，冯雪峰很丑，也很穷，是一个典型的乡下人，但是丁玲也认为冯雪峰是她所有朋友之中特别有文学天才的一个。

冯雪峰当时已是共产党员，他帮助丁玲补习日语，也向丁玲传播着革命文学的相关理论。丁玲虔诚地听着，内心也萌发着革命的信念与理想。丁玲刚刚写完小说《莎菲女士的日记》，就拿来让雪峰评论这篇新作的优缺点。雪峰说出了自己的想法，让丁玲感到雪峰确是自己的知音。

丁玲对冯雪峰感情，也给敏感的诗人胡也频带来极大的痛苦。他曾在《自祷》中倾诉：

呵，被打击的心，我愿你常为欢乐之家，不受苦恼之光的芒刺，倘若发现了不幸之事实，亦愿你如圣者不计较其恶意之分量。

1927 年底冯雪峰离开北京到达上海，不久丁玲与胡也频也到达上海。丁玲与冯雪峰的感情日益胶着，更让人不可思议的是他们三人在杭州西子湖畔租房共同生活。这种难堪的局面维持不到一个礼拜，胡也频便坚持不住了，跑回上海向沈从文“诉苦”，经沈从文劝导后回杭州。这时，冯雪峰接受组织安排，回故乡浙江义乌从事地下工作。他们之间的感情风波才暂告平息。

胡也频牺牲之后，冯雪峰前来安慰丁玲。丁玲与冯雪峰的爱情有再度燃起之势，只是这时冯雪峰表现很理智。冯雪峰此时已是有妇之夫，而且还有一个一岁多的女儿。他的妻子是他的学生，他们之间有一定的感情基础。他告诉丁玲他不能丢弃她们母女而只图自己的幸福。这时，丁玲的失落之情可以想象。据说她经常夜晚跑到冯雪峰的住所楼下张望，盼望着冯雪峰能走到楼下见上一面，直到看到冯家关上灯，她才独自离开。

关于这段情感，丁玲曾经给冯雪峰写过一首诗——《给我爱的》，发表在《北斗》创刊号上：

没有机会好让我向你倾吐
一百回话溜到口边又停住
你是那么不介意的
不管是我的眼睛或是我的心。

冯雪峰的“不介意”让丁玲痛苦万分，但是她只能通过诗歌倾诉自己内心的衷曲。

1933年5月，丁玲被国民党中统特务秘密绑架。在她失踪之后的几个月里，冯雪峰与楼适夷等人在她的遗稿中找到一封丁玲写给冯雪峰的信。为了纪念当时传说已经遇害的丁玲，冯雪峰把这封信以《不算情书》为题，发表在当年9月出版的《文学》杂志上。这封写于1931年8月的信，是丁玲在特殊的岁月、特殊的环境下对雪峰情感的记录。

然而我自己知道，从我的心上，在过去的历史中，我真正地只追求过一个男人，只有这个男人燃烧过我的心，使我起过一些狂炽的（注意：并不是那么机械的可怕的说法）欲念，我曾把许多大的生活的幻想放在这里过，也把极小的极平凡的俗念放在这里过，我痛苦了好几年，我总是压制我。我用梦幻做过安慰，梦幻也使我热血沸腾，使我只想跳，只想捶打什么。我不扯谎，我应该告诉你，我现在可以告诉你了（可怜我在过去几年中，我是多么只想告诉你而不能），这个男人是你，是叫“××”的男人……

我常常想你，我常常感到不够，在和也频的许多接吻中，我常常想着要有一个是你的就好了。我常常想能再睡在你怀里一次，你的手放在我心上。尤其当着有月亮的夜晚，我在那些大树林中走着，我睡在石栏上，从树叶子中去望着星星。我的心跑到很远很远，一种完全空的境界，那里只有你的幻影。……

一夜来，人总不能睡好，时时从梦中醒来，醒来也还是像在梦中，充满了的甜蜜，不知有多少东西在心中汹涌，只想能够告诉人一些什么，只想能够大声地笑！只想做一点什么天真、愚蠢的动作，然而又都不愿意，只愿意永远停留在沉思中，因为这里是满占据着你的影子，你的声音和一切形态，还有和你的爱。我们的爱情，这只有我们两人能够深深体会的，没有俗气的爱情！我望着墙，白的；我望着天空，蓝的，我望着冥冥中，浮动着尘埃；然而这些东西都因为你，因为我们的爱而变得多么亲切于我了呵！……可是文章写不下去，心远远飞走了，飞到那些有亮光的白云上，和你紧紧抱在一起，身子也为幸福浮着……

这篇热情奔放、大胆泼辣的情书，被后来香港学者司马长风称为“这可能是中国女性最赤裸的自白。但没有一点肉麻和卑污的感觉，被她纯洁的虔诚的情思所牵引”。

丁玲对冯雪峰爱的倾诉只能到此为止，最终冯雪峰的理智还是让这段感情没有继续下去。在风雨如晦的岁月里，有情人最终未成眷属，对后人来说，不知是幸还是不幸。

这段似乎很隐秘的恋情，丁玲没打算把它隐藏起来，1936 年 10 月，丁玲脱离国民党的囚禁，从南京来到上海。当时良友出版公司的老板赵家璧正在为她出版《意外集》，丁玲也把《不算情书》收了进去，这是她与冯雪峰恋情的见证。后来在陕北，丁玲更加坦荡，她在接受美国记者斯诺夫人采访时谈起过这段感情：

我从未和胡也频结过婚，虽然我们住在一起。一天，有个朋友来到我们家里，他也是诗人，他生得很丑，甚至比胡也频还要穷。他是一个乡下人的典型，但在我们许多朋友之中我认为这个人特别有文学天才，我们一同谈了许多话。在我一生中，这是我第一次看上的人。这人本来打算到上海去的，但他现在决定留在北京。我不同意这个，而要他离开，于是，他离开了。两星期后我追了去——胡也频也追了来。我们一同在上海只不过两天时间，我们三个决定一同到杭州那美丽的西湖去，这在我是一个非常复杂的局面。虽然我是深深地爱着另外那个人，但我和胡也频同居了许多时候，我们彼此有一种坚固的感情的联系。如果我离开他，他会自杀的。我决定不能和我所爱的人在一起，对他说：虽然我们不能共同生活，我们的心是分不开的；又说，世界上只有一个人是我所爱的，无论他会离开多么远，这个事实可永远不会改变。所以我们的爱只能是“柏拉图式”的了。这决定使他非常悲哀，所以我终于不得不拒绝和他见面，把关系完全切断。我仍然和以前一样爱他，但把这个连他都保守了秘密，退回了他的全部的信。关于这个人我不再多说了，虽然这故事现在已是一个公开的秘密。

“皖南事变”之后，冯雪峰在家乡浙江义乌被捕，后来被关进上饶集中营。冯雪峰在狱中受尽虐待与折磨，几次差点死去，却奇迹般生还。在狱中，他曾向他的狱友也是画家赖少其袒露心迹：他总是梦见一双美丽的大眼睛，是那双美丽的大眼睛支撑着他、激励着他渡过难关。后来赖少其根据他的描述，画出了这双美丽的眼睛。1949 年 7 月，第一次全国文代会在北京召开。赖少其在文代会上第一次见到丁玲，他马上领悟到：呵！这不是雪峰心中的那双大眼睛吗？

冯雪峰被捕时，丁玲已在陕北延安。在延安，曾有人问丁玲：你最怀念什么人？丁玲回答：我最纪念的是也频，而最怀念的是雪峰。

1957 年的反右运动，丁玲与冯雪峰一起被打成“右派”，共同经历人生的逆境。在一次作协批判两人的党组扩大会议上，冯雪峰发言，丁玲忽然插话：“我知道，你那样讲，是为了维护我！”本来杀气腾腾的会场，瞬时沉默一片。后来丁玲的秘书张凤珠回忆道：“我心里真难过，都什么时候了，还互相惦记着呢！”

1976 年 1 月 31 日，冯雪峰在北京去世。他去世时，丁玲在山西乡下，接到友人的来信时，丁玲“堕入了深深的迷惘，感到无限的悲怆”。

丁玲复出以后，在回忆录《魍魉世界》、《悼雪峰》等文章中，表达了对冯雪峰深深的怀念之情。

1986 年春节，大年三十除夕夜，在协和医院的病房里，当她听到王府井大街上阵阵鞭炮声，深情地对她身边的亲人说：雪峰就是这个时候死的。

半路夫妻——丁玲与冯达

胡也频牺牲以后，生活在困境之中的丁玲心境暗淡，如她自己所说：

我这时的生活实在狼狈。关心我的左联的朋友们有人认为在如此处境下，一个人生活太艰难，不是长久之计。但我这时对于恋爱实在心灰意懒。我相信不会有谁能像也频那样的纯朴热情，因此我只愿一心写作，或做一点工作，不愿用什么爱情来分占我的心里，我的精力，我的时间。我需要一个爱人，一个像也频那样的爱人；但又不想在生活中平添许多麻烦。有时我甚至以为一生一世最好是一个人自由自在地生活，而且也频的影子老在我心里。

就在丁玲这般寂寞孤凄的时候，一个人闯进了她的生活。这个人就是冯达。胡也频等左联革命志士被国民党杀害以后，美国记者史沫特莱采访丁玲，冯达是史沫特莱的秘书兼翻译，因此陪同前往。相识之后，冯达常去看望丁玲，有时陪她出去走走，看看朋友，买买东西。他的关怀像细雨一样让丁玲无法拒绝，身心疲惫的丁玲也慢慢体会到这个非常安静的男人的温暖。1931 年 11 月，丁玲与冯达同居，从此开始一段恩怨交织的夫妻生活。

冯达是广东人，认识丁玲时已经是一个共产党员，在共产党领导的中央通讯社工作。在丁玲的心目中：

他没有热，没有光，也不能吸引我，但他不吓唬我，不惊动我。

他是一个单身汉，没有恋爱过，他只是平静地工作。……他不爱多说话，也不恭维人。因为从事秘密工作，为了迷惑敌人，他穿戴整齐，腋下常常夹几张外文报纸。他没有傲气，也不自卑。他常常来看我，讲一点他知道的国际国内的红色新闻给我听，因为我平时很少注意这些事，听到时觉得新鲜。有时他陪我去看水灾后逃离灾区的难民，他为通讯社采访消息，我也得到一点素材，就写进小说里去。我没有感到有一个陌生人在我屋里，他不妨碍我，看到我在写文章，他就走了。我肚子饿了，他买一些菜、面包来，帮我做一顿简单的饭。慢慢生活下来，我能容忍有这样一个人。

后来，冯达调到中共江苏省委，负责《真话报》工作。丁玲也接受组织安排，编辑文艺刊物《北斗》。1933 年 5 月 13 日晚上，冯达从外面回到家里，告诉丁玲可能有人跟踪他。第二天早上，冯达出门联络革命同志，临走前告诉丁玲：12 点之前我要是不回来你就赶紧离开。临近中午 11 点半，丁玲从外面回来，发现冯达不在，正准备收拾东西离家，这时，中国左翼文化总同盟书记、《真话报》总编辑潘梓年来了。丁玲与潘梓年在家中耽搁了一会。这时，国民党特务押着冯达闯进他们家。就这样，丁玲、冯达与潘梓年一起被捕了。

丁玲被捕以后，鲁迅先生、宋庆龄女士以及民权保障同盟的知名人士杨杏佛、蔡元培等人积极营救，向国民党政府发出强烈抗议。鲁迅先生曾一度听说丁玲被害，怀着悲愤的心情写下旧诗《悼丁君》一首：

如磐夜气压重楼，剪柳春风导九秋。
瑶瑟凝尘清怨绝，可怜无女耀高丘。

丁玲与冯达被秘密押送至南京。在监狱中，冯达痛哭流涕、百般解释自己没有出卖丁玲，丁玲起初不原谅冯达，后来还是相信了他。在丁玲看得见的地方，冯达的确没有供出别的革命同志，也没有写自首书。国民党特务知道他们是夫妻，就把他们安排在一个房间居住。丁玲起初反对，但是国民党特务却置之不理，在特殊的环境里，丁玲只能忍耐。在监狱中，冯达曾帮助丁玲越墙逃跑，但是由于越墙难度太大，逃跑的计划失败。丁玲想到了自杀，他写好了遗书交给冯达，将自己的连衣裙撕成布条，编成绳子。当她把头伸进绳套，踢翻凳子时，冯达实在忍不下去了，把丁玲救了下来。

后来，国民党把丁玲禁锢在莫干山上，在莫干山上，丁玲怀孕了，并于 1934 年 10 月生下了一个女儿（蒋祖慧）。在软禁南京的三年时间里，丁玲对冯达始终有一种无可奈何的心情，按照她自己的说法是“明知不是伴，事急且相随”。1936 年冬天，丁玲安顿好孩子以后，在地下党组织的帮助下，离开南京，到达上海，后来又辗转到达党中央驻地——陕西省保安县，从此与冯达再未见面。

冯达离开南京后，回到广东。1938 年丁玲率西北战地服务团在西安工作时，曾收到冯达一封信，丁玲没回。1942 年冯达在重庆与一位广东小姐结婚，生有两个女儿。后来冯达曾与女儿在美国生活过一段时间，晚年的他定居台北市郊，谢绝采访，静心休养。他在台湾与海外翻译英文资料时，使用的笔名是“一心”，取自“丁”的第一笔和“慧”字的末尾。20 世纪 80 年代，他从香港买到大陆出版的《新文学史料》，看到丁玲的回忆录《魍魉世界》后，感慨地说：“冰之的记忆力真好。”

两岸开放旅游、探亲后，面对来自祖国大陆的访问者，冯达说过：“我是对不起冰之的——”并说：“我确实相信有一天我可以在冰之墓前献上鲜花礼拜，我是理解她之实在伟大的人。”

1989年，已经走到人生尽头的冯达，与阔别半个世纪之久的女儿蒋祖慧在台北相见。

1990年8月24日，冯达去世于台北。

“我与丁玲五十年”——丁玲与陈明

1936年11月10日，丁玲到达了陕北苏区保安，受到了中共领导人的热烈欢迎。在欢迎仪式上，周恩来曾说：“欢迎我们党的好女儿回到家里来。”毛泽东来得稍晚，他边走进窑洞边说：“我们的女作家来了吗？丁玲同志，我们欢迎你。”丁玲到达陕北不久，就随部队到达前方，在南下行军途中，丁玲收到毛泽东用军用电报发来的《临江仙》词一首：

壁上红旗飘落照，
西风漫卷孤城。
保安人物一时新，
洞中开宴会，
招待出牢人。

纤笔一枝谁与似，
三千毛瑟精兵。
阵图开向陇山东，
昨日文小姐，
今日武将军。

胡也频

丁玲

冯雪峰

晚年丁玲

陈明和丁玲

陈明和丁玲

当时西安事变刚刚发生，毛泽东居然分神舞文弄墨，还用军用电报把诗发到前线，这对丁玲来说，是莫大的荣耀。据说这样的殊荣，只有“谁敢横刀立马，唯我彭大将军”的彭德怀享受过。

1937 年春天，为了体验生活，积累写作素材，丁玲到达三原县云阳镇采访在这里主持军训工作的彭德怀。彭德怀当时正单身，他的结发妻子已经十多年没有音讯。当时来延安的一些女青年曾主动示爱，彭德怀都视而不见。因此，在延安，很多人视彭德怀为清教徒式的人物。丁玲对彭德怀充满好感，甚至觉得他很神秘，她在生活上对彭德怀关怀备至，两人空闲时一起聊天，一起用餐。彭德怀对丁玲也很亲切。丁玲曾经写过一篇散文《彭德怀速写》，发表在《新中华报》上时，还配有丁玲手绘的一幅彭德怀的肖像画。《彭德怀速写》篇幅很短，仅七八百字，但写得非常生动，对人物的刻画亦很传神。

时间一长，部队官兵知道丁玲也是单身，一种带着良好祝愿的传言逐渐传开：一个“文小姐”，一个“武将军”，这难道不是天意撮合吗？当时还有人忙着张罗他们的婚礼。这段姻缘最后有始无终。据说当时周恩来听到关于他们的议论时，曾半认真半开玩笑地问彭德怀：彭老总呀，你们俩何时可以办事。彭德怀苦笑着回答：“没有的事啊。我已经慎重地考虑过：军人，尤其我还是指挥员，与女作家在工作和生活上，均难以协调，不太合适。”对于这段姻缘，晚年的丁玲也这样解释：“我考虑再三，差距太大，不太合适。”至于什么样的差距，丁玲没有说，但是她和彭德怀的说法如出一辙，这也说明两人在婚姻问题上是有过坦诚交流，并取得一致意见的。

1937 年 6 月，延安文艺界为了纪念高尔基逝世一周年举行文艺演出。其中有一个节目是根据高尔基的小说《母亲》改编的话剧，剧中饰演母亲儿子的男一号，给丁玲留下很深的印象，尤其是那英俊的扮相，精彩的演技以及磁性的声音让丁玲难以忘怀。这个男一号就是陈明。丁玲从陈明身上，仿佛看到胡也频的影子。

这年 8 月，中央军委决定成立“西北战地服务团”，丁玲被任命为团长。陈明被任命为宣传股长。陈明刚过二十周岁，虽然个子不高，但是充满活力，脑子快，主意多，对工作也热情积极。丁玲越发喜欢这个年轻的小伙子。而陈明对丁玲则充满敬意。在工作中，丁玲把陈明作为亲弟弟一样看待，似乎超出了一般的同志关系。陈明心里明白：丁玲是在用一颗心爱着他。但是陈明还是没有思想准备，想逃避。有一次，他们俩在一个小饭馆吃饭，陈明说：主任，你也应该有个终身伴侣了。丁玲反问他：我们两个行不行呢？陈明听了吓了一跳。事后，陈明也很痛苦，他在日记中写道：让这种关系从此结束吧！丁玲看后，说:“我们才刚刚开始，干吗要结束呢？”

丁玲与陈明的恋人关系自然也引来一些流言，说丁玲爱上了一个小丈夫。对于流言，陈明的压力更大些，他心里不能不有所顾虑，两人在年龄与资历方面的差距太大，再加上朋友之间的规劝，陈明被搞得实在心烦。

1939 年 9 月，陈明离开延安，跑到烽火剧社去了。社里有一位女演员叫席平，苏州姑娘，和陈明年龄相仿。不久，陈明和她好上了，还悄悄地结了婚。两人婚后生活很和谐，不久席平怀上了孩子。

陈明的结婚让丁玲很痛苦，她曾向好友倾诉自己的烦恼。1941 年初，烽火剧社去延安演出，陈明携妻子去看望丁玲，丁玲强作笑颜祝新人幸福。但是陈明与丁玲目光交汇的一刹那，陈明看懂了丁玲痛苦的内心。陈明这时才明白，自己无法欺骗自己的感情，他依然爱着丁玲。而在一旁的席平自然明白这一切。1941 年底，刚做母亲的席平主动提出离婚，带着婴儿离开了陈明。

丁玲与陈明是 1942 年 2 月在延安兰家坪结婚的，当时丁玲三十八岁，陈明二十五岁。结婚那天，没有举行仪式，没有宴请宾朋，丁玲吩咐厨房加了一点菜，便把陈明“娶”了过来。这桩很多人不看好的婚姻从此开始了。

结婚后，丁玲与陈明怕妨碍工作，没有再要孩子。陈明也有现代的观念意识，对蒋祖林、蒋祖慧视若己出。

1946 年，丁玲与陈明到河北涿鹿县温泉屯开展土改工作，与当地老百姓同吃同住。两年后她的长篇小说《太阳照在桑干河上》出版了，正是取材于温泉屯的土改斗争。对于丁玲的创作来说，《太阳照在桑干河上》具有里程碑的意义。

新中国成立后，丁玲与陈明度过了一段相对风平浪静的日子。丁玲历任中共中央宣传部文艺处处长、作协副主席等职务。据她的秘书张凤珠回忆，那时的丁玲，每次进出东总布胡同的作协机关，“总是欢声笑语，她被人群簇拥，很受爱戴，那情景就像欢迎一个女王。”1952 年《太阳照在桑干河上》被苏联政府授予斯大林文学奖二等奖，丁玲的荣誉也达到了顶峰。但是厄运很快来临，1955 年秋天，她与在《文艺报》工作的同事陈企霞被打成“丁陈反党集团”。在不停地申诉与批判中，形势急转直下，1957 年丁玲又被打成“右派分子”，艾青、冯雪峰、罗烽、白朗、陈明等七人也被划入“丁陈反党集团”。1958 年《文艺报》发表了《再批判》，毛泽东亲自改定标题，并在按语中写道：“谢谢丁玲、王实味等人的劳作，毒草成了肥料，他们成了我国广大人民的教员。他们确实能教育人民懂得我们的敌人是如何工作的。”丁玲又一次经历人生的低谷。

1958 年，丁玲被开除党籍并下放到北大荒农场参加生产劳动。

“文革”期间，丁玲难逃此劫，被关押在秦城监狱五年之久。1979年，经中央同意，丁玲从山西农村回到北京治病。1984年，中共中央组织部颁发《关于为丁玲同志恢复名誉的通知》，她在政治上得到彻底平反。

在丁玲遭遇厄运的几十年中，陈明一直不离不弃，给予关爱与温暖。他们相依相伴、度过了漫长与苦难的日子。在“文革”期间，丁玲被关押在北大荒的牛棚里，为了能见上陈明一眼，她几乎每天望眼欲穿。这时的丁玲，人间的一切温情几乎都弃她而去，苦难像北大荒的冬天一样漫长，只有不常见面的陈明，两人相互温暖，相互支持。丁玲复出以后，在回忆录《牛棚小品》里，再现了她与陈明的爱情，是那样的温婉细腻，真挚饱满。晚年的丁玲曾说：“如果没有他，我是不可能活到今天的；如果没有他，我即使能活到今天，也是不可能继续写出作品来的。”

1986年3月4日，丁玲在北京逝世。弥留之际的她，曾紧紧拉住陈明的手，用微弱的声音要求陈明再亲亲她。还说：“我这一辈子太辛苦了，我最不放心的就是你。”

陈明晚年有回忆录《我与丁玲五十年》出版，讲述自己与丁玲跨越半个世纪的风雨恋情，在谈到自己时曾说：“我这一生，大部分时间是和丁玲共同度过的，而且和她在一起的岁月，是我生命中最宝贵的年华。”

丁玲生平年表

1904年10月12日，出生于湖南常德。

1910年，就读于常德女子师范学校幼稚班。

1918 年，就读于桃源第二女子师范学校预科，次年转入长沙周南女子中学。

1922 年初，赴上海，入共产党人陈独秀、李达等创办的平民女子学校学习。

1923 年，经瞿秋白等介绍，入中国共产党创办的上海大学中国文学系学习。

1924 年，丁玲来到北平，与青年编辑胡也频相识。

1925 年秋，与胡也频同居与北京西郊香山。

1927 年底，第一次用笔名“丁玲”发表处女作《梦珂》于发表于《小说月报》。同年认识青年诗人、共产党员冯雪峰。

1928 年，出版代表作《莎菲女士的日记》，引起文坛的热烈反响，出版第一本短篇小说集《在黑暗中》。

1929 年，与胡也频、沈从文在上海创办红黑出版社、《红黑》杂志。

1930 年 5 月，加入中国左翼作家联盟，儿子蒋祖林出生。

1931 年 2 月 7 日，胡也频遇难，主编“左联”机关刊物《北斗》。同年 11 月与当时的共产党员冯达同居。

1933 年 5 月，丁玲被国民党特务绑架，拘禁在南京。

1934 年 10 月，女儿蒋祖慧出生。

1936 年 9 月，逃离南京，11 月到达陕北，受到毛泽东、周恩来等领导同志的欢迎。同年收到毛泽东赠词《临江仙》一首。

1942 年，与陈明结婚，同年发表《“三八”节有感》，不久被批判。

1948 年，丁玲写成著名的长篇小说《太阳照在桑干河上》，并由新华书店东北总分店出版。

1952 年，《太阳照在桑干河上》获苏联斯大林文艺奖金二等奖。

1955 年，被错定为反党集团成员。

1957 年，被错划为“右派分子”。

1958 年 1 月 26 日，《文艺报》第 2 期发表《再批判》的编者按语，对丁玲及其作品进行“再批判”。

1958 年 7 月，被下放到黑龙江北大荒汤原农场劳动。

1970 年 4 月至 1975 年 4 月，被关押在北京秦城监狱。

1975 年 5 月至 1979 年 1 月，被遣送到山西省长治市郊老顶山嶂头村定居。

1984 年 8 月 1 日，中央组织部颁发《关于为丁玲同志恢复名誉的通知》，为丁玲彻底平反。

1986 年 3 月 4 日，在北京逝世，享年八十二岁。

梁宗岱

在中国现代诗人中，梁宗岱是最具诗人才华气质的一位。这位中国现代著名诗人、诗歌理论家、翻译家、教授，其多姿多彩的生命和生活本身就是一首可歌可泣的诗，尤其是他具有传奇色彩的婚恋，在经历了岁月的风尘以后，仍然让人感叹唏嘘。

“我就是梁宗岱”

梁宗岱，1903 年 7 月 14 日出生在广东新会县河村白庙墟同安里。他的祖辈都是经商的，梁宗岱后来跟随父母在广西百色度过了自己的童年。

梁宗岱聪颖好学，才思敏捷，在小学的时候就表现出很高的文学天赋。有一次国文老师批改作文，给他 125 分，同学们问：“最高分是 100 分，为什么给梁宗岱 125 分？”老师说：“这篇作文太好了，我都大吃一惊，所以加 25 分。”梁宗岱后来转入广东培正中学，由于作文、英文优异，多次获得中文、英文奖。他经常在报刊上发表诗作，十六岁就被传为“南国诗人”。当时广州各大报馆曾派人采访他，因为他的年纪小，还闹出一个笑话。有一次一个记者来采访他，他开门问记者找谁，记者打量他一下说：“找你哥哥”。梁宗岱问：“你是不是找梁宗岱？”记者点头。他指着自己说：“我就是梁宗岱。”记者惊诧不已。

在培正中学，梁宗岱初尝了初恋的甜蜜。他爱上了班上一个姓陈的女同学，他们经常在一起讨论文学和英文，交往也越来越密切。初恋的美好感觉给诗人的才华添上了翅膀。梁宗岱写了一首首浪漫、温馨的爱情诗送给她。有一首《途遇》，他这样甜蜜地写道：

我不能忘记那一天。
夕阳在山，轻风荡漾。
幽竹在暮霭里掩映着。
黄蝉花的香气在梦境般的

黄昏的沉默里浸着。

独自徜徉在夹道上。
伊姗姗的走过来。
竹影萧疏中，
我们互相认识了。
伊低头赧然微笑地走过，
我也低头赧然微笑地走过。
一再回顾的——去了。

在那一刹那——
知道如今犹觉得——
心弦感着了如梦的
沉默，羞涩，与微笑的颤动。

然而好景不长，正当他陶醉于花前月下的甜蜜温馨时，梁宗岱如梦如花的初恋却遭到暴风雨的摧残。在他的人生舞台上，出现第一幕婚姻悲剧。中学毕业前夕，他接到一封家信，让他马上回家。他走进家门，只见张灯结彩，一派喜庆景象。一个佣人迎上来说："恭喜你，少爷，你要成亲了。"原来一向反对宗岱外出求学的老祖母想用婚姻这根绳索把孙子拴在自己身边，在家乡为他聘了一位姓何的女子，正等着他回来拜堂成亲。梁宗岱见此情景，暴跳如雷。不管家里怎样威胁、劝说，他死活不依。在众人的拉扯下，大喊大叫，勉强拜了堂，可是他却把自己独自关在房间里，拒绝同新人入洞房。家人说客频频敲门劝说，他只是闭门不出，后来他别出心裁，把全身脱得精光，赤膊条条地在房中看书。谁进来劝说，他就说：

“你要说什么，快说出来，让我记下。”家人看到这种情况，只好作罢。宗岱始终未与何氏同居。在这种情况下，何氏当然内心十分痛苦，她也是礼教的受害者。吵过闹过以后，宗岱也起同情之心，就找她商量，咱们虽然夫妻关系并不存在，但他愿意帮助她。宗岱送她到广州护士学校读书，并答应负责她一切费用，直到她自立为止。

现实的婚姻闹剧打破了宗岱的初恋美梦，他的初恋女友后来也随父母出国，解放前夕归来，再次相见时已鬓发染白霜。

初恋的幻灭在少年宗岱心上留下阴影，大自然和生活在他眼里仿佛改变了颜色。他的诗中也出现了苍茫、惨淡、忧伤、清冷的情绪。

塞纳河畔的爱情

1921 年，他分别接到郑振铎、茅盾的来信，邀请他加入当时全国最著名的文学社团“文学研究会”。在这两位文学前辈的指导下，宗岱开始了“为人生而艺术”的文学道路。1924 年秋，梁宗岱在上海拜会了郑振铎、茅盾这两位师长以后，便漂洋过海，远赴欧洲。在那个新的艺术世界，梁宗岱一边刻苦学习语言，一边和欧洲文艺界的名流大师交流晤谈。在巴黎这个艺术家云集之地，他结识了法国当时的文坛巨擘、后期象征派诗人保罗·瓦雷里（旧译梵乐希），其文采深得大师赏识，在学业上得到他的指点。

1929 年，宗岱结识了少年时代就倾心仰慕的伟大的人道主义作家、《约翰·克里斯多夫》的作者罗曼·罗兰。

你翻译的陶潜诗使我神往。不独由于你的稀有的法语知识，并且由于这些歌的单纯动人的美。他们的声调对于一个法国人是多么熟悉！从我们古代的地上升上来的气味是同样的。

这就是当时名震寰宇的大文豪写给二十三岁的中国青年梁宗岱的信。罗曼·罗兰后来在寓所接见了他，并和他进行了亲切的晤谈。与当时欧洲文艺界和学术界的名流接触，对梁宗岱的人格和艺术修养有很大的帮助。若干年后，梁宗岱还深情地回忆说：

但是影响我最深彻最完全，使我亲炙他们后判若两人的，却是两个无论在思想或艺术上都几乎处于两极的作家：一个是保罗·梵乐希，一个是罗曼·罗兰。

梁宗岱开始用法文写诗，在《欧洲》、《欧洲评论》上发表诗作，也经常把中国的古典诗歌译成法文，介绍给法国的诗歌爱好者。他的名字开始在巴黎的文艺界传播，成了巴黎大学不少女生崇拜的对象。“你想找梁宗岱吗？哪里女学生最多，那中间就有他。”一时成了当时流传在巴黎留学青年中的佳话。

留学欧洲七年期间，梁宗岱结识了很多异国姑娘，有的还结下了深厚的友谊。但梁宗岱知道他们之间不可能结合在一起，就十分小心地控制着自己的感情。其中梁宗岱最喜欢的是法国少女安娜。安娜是一个富家的独生女，不仅漂亮，还有较深的文学修养，在这一点上和宗岱特别谈得来。罗曼·罗兰说：“中国人和法国人的心最容易相通，好像存在着一种神秘的血缘、姻缘关系。”和安娜在一起的时候，梁宗岱时常想起这句话，觉得这句话和自己的心灵很契合。梁宗岱为他所喜欢的这位法国姑娘起了一个中国名字，叫白薇，并在日内瓦湖畔写过一首《白薇曲》送给她：

在一个雪花微微的冬夜，
白凫儿双双睡去的湖畔，
第一次印下了我的浅浅的足迹，
如丝的柔弱的心缕，
对于蔷薇色的招引，
是怎样的飘忽无力？
于是纵横着的伤痕里，
又隐约着几个模糊的新字：
“白薇，我爱你……”

梁宗岱虽然深深地爱着安娜，但是他不能答应永远留在巴黎，他知道他应该回到自己的祖国。就这样，梁宗岱决心和安娜分手了。在回国前夕，安娜在外地旅游，宗岱决定写一封信告诉安娜，并跟她告别。安娜马上回一电报，要宗岱等她回来再启程。可是，宗岱怕见了安娜被情丝缠住，便毅然回国了。安娜回到巴黎，见人去楼空，心中无限伤感，独自伫立窗前，面对塞纳河失声痛哭。其实，梁宗岱的心更为痛苦，很多年，安娜的影子都一直在他的心灵深处挥之不去。后来，他和沉樱女士结婚，就把自己的第一个女儿取名“思薇”，可见他的一往情深。

离婚风波与连理沉樱

1931 年，梁宗岱接受北京大学校长蒋梦麟与文学院长胡适的邀请，担任北大法文系主任兼教授，同时兼任清华大学讲师。这一年他才二十八岁。在北大这个思想自由、艺术氛围深厚的圣地，梁宗岱以横溢的才华再加上率真的性格立即引起中国文坛的注意。当时一些青年才俊，在校学生，仰慕梁宗岱的名声和才气，纷纷到他的住处来请教学业，探讨文艺问题。在北大的梁宗岱雄姿英发，血气方刚，所遇不合即吵吵嚷嚷，且好争论，朋友圈中称他为中国的拜伦。他却说："人家称我是拜伦，可惜我只有坏脾气的方面像他，其实我像雪莱是真。"就浪漫多情的气质来说，他确实有点像雪莱。1932年，后来成为法国文学专家的罗大冈在北平私立中法大学读书，他的朋友卞之琳在北京大学读书。罗大冈为准备毕业论文，让卞之琳陪他去向梁宗岱求教。见面后，梁开口就问："你们中法大学的女生谁最漂亮？"罗大冈不觉一愣，结结巴巴答不上来。这个可以收入《世说新语》的典故，应该是梁宗岱真性情的流露，也是他浪漫多情的表现。

正当梁宗岱在北大的讲坛上潜心诗学创作的时候，他的个人生活又出现了一场风波，这场风波又一次改变了他的人生轨迹。这场风波还是来源于十年前的那场婚姻悲剧。原来梁宗岱在北大任教时，有一次回新会老家探亲，顺便去看望了一下在出国前友好分手的何氏。这时何氏已经是两个孩子的母亲了。宗岱看到她生活得很幸福，也就放心了。何氏打听梁宗岱的工作地址，梁宗岱也没在意，就告诉了她。谁知有一天梁宗岱回到北京，门房告诉他："你太太来了。"梁宗岱大惑不解："我没有太太呀。"进门一看，原来是何氏。梁宗岱这时气得直叫喊："咱们不是了结了吗？你都是两个孩子的母亲了，还来这里胡闹！"宗岱否认她是合法的妻子，把她推出门，把行李丢给她。

此时胡适住在他的隔壁。一向不赞成别人离婚的胡适和胡太太，大发慈悲，“路见不平，拔刀相助”，把何氏接到自己的家中。此时胡适任北大文学院院长，他和梁宗岱在岭南大学的国文老师也是北大史学系主任的陈受颐二人竭力劝梁宗岱接受“既成事实”。宗岱哪里能屈服这样荒唐的“凑合”。官司从此开始。一个非常戏剧性的场面出现了，胡、陈两博士登上证人台，为何氏辩护，指责梁宗岱抛弃发妻。这场公案一时轰动北大乃至整个北平。结果法院判定梁宗岱败诉。然而梁宗岱不服从法院判决，后经名人从中斡旋，梁宗岱赔偿离婚费二千白银，才正式办理了离婚手续，了结了这场风波。

这场婚姻官司，使梁宗岱和胡适的关系蒙上阴影。很多年以后，梁宗岱还怨恨未消，在回忆中猛批胡适：

> 主要是为了文学上意见不同、人生观不同，比方胡适最喜欢外国人，甚至一个推销奶粉的外国人，谈到最后才知道他来的目的是推销奶粉。胡适有痔疮，明明是中医医好，他硬说是西医治好。诸如此类，我不客气与他作对，甚至写文章批驳他，他怀恨在心，伺机报复。

当然，此话不无意气，其实胡适还是对梁宗岱器重的，他初到北大时，还是胡适从自己的住处拨出一个独立的院子让他住。胡适多管闲事，替何氏辩护，这也和他保守的婚姻观念有关。

梁宗岱在处理何氏的离婚风波时，也是他和作家沉樱热恋的时候。沉樱原名陈瑛，沉樱是她的笔名。“沉”是陈的谐音，“樱”是指美丽的樱花。在中学和大学时代，她为周氏兄弟翻译的日本小说所倾倒，因此在发表处女作时便署了这个笔名，以寄托对日本文学的爱慕。在以后的写作和翻译生涯，她大都用这个笔名发表作品。

1907年4月，沉樱出生于山东潍县城里一个有文化的中产阶级家庭。祖父是清朝的学官，父亲读的是洋学堂，接受过新思想，舅父是北大哲学系的学生。在这样的家庭环境中，沉樱受过良好的教育。在山东省立第一女子中学，沉樱遇到一位毕业于北京大学哲学系、影响她一生的国文老师顾献季。这位老师引导她开始接触五四运动后涌现的新作家的作品和翻译文学。中学毕业以后，沉樱先后到上海大学和复旦大学读书，并开始文学创作。在大学里，沉樱是个活跃分子，她参加了洪深领导的复旦剧社，主演了《女店主》，显示了她的表演才华。在这里和戏剧家马彦祥相识、结婚。这个时候，她的创作也到了高峰期，有小说集出版，也有散文佳作问世，并受到茅盾的称许。梁宗岱1931年回国时，在上海认识了沉樱，两个人互相倾慕，产生了感情，并从此书信往来。后来沉樱离婚，到了北平，两个人接触的机会更多了。一个是才华横溢的诗人、翻译家、教授，一个是稍有名气的小说家。两人有更多的共同语言，也有更多的惺惺相惜。花前月下的柔情蜜意，执手相对的含情脉脉，让人艳羡。

经过了离婚风波，梁宗岱不愿再留在北大了，1934年8月，他辞去教职，和沉樱女士一起东渡日本做蜜月旅行去了。第二年回国，两人在天津结婚。梁宗岱接受南开大学的聘书，担任南开大学英文系教授。沉樱闲居家中，很少创作。1937年7月7日，卢沟桥事变爆发，他们的第一个孩子思薇就是在这一天出生。三天以后，梁宗岱夫妇带着刚出生的女儿，仓促地离开即将沦陷的天津，辗转来到内地。1938年已经内迁到重庆北碚的复旦大学，聘请梁宗岱担任教授兼外文系主任，梁宗岱把家迁到重庆，沉樱也在一所中学谋到教职。在战火纷飞的年代里，在重庆北碚，梁宗岱有一个温暖的家。沉樱面孔清秀和蔼，性情也十分文静。她很少大声说话，也没有激动情绪的爆发，就像她的散文一样，似乎永远像一泓没有风浪的湖水。在教书之余，沉樱便做家务、读书和写作，对孩子和丈夫也很关心。

心魂相伴——梁宗岱与甘少苏

在很多人的心目中，他和沉樱的婚姻关系再合适不过了。当时梁宗岱还不到四十岁，已经有了两个天真可爱的孩子，他和沉樱的感情关系也很融洽。张爱玲说，我发现弄文学的人向来注重人生飞扬的一面，而忽视人生安稳的一面。自诩雪莱般浪漫多情的梁宗岱也如此。这时，他平静的生活溪水中又出现感情的漩涡，再次使他的生活驶出原有的航道。

1941 年 3 月，为了处理父亲去世后遗留的产业，梁宗岱从重庆回到广西百色。此时正值三八妇女节，百色各界妇女抗敌后援会要举办一次三八节义演。梁家在当地是名门大户，当时的妇女会向梁家推销荣誉券（戏票）时，梁宗岱买了二十五张，接着被友人拉去看戏。当晚上演的是粤剧《午夜盗香妃》，其中饰演香妃的花旦甘少苏质朴自然的表演深深地吸引了梁宗岱。第二天晚上演的《背解红罗》，梁宗岱又去看了。接下来的一天中午，梁宗岱到后台找到了甘少苏，说："你的悲剧角色演得太好了，真不知道你是如何达到这种境界的，我想也许我不该问，你自己一定有许多悲惨的经历吧。"接着便把自己写的诗相赠：

妙语清音句句圆，谁言粤剧不堪传？
歌喉若把灵禽比，半是黄鹂半杜鹃。

一个生活在社会底层、受尽侮辱和损害的戏子，知晓这样一位有地位、有身份的人欣赏她，甘少苏感到既惊讶又甜蜜。她告诉了她的身世。她比梁宗岱小十二岁，也是广东新会人，从小家贫，跟随邻居学粤剧，后来加入戏班，过着辛苦辗转、寄人篱下的生活。甘少苏后来被骗嫁给一个国民党军官钟树辉，钟树辉爱钱不爱人，整日赌博，把甘少苏当作摇钱树。甘少苏为此受尽凌辱摧残，有几次自杀不成。梁宗岱闻之，遂生同情之心，以后经常去看她演出，找她谈天，并写词相赠。有一首《玉楼春》的词这样表达梁宗岱和甘少苏初认识时的心情：

菊花香里初相见，一掬笑容堆满面，当时只道不关心，谁料如今心缭乱？绵绵一曲恨何限！情到深时词觉浅。暗将眉睫惜华年，脉脉似含芳草怨。

梁宗岱和甘少苏的接触，引起了钟树辉的嫉妒和不满。钟树辉一面四处散布留言中伤梁宗岱，一面变本加厉地折磨甘少苏。这时梁宗岱借钱四千元给钟，让他做点生意，图个发展，也许能改变甘少苏的处境。哪知钟接到钱，并没有拿来做生意，却很快输得精光。后来钟树辉服少量安眠药，假装自杀，说梁宗岱仗势强占有夫之妇，害出人命。一时百色谣诼四起，满城风雨。甘少苏忍无可忍，要求和钟脱离关系。钟树辉提出三万元的“赎身费”。梁宗岱为了让甘少苏脱离苦海，把钱如数给了钟，钟接到钱以后，还不甘休，又把甘的所有戏服衣物都拿走。梁宗岱气愤不过，要同钟说理。钟纠集了十几个无赖之徒殴打梁宗岱。梁宗岱毫不畏惧，奋力相搏，后来县长下令派人赶到制止。这成了轰动广西的新闻。南宁、桂林的报纸都登出了消息，《广西日报》的报道标题是："梁宗岱教授为一女伶大演全武行"。

后经各方人士主持公道，甘少苏最终得以摆脱钟某的控制，可以和梁宗岱自由交往了。梁宗岱和甘少苏的事，一时也成为百色街头巷尾的谈资。当时人们见梁宗岱对甘少苏一往情深，都公开和他开玩笑，叫他"疯教授！痴教授！"梁宗岱泰然自若，毫不理会。他送给甘少苏的一首词这样写道：

世情我亦深尝惯，笑俗人吠声射影，频翻白眼，荣辱等闲事，但得心魂相伴。

和甘少苏交往的两年期间，梁宗岱写下了数量可观的诗词相赠，后来编辑成《芦笛风》，自费在桂林出版。其序曲《水调歌头》更能说明梁在感情生活上率性的诗人本色：

人生岂局促，与子且高歌。浩然一曲冲破，地网与天罗。给我一支芦笛，为汝星回斗转，冰海变柔波。哀乐等闲耳！生死复如何？

浮与沉，明与暗，任予和。钧天一笑相视，认我与同科。看取沙中世界，更见花中天国，同异尽消磨。君掌握无限，永劫即刹那（音"挪"）。

甘少苏是自由了，她向梁宗岱表明了心迹，她愿意跟他一辈子，永远不离开他。但梁宗岱心情却是痛苦的、矛盾的，他知道一旦答应和甘少苏结婚，沉樱就会离开他。后来，梁宗岱经过再三考虑，认为如果要长期保护甘少苏，只能答应她的求婚要求。1942 年 3

沉樱

青年梁宗岱

梁宗岱与甘少苏

梁宗岱

月，他们登报结婚。

一个是少年得志、才华横溢的诗人、教授，其学识、名望、地位都让人望尘莫及；一个是沦落到社会底层的戏子，容貌也算不上漂亮，又有过不幸婚姻的折腾，面上刻满人生苦难的痕迹。梁宗岱为什么要娶甘少苏？这是许多人都百思不得其解的问题。曾经有人问过梁宗岱：“你究竟看中她什么呢？”梁宗岱回答：“我看中她的灵魂，没有人知道她有一颗多么美好善良的心，我就爱她这一点。”就像他送给甘少苏的诗所说“但得心魂相伴”，为了“心魂相伴”，他不但要挑战“俗人”，而且还要舍弃半生努力所得到的一切：“半生道行纵成空，肯惜浮名轻一笑！”率性的诗人本色落实到现实生活中去，就会让世俗人情难以认同。

从此，无论是战火纷飞的岁月，还是解放后此起彼伏的政治运动，甘少苏都陪伴在梁宗岱身旁，相依相携。特别是在梦魇一般的十年浩劫里，甘少苏寸步不离，倾弱女一己之力，处处照顾着梁宗岱。1983 年 11 月 6 日清晨，梁宗岱去世，他们共同生活了四十二年。

梁宗岱去世以后，甘少苏在回忆录中写道：

在纵情声色、人欲横流的社会里，宗岱抛弃了世俗观念，用艺术审美的眼光来鉴别人的品性，从社会的最底层发现了我，付出了很高的代价救我于水深火热之中，让我恢复了人的尊严，走出了苦海，过上了正常人的生活。不仅如此，他对我的整个人生也产生了巨大而深远的影响。从此，我懂得并且获得了最宝贵、最坚不可摧的爱情；从此，我走上了幸福的人生道路。宗岱那完美的高尚的人格，金子般闪光的心和忠贞不渝的感情，是我在以后的四十二年和他共同生活中逐步品味出来的。

最后的遗憾

沉樱在重庆听到梁宗岱和甘少苏结婚的消息后，立即带着女儿从北碚的处所搬出，与梁宗岱分居了。梁宗岱自然感到内疚，他找到了沉樱，又共同生活一段时间，沉樱又生一子。后来梁宗岱从重庆回到百色以后，仍然和沉樱保持着联系，每年都给沉樱汇钱。沉樱带着三个孩子，生活相当困苦。抗战胜利后，她带着孩子回到上海，在复旦大学任教。在这期间，梁宗岱专程去上海和她会面。梁宗岱曾打算接他们母子四人来广州生活，但是遭到沉樱的拒绝。梁宗岱把大女儿思薇带出来玩，想说服她同他一起回广州进培正中学读书。可思薇不肯离开母亲，她问宗岱:“难道只有读培正才有出息吗？”梁宗岱无言以对。只好送她回到沉樱身边。不久，沉樱随母亲一起去了台湾。

沉樱到台湾以后，先在一所中学教书七年，后来到台北。在台湾的几十年，她创作以散文为主，更多的时间是从事翻译。她翻译每一部作品都很认真，文字也顺当，所以每译一本皆成畅销书。她所翻译的茨威格的小说《一个陌生女子的来信》，出版以后不断再版。据说在六十年代末的两年，在教书之余，一口气翻译、出版了九种书。她在翻译出版多种翻译小说时，也把梁宗岱的译诗《一切的峰顶》翻译出版了。这本书，是她和梁宗岱游学日本时的译作，当时他们正在热恋。沉樱出版梁的这部作品，有纪念和回忆的情意，可见她对梁的感情并没有消失。梁宗岱与沉樱早在五十年代后期就有书信来往，都是通过梁宗岱在香港的同学转递的。在七十年代的时候，他们便恢复了直接通信。我们能从这封 1972 年写给梁宗岱的信中，看到一个经历过岁月酸辛的女子的宽容和平静，看到一个光风霁月般高洁的灵魂。

宗岱：

影印品即可寄出，前两天思清找出你交她的资料去影印，使我又看见那些发了黄的几十年前的旧物，时光的留痕那么鲜明，真使人悚然一惊。现在盛年早已过去，实在不应再继以老年的顽固，前些时候信中还争谈什么吉人天相，想想也太好笑了。最近重读契诃夫一篇小说《晚年》，和赫曼赫塞的散文《老年》，不胜感慨，而我最近又将离美归去，觉得应趁这可以通信的机会再给你写写信。在这老友无多的晚年，我们总可称为故人的。我常对孩子们说，在夫妻关系上，我们是怨耦，而在文学方面，你却是影响我最深的老师。至今在读和写两方面的趣味还是不脱你当年的藩篱。（重读《直觉与表现》更有此感）自然你现在也许更进一步，大不相同了。我们之间有很多事是颠倒有趣的，就像你雄姿英发的年代在巴黎，而我却在这般年纪到美国，作一个大观园里的刘姥姥。不过，人间重晚晴，看你来信所说制药的成功，和施药的乐趣，再想想自己这几年译书印书的收获。我们都可说晚景不错了。你最可羡的是晚年归故乡，我现在要回去的地方，只有自建的三间小屋而已。我在六十岁生日时用孩子们给我过生日请客剩下的钱，自费印了一本褚威格的小说集（以前曾由书店出版三本），想不到竟破记录的畅销，现在已卅版（十万册）。这几年内前后共出版了十本书，你的《一切的峰顶》也印了。最近在这里，借书看书都方便，又译了不少，打算整理一下再出一本。这虽然没有你施药济世活人那么快乐，但能把自己的欣赏趣味散布给人而又为人乐受，也觉生活不再空虚。记得你曾把《浮士德》译出，不知能否寄我给你出版？如另外有译作，也希望能寄来看看。最近在旧书店买到一厚册英译《蒙田论文全集》。实在喜欢，但不敢译，你以前的译文，可否寄来？我的几本译书真想请你过过目，但不知能寄不能寄，望来信见告。我大概一月动身离美。思明仍欠佳。思薇姊妹都好，忙着挣、花钱。

沉樱　十二月七日

这位可敬的女子，其实对宗岱一往情深。林海音曾说："她并没有和梁宗岱离婚，在名义上仍是梁太太，而梁宗岱的妹妹在台湾，她们也一直是很要好的姑嫂。"据说梁宗岱在台湾的学生称沉樱为师母的时候，她也微微一笑，"双颊微红，笑靥里似乎充满回忆的甜蜜。"

虽然历经劫难，梁宗岱在回复沉樱提到"怨耦"的那封信中，仍然表现得十分乐观和自信，诗人本性注定了他是一个永远不会服输的人。

樱：

你的信深深感动了我们。少苏读到"怨藕"（注：宗岱把"耦"字写作"藕"了）两字竟流起泪来了，自疚破坏了你我的幸福。我对她说，我们每个人这本书都写就了大半了，而且不管酸甜苦辣，写得还不算坏，仿佛有冥冥的手在指引着似的。对我呢，它却带来了意外的无限的安乐和快慰。这几个字本来就是我生的基调（不管在任何情况下）。陶渊明的"聊乘化以归尽，乐夫天命复奚疑"从始就是我的"盲公竹"（注：即"向导"之意）。蒙田的"宠非已荣，涅岂吾缁"更加强我的信念了。因此我们的晚晴虽已不错，白浪宁的 Grow old along with me，The best is yet to be！

跟我一起朝前走，

最好景还在后头！

仍是我最常哼的两句诗。……仍是陶句，但概括了蒙田的一个重要思想。

岱 72，12

历尽劫波亲人在，相逢一笑泯恩仇。中美开始建交谈判后不久，一天中午，梁宗岱正在午睡。听到敲门声，梁宗岱去开门，见是一个女士，梁问你找谁，女士回答说："找我爸爸——找你。"这就是梁宗岱的二女儿思清，她和丈夫从美国回国探亲。这次是试探性的，因为不知道经过文革"浩劫"，自己的父亲是否还在人世。

1976 年，梁宗岱的大女儿思薇偕丈夫齐锡生教授回来探望父亲。她还记得小时候父亲很喜欢她，很疼她，她对父亲是有感情的。当时梁宗岱正在大病之中，思薇的丈夫齐锡生教授联系了胡乔木，胡乔木出面帮助梁宗岱住进了从化温泉疗养院。

梁宗岱有幸在晚年再见到两个女儿，内心的高兴可想而知。可是梁宗岱晚年也有一个遗憾，那就是无缘再见到共同生活七年为他生下二女一男的沉樱了。

1982 年 4 月，在第七十六个生日的前夕，沉樱独自一人从纽约飞回中国，先到上海，受到中国作家协会主席巴金以及作家赵清阁等人的热情接待。在济南，会见了他的表兄——作协山东分会副主席田仲济教授。在北京，中国文联副主席阳翰笙，以及她在文艺界的老朋友——朱光潜、卞之琳、罗念生等人接待了他。她还见到了与第一个丈夫所生的女儿马伦。然而这次归程，却没有广州这一站。我们猜想，不是因为沉樱心中对梁宗岱犹有怨恨，而是甘少苏仍在梁宗岱身旁之故。

梁宗岱生平年表

1903 年，出生于广西百色。

1917 年，考入广州培正中学。

1923 年，被保送入岭南大学文科。

1924 年，赴法留学，结识了法国象征派诗歌大师保罗·瓦雷里。

1931 年，接受北京大学校长蒋梦麟与文学院长胡适的邀请，担任北大法文系主任兼教授。

1934 年，在北京与沉樱结婚。

1938 年，受聘复旦大学外国文学系。

1942 年 3 月，与甘少苏登报结婚。

1956 年，被中山大学聘为教授。

1970 年，中山大学外语系并入广州外国语学院，他随外语系转入广外，任法语教授。

1983 年 11 月 6 日辞世。

曹禺

二十世纪三十年代，中国现代话剧史上出现了一位大师级的剧作家，他二十三岁写出《雷雨》，二十六岁写出《日出》，二十七岁写出《原野》，后来又写出《北京人》、《家》等经典话剧。他就是曹禺，原名万家宝，1910年生于天津一个官僚家庭。

如果说中国现代小说是从鲁迅开始又在鲁迅笔下成熟的话，那么，中国现代话剧也完全可以说是从曹禺开始又在曹禺笔下成熟的。

戏剧是曹禺生命历程中不可分割的部分，他与郑秀、方瑞和李玉茹的婚恋也是一幕幕悲喜交集的舞台剧，展现了这个天才剧作家激情与幻想的气质，深沉而悲悯的情怀，苦闷而寂寞的灵魂……

永远的家宝——曹禺与郑秀

1930 年暑假，曹禺离开南开大学政治系，进入了清华大学西洋文学系。清华和南开一样，学生的演剧运动非常活跃。1931 年春天，曹禺导演并担任主演的《娜拉》将在清华大礼堂公演。消息传出以后，同学们奔走相告，都想目睹一下这位从南开来的会演话剧的青年学生的表演风采。甚至还有学生邀请外校的同学一起来观赏。

曹禺就是在那次演出时认识的郑秀，她当时还在北京贝满中学读高中。演出结束后，在同学的介绍下，郑秀大吃一惊，站在自己面前的这个个子不高，圆圆的脸，戴一副近视眼镜，穿着一件布长衫的青年原来就是舞台上饰演娜拉的曹禺。

曹禺也不禁注意起这位陌生的姑娘：高高的鼻梁，乌黑的头发，妩媚动人的大眼睛，苗条的身材，言谈举止中透出一副大家闺秀的雍容与端庄。不知为什么，曹禺内心里对她产生一种好感。

郑秀出身于官宦家庭，她的父亲郑烈是南京高等法院的法官，她的舅父林文是黄花岗七十二烈士之一。郑秀从小就受到很好的家庭教育，会说一口流利的英语。一年以后，她考入清华大学法律系，这位端庄漂亮的大家闺秀在女生很少的清华园，格外引人注目。

曹禺知道以后，暗暗高兴，他在等待机会接近这个给自己留下美好印象的姑娘。

1933 年春天，清华话剧社决定排演高尔斯华绥的《罪》(又名《最前的和最后的》)。此剧由曹禺翻译、导演，男主角拉里也是他扮演。剧中拉里的女友汪达，曹禺特邀郑秀担任角色，这样可以借机接近郑秀。

在排戏的日子里，曹禺对这位出身名门、风度不俗的年轻姑娘大为倾心。每次排完戏之后，都要送郑秀回新南院宿舍，他的整个灵魂都好像被郑秀占据了。晚年的郑秀还清楚地记得当时曹禺追求自己时的狂热：

从演戏之后，他就抓住我不放了，我们住在校外新南院18号，……他一宿一宿地守在女生宿舍外边不走，同学都说，你去看看，要不他会出毛病的，我就去见了。……那时追我，他一夜一夜的失眠，同学们都帮他说好话。他在学校威望比较高，从1931年到1933年，西洋文学系有两个拔尖的，一个是曹禺，一个是钱钟书。

郑秀开始有点茫然，在后来的接触中，曹禺横溢的才华和热烈的追求又不免让她心动。在和郑秀热恋期间，曹禺开始了自己构思五年之久的话剧《雷雨》的创作。正是这如痴如醉的恋情，激发了他深藏内心的艺术灵感，唤起了他强烈的创作冲动。

外面骄阳似火，蝉声聒噪个不停，正处在激情状态下的曹禺进入了写作的最后阶段。他每天清晨钻进图书馆，一直写到深夜闭馆才出来。1933年8月底，在大学毕业前夕，《雷雨》终于完稿了。1934年7月，在巴金的支持下，《雷雨》在《文学季刊》上发表。很快就由文化生活出版社出了单行本。

有一天，曹禺高兴地拿着一本书对郑秀说："颖如，这是送给你的。"郑秀打开一看，原来是曹禺专门委托巴金印制的一册精装本，印得十分精致，封面上镌刻着曹禺亲笔书写的烫金的手迹：给颖如——家宝。

郑秀很喜欢这件礼物，将它看作爱的象征，这本书她一直珍藏着，后来捐给北京图书馆。

1936 年夏，曹禺应南京国立戏剧学校校长余上沅的邀请，来到剧校任教授。也就是这年夏天，郑秀从清华大学毕业，在父亲的引荐下，在南京政府审计部当一名科员，负责大学经费审核。

经双方家长协商，两人于 1936 年 11 月 26 日在南京平仓巷德瑞奥同学会举行了订婚仪式。那天下午，高朋满座，宾客盈门。曹禺的继母薛咏南特地从天津赶来，当着亲朋好友的面，从一只盒子里拿出白金镶金刚钻戒指，作为订婚礼，祝愿郑秀、曹禺相亲相爱，白头偕老。整个订婚仪式隆重气派，据郑秀回忆：

德瑞奥同学会类似一个国际俱乐部，在那里举行订婚仪式，事先发了二三百份请帖，国立剧专的同事，戏剧界的朋友，还有其他一些亲友。他的母亲特地从天津赶来。巴金和靳以是专程坐飞机从上海来的，那时上海到南京的飞机航线才开辟起来，机票二十五块钱。他们带来的礼物是一个十分漂亮的从美国进口的洋娃娃，这个洋娃娃会叫人。当订婚仪式即将结束时，田汉来了，他拿了一幅中堂来作为礼物。晚上，在家里有家宴。

抗战爆发以后，国立戏剧学校内迁长沙。在抗战初期亢奋热烈的氛围里，曹禺和郑秀在长沙青年会举行了婚礼。证婚人是剧校校长余上沅。和一年前隆重而热闹的订婚仪式相比，婚礼显得很简单。就在一个小酒楼上，摆了一桌，有余上沅夫妇、陈治策夫妇、吴祖光等友朋参加。就郑秀来说，她也很希望把婚礼办得热闹一点，但是毕竟战争期间，条件限制。她私下里曾经想将来补办一次，只是没有想到，几年以后，这个不算奢侈的愿望落空。

结婚后不久，剧校被迫撤离到川南一个小县城江安。这时候的郑秀已经完全变成一个家庭妇女，在曹禺心目中，清华读书时的纯情和浪漫早已不见了。曹禺渐渐发现自己与妻子在性格、志趣、生活习惯上差距很大，由此带来的感情上的摩擦也越来越大。

郑秀爱交际，喜欢应酬，闲来没事，经常和剧校的其他教授太太打牌消遣。有时把麻将桌设在自己家里，还时常拉曹禺陪她一起打。郑秀名门高宦出身，从小就爱干净，而曹禺却是一个不修边幅的人，不喜欢洗澡，这也是郑秀不能容忍的。郑秀脾气很大，在有些事情上总是想约束住曹禺，而曹禺往往产生逆反心理。再加上兴趣和爱好不同，没有共同语言，这样时间一长，感情上出现裂痕也就不可避免。

小城的生活是沉闷的，曹禺也处在苦闷之中。这时候他的一个学生的姐姐——方瑞出现在曹禺面前。曹禺悄悄地和这一个文静的姑娘相爱了。他们一起在郊外散了几次步，很快一些风言风语传到了郑秀耳里。

有一天，方瑞托佣人送来一封信给曹禺，被郑秀发现了。郑秀悄悄地跟随曹禺来到一个僻静的茶馆。曹禺刚拿出信看个开头，就被郑秀从背后一把夺过去。还剩一部分在自己手里，曹禺见势不妙，把剩下的信吞进嘴里。郑秀气得又哭又骂，夫妻俩大吵一架，这件事轰动了整个江安小城。

吞信事件以后，曹禺和郑秀的夫妻感情渐渐冷漠。虽然在表面上维持着婚姻，但夫妻关系已名存实亡。方瑞仍苦苦地追随在曹禺身边，这场旷日持久的婚外恋持续了将近十年。

1947 年，曹禺从美国讲学回国后，在上海工作，方瑞这时也到达上海，两人暗中在一起居住。曹禺先在上海试验戏剧学校任教，后来又加盟上海文华影业公司，担任编导。这时，郑秀带着两个女儿万黛、万昭住在南京，郑秀在南京政府财政部工作。为了两个女儿，曹禺偶尔也到南京看看，见了面，那个难堪的离婚话题也总是被提起。对郑秀来说，爱，虽然从曹禺心中消失了，但自己心中的爱并未消失，想起曾经的感情，不能说散就散，婚姻就一直这样维持着。

1948 年底，国民党当局通知郑烈携全家撤往台湾。郑父知道女儿的婚姻已经没有回转的可能，便动员女儿一起去台湾。郑秀感到十分为难，一头是丈夫，一头是父亲。她还爱着曹禺，内心里还盼望着曹禺能浪子回头。在飞机起飞的最后关头，郑秀还是留了下来。她拉着两个孩子，满含着两眼泪，走出了机场，就这样和父亲永远地分别了。

1950 年春，中央戏剧学院成立，曹禺担任副院长。郑秀也由福州调到北京中国人民银行工作。面对新时代，曹禺觉得应该彻底结束与郑秀的令人痛苦的婚姻关系了。曹禺以感情不和为由，向法院提出离婚。郑秀起初不同意，后来在其弟郑还多次劝说下，在周恩来总理等人的直接过问下，郑秀才答应离婚。

离婚仪式是由郑秀所在单位中国人民银行经济处和曹禺所在单位中央戏剧学院共同商议举办的，在中央戏剧学院会议室进行。当时，两个单位的工会、人事干部，法院代表，两家报社的记者，还有郑秀的好友等在场。法院裁决：两个女儿归郑秀抚养，曹禺每月负责抚养费，直到大学毕业。双方当事人都心情沉痛，曹禺在离婚仪式上做了检讨。裁决书刚念完，郑秀忍不住放声大哭，她对曹禺说："为了爱，我同你结婚；同样为了爱，我同意离婚。"想起两人清华园的热恋，南京的订婚，八年离乱共同走过的艰难岁月，曹禺也是百感交集，禁不住地失声痛哭起来。

郑秀离婚以后，没有再婚，她与曹禺之间再无直接往来。这位坚强的女性一手拉扯两个女儿长大。对于曹禺，郑秀的感情是复杂的，她怨他，恨他，但在内心深处，她也是爱他，并不因时间的流逝而变得淡漠。

“文革”期间，为了保护曹禺，也为了女儿不受牵连，郑秀忍痛把自己留存下来的几百封早年曹禺写给自己的情书付之一炬。她一面烧，一面看，往事历历，如在眼前。她不禁泪流满面，仿佛那燃烧的，不是信件，而是她伤痕累累的心……

在曹禺被打成“反动学术权威”的日子里，郑秀关注着曹禺的情况。当她听说曹禺被“发配”到史家胡同扫大街时，十分痛心，觉得这时应该出现在曹禺身边。一个冬天的清晨，曹禺很早就来到史家胡同附近打扫街面，朦朦胧胧中总是看见不远的拐角处站着一个人注视着自己，一连几天都是这样。终于有一天，看清了，那个在寒风中凝神注视着自己的人是郑秀。

随着岁月的流逝，曹禺和郑秀都进入老迈之年。1974 年，方瑞去世，年迈的曹禺又陷入了孤寂的生活之中，郑秀常常催女儿去看看体弱多病的父亲，女儿万黛对父亲生活的关怀中倾注着母亲的心血。

也许是好事多磨吧，方瑞去世以后，很多人关注着他们为什么不复婚？他们的子女也有此想法。当别人问起万黛时，万黛显得十分踌躇，仿佛难以启口似地说：“母亲当然……可父亲……”

不久，半路上又杀出一个程咬金，郑秀复婚的希望彻底破碎了。

郑秀抽烟更多了，数十年来受摧残、被遗弃的爱情再次煎熬着她那颗受创的心。她没有诉说的习惯，心中的凄苦只有靠抽烟来排遣。

由于长期的抽烟及心灵的创伤，郑秀的健康受到损害，晚年因肺部疾患，长年住院治疗。

1989年8月30日，郑秀在生命垂危之时，曾托二女儿万昭请曹禺到病床前见上一面，可是不知道什么原因，这个要求没能实现。曹禺最终没有来看望她。郑秀是口中喃喃地念着“家宝，家宝……”这个名字去世的。

在郑秀的灵堂内，有曹禺献上的一个硕大的花篮，这个不寻常的花篮格外引人注目。可是郑秀什么也看不见了，带着遗憾走了。

80年代初，《曹禺传》的作者田本相第一次采访郑秀。在谈到这次采访给他留下的美好印象时说：“不知怎的？我倒觉得她像愫方、瑞珏，有一种献身精神……”

在这个世界上，能够束缚我们心灵和身体的，从来只是我们自己。受过高等教育的郑秀，坚持无望地守候曹禺一生，必然也是发自内心的真感情。在她的心中，曹禺永远是家宝，她爱的是家宝，而不是曹禺，这是她和其他女人的不同之处。她是一个痴情的女子，也是一个坚强的女子。她的痴情在于她爱家宝至死也未变心，她的坚强在于她抵抗住强大的情感冲击而没有沉沦。

郑秀去世后，曹禺在给万昭的一封信中说：

妈妈故去，我内疚很深。你们——你和黛黛小时候我未能照护，只依妈妈苦苦照顾，才使你们成才。想起这些，我非常愧疚。事已过去，无法补过。人事复杂，不能尽述。

飘然而至的可人——曹禺与方瑞

在江安的一天，剧校的学生邓宛生带着一个年轻的姑娘来到曹禺身边。这个白净的女孩子穿一身浅蓝色的旧旗袍，看起来有二十多岁，眉清目秀，文静大方。她叫方瑞，又名邓绎生，是邓宛生的姐姐。

方瑞是安徽怀宁人，出身于书香门第，是清代著名书法艺术家邓石如的后代。她的父亲邓仲纯毕业于日本帝国大学医学专业，曾经和陈独秀、苏曼殊同居一室。她的叔叔邓以蛰历任北京大学、清华大学的教授，曾是曹禺的老师。她的母亲姓方，是清代桐城派古文家方苞的后代。

方瑞具有典型的东方传统女性之美。她温婉文雅，天资聪颖。虽然没有上过大学，但有着很深的文化素养，吟诗作画，写字读书，都别有一番品味。在青岛大学期间，像杨振声，赵太侔这些教授，都建议她的父亲不要送她上大学，就在家里读书，他们要把她培养成中国最后一名闺秀。

方瑞的父亲邓仲纯和叔父邓以蛰与文化界著名人士多有交往，像胡适、陈独秀、杨振声、陈源、闻一多等。抗战爆发前，方瑞的父亲邓仲纯是青岛大学的校医，他们一家都住在青岛大学。当时青岛大学的校长是杨振声，是中国现代文化教育史上资深的文学家和教育家，他和邓家有很多交往。不知出于一种什么样的自私心理，比方瑞大二十岁的父辈杨振声与方瑞在青岛大学期间曾经有过一段并不热闹的情感纠葛，这对曹禺创作《北京人》有很大影响，《北京人》剧中的人物曾皓有杨振声的影子。

曹禺见到方瑞，不知不觉就被她那沉静的气质和浑身散发出的书卷幽香吸引住了。当方瑞请曹禺帮她补习英文时，曹禺不假思索地一口答应。

在中国传统文人的心目中，娇喘微微，“黛玉悲秋”式的古典美人，远比雍容华贵、八面玲珑的薛宝钗更能激发男人的想象和才情。方瑞的沉静、素雅、病恹恹的美以及那眸子里隐隐流露的淡淡忧伤，不时在拨动着曹禺的心弦。他们在不知不觉中相爱了。

与清华园里漫溢着激情热恋郑秀不同，曹禺与方瑞的相爱充满着秋日般的宁静与安详。曹禺已经走出了情感的“郁热期”，进入了生命的“沉静”状态。他们在郊外散步，在月下谈心，爱情像润物细无声的春雨一样，滋润着彼此的心灵。

曹禺开始创作《北京人》了，他在构思愫方这个人物形象时，想到的就是自己心目中的可人——方瑞。

见过她的人第一个印象便是她的“哀静”。苍白的脸上宛若一片明静的秋水，里面莹然可见清深藻丽的河床。她的心灵是深深埋着丰富的宝藏的。在心地坦白人的眼前，那丰富的宝藏也坦白无余地流露出来，从不加一点修饰。她时常忧郁地望着天，诗画驱不走眼底的沉滞。像整日笼罩在一片迷离的秋雾里，谁也猜不透她心底压抑着多少苦痛的愿望与哀思，她是异常的缄默。

她温厚而慷慨，时常忘却自己的幸福和健康，抚爱着和她同样不幸的人们。然而她并不懦弱，她的固执在她无尽的耐性中时常倔强地表露出来。

她的服饰十分淡雅。她穿着一身深蓝哔叽织着淡灰斑点的旧旗袍，宽大适体。她人瘦小，圆脸，大眼睛，蓦看怯怯的，十分动人矜惜。她已过三十，依然保持着昔日闺秀的幽丽，谈话声音温婉动听，但多半在无言的微笑中静聆旁人的话语。

“红袖添香夜读书”这档子美妙之事，是中国传统文人心向往之的佳境。在可心之人的陪伴下，曹禺几乎调动了他生活中的全部经验和积累投入《北京人》的创作。现实生活中他与郑秀、方瑞的三角关系在剧中转化为曾文清、曾思懿和愫方的三角关系。《北京人》初版扉页上有“海内存知己，天涯若比邻”的题记，表面上看是题给剧中处在婚外恋中“不忍互通款曲”却又偏偏要“互通款曲”的曾文清和愫方的，同时也不难让人联想到曹禺题给与自己“不忍互通款曲”却又偏偏要“互通款曲”的婚外恋人方瑞的。细心的读者能够发现，如果没有曹禺和郑秀在江安一个小酒馆的“吞信事件”，《北京人》剧中，曾思懿对于曾文清的抢信这场戏，也不会写得那么刻骨铭心。

曹禺是想着方瑞来写愫方的，她把对方瑞的感情和思恋都写进了愫方的形象里。很多年以后，谈及愫方形象的塑造，曹禺还饱含深情地说：“愫方是《北京人》的主要人物。我是用了全副的力量，也可以说是用我的心灵塑造成的。我是根据我死去的爱人方瑞来写愫方的。为什么起名叫愫方，“愫”是她取了她母亲的名字“方愫悌”中的“愫”；方，是她母亲的姓，她母亲是方苞的后代。”

1941 年 10 月 24 日，《北京人》由中央青年剧社在重庆抗建堂剧场首次公演。由张骏祥导演，张瑞芳主演愫方。演出大厅观众爆满，场外还拥挤着许多买不到票的观众。

方瑞也应邀来到了抗建堂。当舞台上演到远方的军号声缓缓传来，愫方的情感升华到了顶点，她悲喜交集地对瑞贞说：“活着不就是这个样子么？我们活着就是这么一大段又凄凉又甜蜜的日子啊！叫你想想忍不住要哭，想想忍不住要笑啊！”

方瑞听了，不由得想起自己，情不自禁地用手帕抹眼泪。

1942 年夏天，在重庆附近唐家沱的长江上浮泊着的一只江轮里，曹禺开始了小说《家》的改编。他俯扑在一张餐桌上，打着赤膊，背上流着一串一串汗珠，昼夜不停地写。每写完一段，便把原稿寄给方瑞。方瑞总是寄来热情鼓励的回信，同时还在原稿上改动一些，或者添补、删去一些，然后再工工整整地抄写一遍。据后来曹禺介绍："我写《家》，那时正与方瑞通信，她信写得好，我摘了几句放在《家》里，就是鸣凤对三少爷说：'这脸只有小时候母亲亲过，现在你挨过，再——有——再有就是太阳晒过，月亮照过，风吹过了'。"

曹禺在那艘轮船上度过了整整一个夏天，完成了小说《家》的改编。和《北京人》一样，曹禺在《家》中又一次现身说法，宣泄了自己的情感苦闷。巴金小说着重反映觉慧等青年一代的奋斗、反抗和成长，曹禺剧中人物的叙述重心已经转变为觉新、瑞珏和梅表姐在婚姻上的不幸和痛苦。曹禺和郑秀、方瑞之间的情感纠葛显然是剧本改编的现实背景，这里寄寓着曹禺个人感受中最深的东西。

巴金非常理解曹禺的改编，他曾经这样评价曹禺改编的《家》：

整整一个夏天，他写出了他所有的爱和痛苦。那些充满激情的优美的台词，是从他心底深处流淌出来的，那里面有他的爱，有他的恨，有他的眼泪，有他的灵魂的呼号。他为自己的真实感情奋斗。

曹禺与方瑞的婚外恋持续了十年之久，1950 年曹禺与郑秀离婚，不久和方瑞结婚，这对历经磨难的有情人终于走到了一起。婚后至文革前，是方瑞一生中最幸福的时光。她没有出去工作，在家帮助曹禺整理材料，做一些文字抄写工作。闲暇时，写字画画。她画的山水、石子、竹子等，古雅清幽，就像她的为人，有一种静谧的气息。

曹禺和方瑞生两个女儿：万方，万欢。在文革中，曹禺被打成"反动学术权威"，孩子又小，又有一个年老体弱的老母亲，方瑞苦苦支撑着这个家，默默把爱献给孩子，献给曹禺。她的内心当然是痛苦的，但外表上很镇静，每天靠吃安眠药过日子。

1974 年的一天，方瑞因服食过量的安眠药去世，死时床边堆积着很多大小不等的药片。曹禺面容憔悴，惶惶不安，站在旁边走来走去，口中不停地说："共同生活了几十年，就这样走了……"

1978 年，再一次翻身得解放的曹禺，在《为了不能忘却的纪念——〈家〉重版后记》中，为"舍身爱人"的方瑞，写下这样一段话：

自从我写《北京人》，我所有的文稿都是经过所爱的朋友的手，或抄誊过，或改动过。我的这位朋友，在"四人帮"横行时，经常不断地探视我，在相对无言中，曾给了我多大的勇气与韧力啊！但是她身体衰弱了，没有等到粉碎"四人帮"的胜利到来，终于过早地离开我和孩子们。对于革命，对于社会，我的朋友是默默无闻的。然而我将永远感激她。因为她通过我，总想为人民的事业尽一点力。

绚丽的晚霞——曹禺与李玉茹

1979 年 12 月 7 日，一辆黑色的轿车停在北京西城区某街道办事处的门前，一对老人互相搀扶着走下车来。他们就是曹禺和李玉茹，来到街道办事处办理结婚登记手续。

街道办事处都是年轻人，这两位老人感觉很难为情，一下子连话都说不出来。幸亏工作人员很有经验，能理解这种情况，于是热情地把他们请到另外一个房间里，单独为他们办理了结婚登记手续，并真诚地祝福他们。

回到家以后，他们都对女儿们讲了，女儿们都没意见。当时正是第四届全国文代会期间，全国剧协以宴请巴金的名义，邀请曹禺和李玉茹参加，算是为他们举行了一次“结婚仪式”。证婚人是多年来为曹禺开车的司机老史。

早在1946年，李玉茹在北京中华戏曲专科学校读书时，就看过中国旅行剧团演出的《日出》和《蜕变》，从那时就知道大名鼎鼎的剧作家曹禺了。后来李玉茹去了上海，加入了周信芳剧团，认识了文华电影公司的老板吴性裁，当时曹禺在文华电影公司做编导。吴性裁是个资本家，但很喜欢艺术，喜欢结交艺术界的朋友。他经常请一些艺术界名流吃饭。李玉茹就是这样认识了曹禺。

李玉茹对曹禺很崇敬，曹禺也很愿意接近她。曹禺很喜欢京剧，他当时正想写一部反映艺人生活的戏，于是，一有机会他们就在一起聊天。当时的见证人黄佐临后来回忆说：

曹禺在文华公司工作时，晚上有时就在文华公司吃晚饭。晚上开会，八九点钟散了，他就到李玉茹家去了。邓绎生就来电话，一两点钟打电话给我，问，这么晚怎么还没有回来，到哪儿去了？我就说，老板叫他去了。或者说，他还在老板那里。

李玉茹那时很年轻，很想学习。曹禺经常对她说：“你要读些新小说，读些外国文学，这对你演戏、对你的艺术成长是大有裨益的。”受曹禺影响，李玉茹买了《战争与和平》、《安娜·卡列尼娜》、《西线无战事》、《包法利夫人》等小说来读。

在1947年至1948年，李玉茹和曹禺接触比较多。在曹禺的影响下，李玉茹对新文学发生了兴趣，她还把自己写得不像样子的古诗拿给曹禺看。

不久，上海快解放了，曹禺和方瑞临去香港前夕，特意嘱咐李

曹禺和郑秀

方瑞

曹禺和李玉茹

玉茹好好演戏，不要听信谣言，更不要去香港和台湾，共产党来了会尊重艺术家的。临行前，曹禺和方瑞还专门去看了李玉茹，把文艺生活出版社出版的一套文艺丛书送给她。

新中国成立以后，曹禺与李玉茹除了开会碰见以外，就几乎没有来往了。一晃三十年，劫后余生再次交往是 1978 年，当时《人民文学》发表了曹禺的《王昭君》，正担任上海京剧院三团团长的李玉茹看到以后，很想把《王昭君》和京剧原有的《昭君出塞》合并起来，搞个京剧《王昭君》。她主动打电话给曹禺谈及此事，非常富有喜剧色彩的是，曹禺却说：“你长得太胖了，不适合演昭君了。”

这年冬天，曹禺专程到上海去看望了李玉茹。经历过“文革”劫难第一次相逢，两人不禁悲喜交集。老暮之年，现在又都成了孤身之人，说不尽的感慨与伤怀。两颗孤寂的心灵在渐渐靠近。

1979 年春天，李玉茹带领京剧团去欧洲演出，途径北京的时候，曹禺因患心脏病和胆结石住在医院。李玉茹去看他，他身体虚弱，一个人躺在病床上。李玉茹深深感觉到，没有了方瑞，曹禺一个人的生活是多么的困难。就是这次见面，两人谈到了他们的结合。

在两人结合的问题上，曹禺比较主动，李玉茹还有些顾虑。李玉茹考虑更多的是事业，经历过“文革”的磨难以后，现在应该是需要自己大干一番事业的时候，李玉茹不甘心做一个家庭主妇。再说，还不知道孩子们对此事的想法。

曹禺一封封信寄去，李玉茹一封封复来，彼此之间真实的感情深化着。有一天，李玉茹收到曹禺的一封信，里面夹着几张香港的报纸，上面刊载着曹禺、李玉茹即将结婚的消息。香港记者敏锐而大胆的推测给曹禺一个难得的机会，他巧妙地利用此机会进一步征求李玉茹的意见。

第四次全国文代会召开之际，他们总算把这件大事确定了下来。当时曹禺说：“谁的工作也不要耽误，北京、上海两个家都要。”

婚后，两人的相处是融洽的。曹禺在生活上不愿过多麻烦李玉茹，而且有时候还放下手中重要的事情来帮助李玉茹。在曹禺的鼓励下，李玉茹开始京剧剧本《青丝恨》的创作。曹禺亲笔抄了屈原的《桔颂》和李商隐的诗送给李玉茹学习，还给她讲解了一个月莎士比亚的剧作《哈姆雷特》。

有一次，香港邀请李玉茹赴港演出，一去就是几个月，当时曹禺正在病中，李玉茹担心曹禺的身体。但是曹禺却说：“一定要去！不要管我，能让香港、甚至台湾的朋友，看到你六十岁了还能演出，还能保持艺术的青春，这是很有意义的！”

在共同的生活中，两人更多的是尊重和理解。还有一次，他们两人出席一次宴会，朋友们起哄，让李玉茹唱一段京剧。这本来是一件平常的事情，但李玉茹心中隐隐作痛。她在解放前曾经因为有一次拒绝为一个国民党接收大员清唱而挨打，这件事曹禺是知道的，所以总是避免清唱。但是那种情况下，自己不唱，太让朋友扫兴。怎么办呢？这时曹禺随即站起身来，拉着李玉茹站在麦克风前对大家说：“我陪玉茹唱一段《打渔杀家》。”大家连连鼓掌，太出乎意料了，谁能想到五音不全的曹禺居然为了李玉茹，会在大庭广众之下唱戏。

从1979年结婚到1996年12月13日曹禺逝世，他们俩在一起共同生活十七个春秋，其中包括曹禺住在医院的八年。李玉茹曾这样评价他们俩一起走过的日子：

十七个年头，在人生旅途中，作为伴侣，是短而又短啊，这不能不算是人生的遗憾。可是，这十七年岁月，我俩生活得充实、美满和幸福，这便是人生中难寻觅的福气。许多人不大明白我俩何以如此相得、相通、相知，别人不能理解两个偌大年纪的人怎么比年轻夫妇还要相爱，我自己也说不明白。两人在一起，我心里就踏实、熨帖；不在一起就躁动不安，牵肠挂肚。记得曹禺住院后期，我俩常常坐在医院走廊的长沙发上，手牵着手，并不说话，任凭我们的灵魂去谈天说地、山南海北。我们完全沉浸在幸福里，在美满的世界里徜徉。我们忘记了病痛、烦恼，以及一些不太令人愉快的事情。曹禺走后的日子里，我渐渐明白了，这是两颗孤独、寂寞的心灵在共同寻求着知心的抚慰与温暖。

曹禺曾写过一首诗《我爱你》献给李玉茹，这首诗李玉茹将终生保存。

你是绚丽的晚霞，
我是无边湖上的寒冰，
寒冷的湖面反映着你的脸，
冰下活泼泼的鱼是恩情。
你温柔地看着我，
我们俩老了，都老了。
残霞照着冰冷沉静的湖，
永远忘不了啊！
有一天我闭上眼，
苦难使我们化在一处，
我们骨灰飞起，
黑暗的萤火，
世上有微亮的光。

爱永远照着人，

虽然（我们成了萤火）做了一场梦。

曹禺生平年表

1910年9月24日，出生于天津小白楼，

1922年秋，考入南开中学为二年级插班生。在校期间积极参与各种戏剧活动，且加入南开新剧团。

1930年9月，由南开大学转入清华大学西洋文学系二年级，在清华潜心钻研戏剧，广泛阅读从古希腊悲剧到莎士比亚戏剧及契诃夫、易卜生、奥尼尔的剧作，这为他后来的创作带来巨大影响。

1933年，夏秋之间作《雷雨》，秋入读清华研究院。开始与郑秀恋爱。

1934年7月，巴金主编的《文学季刊》第1卷第3期，全文刊登了《雷雨》。

1935年3月，著名电影演员阮玲玉自杀。曹禺深表愤慨，于是创作《日出》。

1936年秋，作《原野》。11月26日，在南京平仓巷德瑞奥同学会，与郑秀举行订婚仪式。

1937年5月，《日出》获《大公报》“文艺奖”。

1940年夏，结识邓译生（后改名方瑞），下半年作《北京人》。

1942年年初，辞去国立剧专职务，由江安到重庆。在复旦大学兼课，教授英语和外国戏剧。创作改编出四幕剧《家》。

1943年1月，翻译莎士比亚名剧《罗密欧与朱丽叶》。

1946 年，受美国国务院邀请与老舍一同赴美讲学。

1947 年夏，任上海文化影业公司编导，结识京剧演员李玉茹。

1949 年，中华全国文学艺术工作者联合会成立，当选为常务委员。

1950 年，与郑秀离婚，不久与方瑞结婚。

1952 年，北京人民艺术剧院宣告成立，任院长一职。

1954 年，发表《明朗的天》。

1960 年，创作并完成历史剧《卧薪尝胆》，后易名为《胆剑篇》。

1978 年，五幕历史剧《王昭君》发表。

1979 年 12 月 7 日，与著名京剧表演艺术家李玉茹结婚。

1996 年 12 月 13 日，因病在北京医院去世。

萧红

1944年深秋，香港浅水湾畔，绿茵匝地，海潮汹涌。诗人戴望舒经过漫长的旅途，来到萧红墓前低吟：

走六小时寂寞的长途，
到你头边放一束红山茶，
我等待着，长夜漫漫，
你却卧听着海涛闲话。

此时萧红已经去世两年了，她的骨灰就葬在香港浅水湾畔，凭海临风，侧闻轻轻敲打堤岸的海涛声。

这位天才女作家生在北方，客死南方，在她三十一岁的短暂生命中，给我们留下了许多熠熠闪光、摇曳凄美的文字。中国现代文学因为有了萧红，我们才知道偌大的北方有一个让人心生寒意的小城——呼兰城。盘点她的一生，其飘零的身世以及纠缠的爱恨都和她天才的诗笔一样留在人们的记忆里。

叛逆者——呼兰河畔的萧红

1911 年 6 月，萧红出生在中国最东北的一个名叫呼兰的小县城里，那个地方天是冷的，地是冻的，一年之中有四个月飘着雪。她原名张乃莹，是家里第一个孩子。她的父亲是一个小地主，受过一定的传统教育，也在新式学堂读过书。她的母亲也是一个知书识礼的人。在一个男尊女卑的乡村社会里，很自然女孩子在家庭里是不受欢迎的。在萧红小时候，家里人对她不好，她的父亲总是打骂她。没有得到正常家庭温暖的萧红，从小就养成压抑孤僻的性格。萧红的祖父对她很慈爱。性格刚强的萧红挨打之后，总是躲在祖父的房间里，望着窗外漫天的飞雪，从黄昏坐到深夜。这时祖父总是把他多皱的手放在萧红肩上，宽慰她说："快快长吧，长大就好了。"祖父是萧红成长的引路人，从祖父那里，萧红知道了人生除掉冰冷与憎恶外，还有温暖和爱。在以后的有限生命旅程中，"温暖"和"爱"一直是萧红的憧憬和追求。

萧红的童年生活是不幸的，随着自己渐渐长大，对家庭的叛逆性格也愈发显现，这表现在她自己的求学和婚恋上。萧红是一个不安分的人，她不是那种温良恭顺的女子。当萧红从小学到中学，出落成一个亭亭玉立的大姑娘时，父母之命、传统观念再也束缚不了她了。小学四年级时，父母把她许配给当地一个军阀的儿子汪恩甲。1927 年 8 月，萧红考入哈尔滨东省特区第一女子中学，在这里，萧红受到了"五四"新思想的影响，迷上了新文学，开始对鲁迅、茅盾的作品以及外国文学发生了兴趣。也是在这里，萧红结识了哈尔滨政法大学进步青年陆哲舜。这位青年算是萧红的表哥，在当时已是有妻室之人，他很快向萧红表达了爱慕之情，从童年起就渴望温暖和爱的萧红，接受了他的爱情。随着两人感情的加深，萧红向父母提出解除与汪恩甲的婚约。父母很愤怒，表示反对。叛逆的萧红只好离家出走，跟随陆哲舜逃婚到北平，陆哲舜当时就读中国大学，萧红就读于女师大附中。为了方便交往，他们对外宣称是甥舅关系，一同居住在二龙坑西巷的一个四合院里。逃婚到北平的萧红充满自由愉悦之情，她曾经在给友人的信中说："我现在女师大附中读书，我俩住在二龙坑的一个四合院里，生活比较舒适。这院里有一棵大枣树，现在正是枣儿成熟的季节，枣儿又甜又脆，可惜不能与你同尝。秋天到了！潇洒的秋风，好自玩味！"

此举在当时呼兰城掀起轩然大波，一时间满城风雨。萧红的父亲给陆家施加压力，陆家停止了对陆哲舜的经济资助。陆哲舜迫于经济压力，心生悔意，产生动摇。在分手时，萧红的悲愤难以言叙，深悔自己看错了人，逃婚行为落得了这样一个下场。这时，军阀的儿子汪恩甲闻讯赶来，乘机死乞白赖地纠缠萧红。也许失恋的打击对她太深重了，也许孑然一身的落寞太让她疲倦了，面对纠缠的汪恩甲，萧红妥协了，与他同居。汪恩甲不是一个正派男人，吃喝嫖赌，花花公子一个。不久萧红怀孕了，他们共同居住在哈尔滨东兴顺旅馆，一住半年。眼看萧红要临盆生产，汪恩甲托词回家取钱，从此一去不返，留下大腹便便的萧红与六百元钱的食宿欠债。萧红的梦破碎了，那一刻，她知道自己把感情托付给了一个不值得托付的人，她感到"全人类离我更辽远"。

缘聚缘散——萧军与萧红

1932 年，哈尔滨东兴顺旅馆，山穷水尽的萧红被当作人质扣押了。她缺衣少食，陷入困境，而且随时有被店老板卖入妓院的危险。这时，她向哈尔滨《国际协报》文艺副刊主编裴馨园写信求救。裴馨园委托青年作家萧军带上几本书去东兴顺旅馆看看情况。在昏暗的灯光下，在阴冷发霉的房间里，萧红见到了她一生中最重要的人——萧军。这时的萧红，在萧军的眼里：半长的头发散散地披挂在肩头前后，一张近于圆形的苍白色的脸幅嵌在头发中间，穿着一件褪了色的单长衫，小腿和脚赤裸着，怀有身孕的身体可以看出不久就要生产了。萧红坦率、快速地述说着她自己过去的人生历程和目前的处境，萧军静静地听着，偶尔抬起头来看着她用铅笔绘的图画和写得很工整的小诗。

这边树叶绿了
那边清溪唱着：
——姑娘啊！
春天到了。

去年在北平，
正是吃着青杏的时候；
今年我的命运，
比青杏还酸！
……

很多年以后，萧军回忆了见到萧红以后内心掀起的波澜：

这时候，我似乎感到世界在变了，季节在变了，人在变了，当时我认为我的思想和感情也在变了……出现在我面前的是我认识过的女性中最美丽的人！也可能是世界上最美丽的人！她初步给予我那一切形象和印象全不见了，全消泯了……在我面前的只剩有一颗晶明的、美丽的、可爱的 、闪光的灵魂！

我马上暗暗决定和向自己宣了誓：

我必须不惜一切牺牲和代价，——拯救她！拯救这颗美丽的灵魂！这是我的义务。

对于萧红来说，萧军的出现，是她人生的一个重大的事件。仿佛一个失足落水的人，在绝望的挣扎中突然抓到一只有力的臂膀。因此，二萧的爱情从刚开始就不同寻常。

1932 年秋天，松花江堤决口，整个哈尔滨变成了一片汪洋。人们到处逃命，一片混乱。在一个暴风雨的黑夜，强悍的萧军终于把萧红从软禁的状态中解救出来了。萧军把萧红送到哈尔滨市立第一医院，萧红在这里生了一个女儿，不久就送人了。萧红出院后，他们经过一段时间漂泊，终于找到了一个地方落脚，筑成一个家，从此开始了一段患难与共的历程。

萧红在这个豪放的男性宽厚的臂膀里得到了爱抚和休息。他们的生活是贫困的，但相濡以沫的日子是幸福的。下面是萧军写给萧红的定情诗，我们从中可以看出彼此的相爱和甜蜜的感觉。

浪儿无国也无家，只是江头暂寄槎；
结得鸳鸯眠更好，何关梦里路天涯。

浪抛红豆结相思，结得相思恨已迟。
一样秋花经苦雨，朝来犹傍并头枝。

凉月西风漠漠天，寸心如雾复如烟。
夜阑露点栏杆湿，一是双双俏倚肩。

正是在萧军的鼓励下，萧红的第一篇小说《王阿嫂之死》发表在《国际协报》副刊上。以后萧红陆续创作了不少小说、散文，“俏吟”的名字从此出现在东北报刊上。在朋友的帮助下，萧军和萧红自费出版了他们合著的小说集《跋涉》。这本小说集奠定了他们两人在东北文坛的地位。

1934年底，二萧离开东北，来到上海。受到鲁迅先生的提携和帮助。鲁迅先生对二萧在文学和人生道路上的意义是怎么说也不为过的，以致坊间曾有人说，没有鲁迅先生的推介，中国现代文学就没有萧军和萧红。在上海，萧红完成以后震动文坛的小说《生死场》。该书由鲁迅先生作序，作为“奴隶丛书”出版以后，受到广泛赞扬。这位有着发光的才华的女作家一举奠定在中国现代文坛的地位。

这时，萧军的《八月的乡村》也出版了。他们都成为著名作家了，生活也宽裕了，社交面也扩大了。只是他们的感情再也没有患难与共时那般相爱和融洽了。

其实萧红和萧军在性格、爱好、习惯等方面存在很大差异，只是当初热恋的时候并没有显现出来。萧军性格粗犷而强悍，有时也有暴躁的情绪。而萧红则纤细而又敏感，时时需要人的呵护。萧军俨然是萧红最有力和不可或缺的保护者，在这一方面萧军引以为豪，这也滋生了萧军的大男子主义。“爱就爱，不爱就丢开。”这是萧军在自己的许多作品里对爱的态度，这也是萧红难以接受的。萧军曾经当着很多朋友的面说：“她不欣赏我的‘厉害’，而我又不喜欢她那样多愁善感、心高气傲、孤芳自赏、力薄体弱的人。我爱的是史湘云、尤三姐，不是林黛玉、薛宝钗……”在对待萧红的感情方面，萧军知道什么花好，却不知道怎样去养花。他们之间的不和谐随着时间的推移渐渐显现出来，这种不和谐深深地刺痛了萧红的心。“往日的爱人，为我遮蔽暴风雨，而今他变成了暴风雨了！让我怎来抵抗。”这时，萧军的生活中出现了另一个年轻的女性。萧红充分尝到了被“丢开”的滋味。

……

昨夜他又写了一只诗，

我也写了一只诗，

他是写给他新的情人的，

我是写给我悲哀的心的。

……

我没有家，

我连家乡都没有，

更失去朋友，

只有一个他，

而今他又对我取着这般态度。

……

说什么爱情！

说什么受难者共同走尽患难的路程！
都成了昨夜的梦，
昨夜的明灯。

萧红写下了组诗《苦杯》，她的创作状态也由原来的激扬和高亢，一下子跌入幽怨、失望的个人感情的泥沼。自尊的萧红不愿把心事讲出来，这时她也很少写作。为了摆脱内心的痛苦，她整天待在鲁迅先生家里。鲁迅“慈父”一样的关怀也没有减轻她内心沉重的悲哀。外界的朋友都在萧红忧郁的面孔上看到她的悲苦，约略地感到这对作家夫妇的生活和往常出现了不同。在这样的心情下，萧红到了日本。在日本期间，萧红从东京寄给萧军的信笺有几十封。这些信今天读来，我们可以看出寂寞的萧红内心对萧军的依恋和爱。下面这是一封 1936 年 8 月 17 日从东京寄给萧军的信：

均：

……现在我庄严的告诉你一件事情，在你看到以后一定要在回信上写明！就是第一件你要买个软枕头，看到我的信就去买！硬枕头使脑神经很坏。你若不买，来信也告诉我一声，我在这边买两个给你寄去，不贵，并且很软。第二件你要买一张当作被子来用的有毛的那种单子，就像我带来的那样的，不过更该厚点。你若懒得买，来信也告诉我，也为你寄去。还有，不要忘了夜里不要吃东西。

萧上　八月十七日

萧红想织就一张绵密温柔的网，把萧军网罗进去，可是萧军天性不喜拘束，自然不领情。晚年的萧军也承认：“她常常关心我得太多，这使我很不舒服，以至厌烦。这也是我们常常闹一些小矛盾的原因之一。我是一个不愿可怜自己的人；也不愿别人‘可怜’我！”

1937年初，萧红回到上海。紧接着中日全面战争爆发了，二萧受胡风邀请，来到武汉编辑抗战杂志《七月》。此时，东北作家端木蕻良也到了武汉，并且和萧红渐渐接近。1938年初，在山西临汾民族革命大学。也许是因为在生活道路上的不同选择，也许是因为萧红和端木的暧昧关系，萧红和萧军矛盾激化。萧军坚持要去五台山打游击，萧红则要萧军跟随丁玲的“西北战地服务团”北上。关于这次争吵，萧军后来在《侧面》一书记载了当时的对话：

萧红：你总是这样不听别人的劝告，该固执的你固执，不该固执的你也固执……这简直是“英雄主义”，“逞强主义”……你去打游击吗？那不会比一个真正的游击队员价值更大一些，万一牺牲了，以你的年龄你的生活经验文学上的才能……这损失，并不仅是你自己的呢。我也并不只是为了“爱人”的关系才这样劝阻你，以致引起你的憎恶和鄙视……这是想到了我们的文学事业。

萧军：人总是一样的。生命的价值也会一样的。战场上死了的人不一定全是愚蠢的……为了争取解放共同的奴隶的命运，谁是应该等待着发展他们的“天才”，谁又该去死呢？

萧红：你简直忘了“各尽所能”这宝贵的言语，也忘了自己的岗位，简直是胡来……

萧军：我什么全没忘。我们还是各自走自己要走的路吧，万一我死不了——我想我不会死的——我们再见，那时候也还是乐意在一起就在一起，不然就永远分开……

萧红：好的。

二萧决定分手的消息传开了，很多朋友都不相信。此后萧军北上去了延安，萧红则随“西北战地服务团”去了西安。

1938 年初夏，萧军在西安又遇上了萧红。有一天，萧红微笑地提出分手：“三郎——咱们永远分开吧！”萧军平静地回答：“好。”这对恩怨情侣都曾经过情感的折磨，都曾经多次努力，对自己热恋过的人抱着很大的期望，但后来还是失望了。分手时的二萧都很痛苦，萧军曾对他们的朋友聂绀弩说：“我说过，我爱她；就是说我可以迁就，不过还是痛苦的。她也会痛苦，但是如果她不先说和我分手，我们还永远是夫妻，我决不先抛弃她！”萧红也对聂绀弩说过这样的话：“我爱萧军，今天还爱，他是个优秀的小说家，在思想上是个同志，又一同在患难中挣扎过来的！可是做他的妻子却太痛苦了！……”

经历过六年患难与共的生活，就这样平静地分手了，没想到这次分手竟成了永远的诀别。这对恩怨情侣，由相爱走向不爱，由牵手走向分手，究竟是哪个对哪个错，真是“剪不断，理还乱”。他们之间爱是真的，不爱也是真的，牵手是真的，分手也是真的。这一场具有传奇色彩的情侣剧，由于“闭幕式”来得太早，而让后人徒生无限的遗憾。

“女性的天空是低的”——萧红和端木

周围的朋友都劝萧红——这只大鹏金翅鸟，在情感的天空飞得越高越远越好。萧红却叹息道：“女性的天空是低的，羽翼是稀薄的，而身边的累赘又是笨重的！”萧红强烈地意识到自己是一个女性，一个软弱的、常常无力支撑自己感情的女性。她太希望把自己

萧军

萧红与萧军

萧红

端木蕻良

萧红与端木蕻良

的情感依附在一个男人身上了。

端木蕻良也是东北人，1912 年出生于辽宁昌图县一个大地主家庭。他原名曹京平，端木蕻良是笔名。他的笔名来源于复姓“端木”和家乡的红高粱的别称。后来王统照觉得“端木红粱”不是一个人名，建议他改为“端木蕻良”这个笔名。端木蕻良从小就开始练习写作，以《鴜鹭湖的忧郁》走上文坛，在东北作家群里也是一个才子。在流亡的过程中，他写下了《科尔沁旗草原》、《大地的海》、《遥远的风沙》等讴歌大地深情的著名小说。

萧军和萧红在上海就认识端木，在撤往后方武汉时，端木也被邀请来参加《七月》的编辑工作。端木来到武汉后，就住在小金龙巷二十一号，和二萧住在一起。长时间的朝夕相处，萧红和端木之间的认识也逐渐深入。萧军大大咧咧，大男子主义思想严重，有时候开玩笑也会伤害到萧红的自尊心。而端木则内向安静，举止大方，穿着得体，对萧红也表现出尊重和推崇。在二萧争论某些问题时，端木也站在萧红一边。

有一次，萧军自吹自擂，说自己写的长篇小说最伟大。萧红写长篇没有那个气魄。（当时萧红正在写《呼兰河传》）萧红和端木和他争论起来。萧红用了许多理由进行反驳，端木也帮着萧红说话，端木认为萧红的创作是有气魄的，只是那气魄还没有表现出来。这时，胡风知道了，要求他们把争论整理出来，下一期《七月》出一个特辑。三天以后，胡风来取稿，萧军交稿了。胡风边读稿边称赞萧军写得好。萧红一听内容气坏了，大叫道：“你好啊，真不要脸，把我们驳你的话都写成你的意见了。”说着萧红就哭了。萧军大模大样地说：“你怎么骂人，再骂我揍你。”萧红还是哭着，握拳狠狠捶他的背。萧军这时开心地说：“你们要打就打吧，我不还手，我还手你们受不了。”二萧之间在这方面的闹剧经常发生，倒是胡风说过几句公道话，他对萧军说："她在创作才能上可比你高，她写的人物是从生活里提炼出来的，活生生的，不管是悲是喜都能使我们产生共鸣，好像我们都很熟悉似的。而你可能比她写的深刻，但常常是没有她的动人。你是以用功和刻苦，达到艺术的高度，而她可是凭着个人感受和天才在创作……"这时，骄傲专横的萧军不好意思地笑笑说："我也是很重视她的创作才能的，但她可少不了我的帮助。……"

端木的出现使本来就出现感情裂隙的二萧之间进一步拉大了距离。对于这一个比自己小一岁的柔弱的男子，萧红总是给以姐姐般的照顾和爱抚。没有人的时候，他们俩经常在一起聊天，谈生活，谈创作，谈感情。和端木接触，萧红体会出一种心灵的相通和难言的愉悦，这是和萧军截然不同的生活情调。有一次，端木出去办事，萧红在桌上写下几句诗："君知妾有夫，赠妾双明珠。感君明珠双泪垂，恨不相逢未嫁时。"端木看到了，知道她是引用唐朝张籍的诗。

端木和萧红的亲密关系自然引起了萧军的不满。萧军也曾在屋里用毛边纸练字写诗。一边写还念出声来，故意让端木和萧红听见："瓜前不纳履，李下不整冠。叔嫂不亲授，君子防未然。"萧红看见说："你写的什么，没有一点文人气。"萧军瞪了她一眼："我并不觉得文人气有什么好。

萧红和萧军分手以后，萧红把自己留藏的一根富有弹性的小竹棍，有所象征地交给了端木。1938 年 4 月，萧红和端木返回武汉，仍住在小金龙巷二十一号。

萧红与萧军分手然后又很快与端木同居，她的很多朋友都不理解。端木是一个大地主家庭成长起来的，过惯了衣来伸手，饭来张口的生活。在朋友的心目中，端木自私、虚伪又喜欢装腔作势。朋友都为萧红担心，他们是真正的爱情吗？这只能是萧红精神上的一种对抗，也许萧红仅是想转换一下生活对象罢了，但这样做太冒险了。

时逢乱世，一个无家可归的弱女子，只想找一个肩头，靠上她疲倦的头，哪还考虑其他什么。1938 年 5 月，萧红和端木在汉口大同酒店结婚，出席婚礼的除了亲戚以外，还有胡风、艾青等文化界人士。那天，萧红穿一件红纱底金绒花的旗袍，端木穿一件驼色西服。婚礼简单而隆重。作为女人，萧红第一次披上婚纱无疑是幸福的，这种幸福也是汪恩甲、萧军没有给予的。在婚礼上，胡风提议新人谈谈恋爱经过，萧红一番话可以说真正表达了她当时的心态。萧红说："张兄，掏肝剖肺地说，我和端木蕻良没有什么罗曼蒂克的恋爱史。是我在决定同三郎永远分开的时候我才发现了端木蕻良。我对端木蕻良没有什么过高的要求，我只想过正常的老百姓式的夫妻生活。没有争吵、没有打闹、没有不忠、没有讥笑，有的只是互相谅解、爱护、体贴。""我深深感到，像我眼前这种状况的人，还要什么名分。可是端木却做了牺牲，就这一点我就感到十分满足了。"

我们从这些话能够看出，萧红对待与端木这段感情清醒多了，不像当初对待萧军的感情那样夹杂着崇拜、感恩与浪漫的因素。萧红说的"像我眼前这种状况的人"，指的是她有孕在身。这时萧红已经怀上了萧军的孩子。

结婚以后，萧红肚里的孩子越来越大，越来越成为她心中沉重的"病"。萧红作为女性，毕竟需要丈夫的呵护和温暖。而端木从小受惯别人的溺爱和照顾，依赖性很强，同时生活能力很差。端木把生活中的一切都交给萧红管理，整天沉浸在创作中，对妻子不闻不问也不懂得爱护。每天做饭洗衣的是萧红，跑东跑西的是萧红，拜访朋友的也是萧红。有一次端木把一个女佣人打了一拳，结果惹出是非来，被打的人在街上大吵大闹。然而端木蕻良则把门一关，一躲了事。最后还是萧红出面调解，到镇公所回话，到医院验伤、赔钱，好像打人的是萧红而不是端木。1938 年 8 月，武汉遭到日军的大轰炸。端木把身怀六甲的萧红留在了武汉，只身撤到重庆去了，走时，也没给萧红留什么钱。周围的朋友这时开始质疑萧红和端木的爱情。萧红和朋友交谈时，也并不热心谈到端木，她的内心也许是悔恨的，只是不想在朋友面前表现出来。

经过一番周折，萧红才到达重庆。她曾对朋友梅林说：“我总是一个人走路，以前在东北，到上海以后去日本，现在到重庆，都是我自己一个人走路。我好像命定要一个人走路似的……”这时的萧红内心忧郁深沉，总让人感觉到有一个不幸的未来在等着她。她暂时寄居在好朋友白朗家里等待生产。孩子生得很顺利，低额头，四方脸，看上去像萧军。谁知孩子三天以后死了。当医院要追查原因时，萧红很漠然，没多大的悲伤，只说死了就死了吧，这么小一个孩子要活下去也真不容易。这在萧红的生活中又是一个难解的谜。我们有很多猜测，萧红真的不想做母亲吗？谁又剥夺了她做母亲的权利呢？作为一个名作家，萧红是能养活孩子的。萧红可能再次想到了六年前在哈尔滨东兴顺旅店的困境了。在一些回忆萧红的文章中，萧红的朋友都谈到了她在“爱”这方面的弱点，汪恩甲的背叛、萧军的无情、端木的自私，她身边的男人一个个都让她失望，也让她身心备受打击和摧残，她的心灵还正常吗？她还有爱的能力吗？

寂寞的香港——萧红的不归路

1940 年初，日军轰炸重庆，重庆天天有警报。这时萧红也想找一个安静的环境创作，借机调养身体。于是，没有和朋友们告别，萧红和端木悄无声息地去了香港。

从 1940 年初至 1942 年萧红去世，萧红在香港的岁月也成了她生命最后的岁月。初到港时，香港的蓝天碧水、鸟语花香并没有使萧红忧郁的心情有所改变。内地的许多朋友与她中断了交往，在香港又没有新认识的朋友，萧红的心情依然是孤独与寂寞的。同时，这种心情不好也与端木有关。据他们在香港的朋友回忆，端木在港对萧红并不关心。萧红给内地朋友的信件中，多次表达自己想回内地的愿望。这是一封抵港不久写给白朗的一封信：

……不知为什么，莉，我的心情永久是如此忧郁，这里的一切是多么恬静和幽美，有田，有满山遍野的鲜花和婉转的鸟语，更有澎湃泛白的海潮，面对着碧澄的海水，常会使人神醉的，这一切不都正是我以往所梦想的佳境吗？因为没有推心置腹的朋友。因此，常常使我想到你。莉，我将可能在冬天回去。

不像在内地，萧红这时有整块时间进行创作了。尽管心情不好，但她的创作却取得了令人瞩目的成绩。萧红到港不到一年就完成了《呼兰河传》的写作，并在香港《星岛日报》上发表。《呼兰河传》是中国现代文坛上一部非常独特的小说，从形式到内容都是全新的。它的出现证明了鲁迅先生的预言：“萧红是最有前途的女作家，看来她有可能接替丁玲女士，正如丁玲接替了冰心女士。”小说似散文又不是散文，似自传又不全像自传，对小城行云流水般的回忆，从头至尾，无一点滞涩，仿佛呼兰河冰冻消融后的河水，那么自在，那么悲伤地向前流着。萧红去世四年以后，一向以严谨著称的茅盾在《呼兰河传》序里，一方面痛惜逝者，一方面称许这部小说是：“一篇叙事诗，一副多彩的风土画，一串凄婉的歌谣。有讽刺，也有幽默，开始读时有轻松之感，然而读下去心头就会一点一点沉重起来。可是，仍然有美，即使这美有点病态，也仍然不能不使你炫惑。”

由于爱情生活挫败，也由于自己身体日趋变坏，经过漫长漂泊的萧红这时候笔下产生了对故乡与亲人的怀恋，东北小城呼兰城成了她魂牵梦萦的所在，与以往不同的是，她笔下的人物，如父亲、伯父、继母等不再那么面目可憎，而是显现出可亲甚至可爱的形象。

萧红的身体由于长年失养，经常头痛、失眠、咳嗽。萧红认为都是老毛病，没有充分重视起来。1941 年初，美国进步作家史沫特莱途径香港，顺便拜访端木和萧红，发现萧红身体不佳，就介绍萧红去玛丽医院查病。1941 年秋天，萧红住进玛丽医院，被诊断为肺结核，从此萧红就病倒了。萧红在住院期间，得到了东北抗日救亡总会的两位领导人周鲸文、于毅夫的帮助，他们帮助解决了萧红的住院费用。

紧接着太平洋战争爆发了，香港一片炮火和混乱，文化界人士纷纷撤往内地。这时一个东北籍作家骆宾基闯入端木和萧红的生活圈子。骆宾基是萧红胞弟的友人，在战争期间流亡到香港，受到萧红和端木的帮助。骆宾基中等身材，有北方农民的魁梧，紫铜色的脸上戴着一副棕色的眼镜，眼睛不大但充满感情和活力。在萧红病重期间，骆宾基常来看望萧红。这样忙于事务的端木就把骆宾基留下来，照顾萧红。骆宾基一直对萧红怀着崇敬之情，也认为这是自己义不容辞的责任。从此，这个内向的年轻人，在萧红生命的最后一段日子，一直陪护在身边。

有骆宾基在身旁守候，减轻了萧红的孤寂感。他们俩在一起谈天也很投机，以致一些护士小姐以为骆宾基是萧红的丈夫。此时萧红心里明白，端木要打算突围离开，骆宾基才是自己可以托付的人。在萧红生命最后一段时间，姐弟俩互诉衷曲，来打发孤寂的时光。外面炮声隆隆，萧红紧紧地握住骆宾基的手说："你不要离开，我好害怕。"骆宾基安慰她说："你不要怕，我会一直在你身边的。"面对萧红凄凉、无助的双眼，骆宾基感觉自己肩头责任重大，同时又有一种幸福、甜蜜的感觉。萧红说："我早就该和端木分开了，我们不能共患难，我要回到家乡去，你的责任是送我到上海，送我到许广平先生那里，你就算是给了我很大的恩惠。我不会忘记。有一天，我还会健健康康地出来。我还有《呼兰河传》的第二部要写……""我一生最大的痛苦和不幸，因为我是一个女人。"骆宾基静静地听着，然后陷入了深深的沉思……

接下来是不停地逃难，不停地躲避炮火，连正常人都不堪辗转折磨，何况被疾病缠身的萧红。香港沦陷以后，萧红又被庸医误诊，在喉咙处开一刀，结果未发现喉瘤，不得不在喉管装上铜嘴呼吸管。这时的萧红连说话都困难，身体更加虚弱，精神也一落千丈。

萧红渐渐地觉着自己在世的时光不多，曾向骆宾基要笔，在纸上写下这样的字："我将于蓝天碧水永处，留得那半部《红楼》给别人写了。"又写道："半生尽遭白眼冷遇，……身先死，不甘，不甘。"

1942 年 1 月 22 日，香港圣士提反红十字临时医院，萧红永远地闭上了眼睛。

1月24日，萧红遗体在跑马地背后日本火葬场火化。

1月25日，端木蕻良将萧红骨灰葬于香港浅水湾。浅水湾面临大海，水清沙细，滩坡上种满了红影树。春天来了，红花似火，绿树如茵，头顶上是蓝天白云，周围蔚蓝的大海静静地环绕着，风景美不胜收。

一代才女寂寞而飘零的旅程，在香港画上了句号。她的去世，留给人们无限的惋惜。萧红可不死。据香港同仁周鲸文回忆："简言之，萧红的病初时并不严重，不致到不起的境地。首先是主持病的人误了事，其次，是战争把萧红折磨死。"萧红去世以后，端木对这段历史缄默不语，萧红在病重时，端木是否"缺席"，也已经成为文坛的迷案了。

在一封给友人的信中，萧红曾说："当我死后，或许我的作品无人去看，但肯定的是，我的绯闻将永远流传。"在萧红短暂的情感生命里，能够结合的，反倒成了对手，没能结合的，终竟成了最爱。比如鲁迅，萧红懂得他是自己的恩师，自己缺少父爱的心灵在他那里得到慰藉。她似乎比鲁迅先生的夫人许广平更加理解鲁迅。我们从她回忆鲁迅先生的文章里，可以发现仿佛许广平只会忙乎鲁迅先生的表面，萧红却深入先生内心。萧红临终前遗言：希望把自己葬在鲁迅先生墓前。萧军也是萧红的最爱，在萧红临终前，曾向骆宾基说，假如萧军得知我在这里，他会把我拯救出去的。可是人在江湖，身不由己，一个在香港，一个在延安，知道了又有什么办法呢。比如骆宾基，在炮火连天中的守候，是倾慕，是责任，是爱，更是心灵的相通。再就是端木，萧红后来嫁的男人。萧红爱过他，萧红也恨他。不过她的爱与恨都是那么的痴情，没有半点回旋的余地。

在二十世纪上半叶的现代中国，萧红带着个人生活的丰富痛苦以及多病不幸的天才身子骨，在流星一闪的短暂生命里，在属于自我的生死场里，演绎一幕爱的悲剧，其中的是是非非、恩怨情仇，只能留给后人去评说了。

萧红生平年表

1911 年 6 月 1 日，萧红生于黑龙江省呼兰县城内龙王庙路南的张家大院。乳名荣华，学名张秀环，后改名张迺莹。

1920 年秋，入呼兰县（今黑龙江省哈尔滨市呼兰区）乙种农业学校女生班，上初小一年级。现为萧红小学。

1924 年秋，入北关初高两级小学校女生部，读高小一年级。

1927 年秋，入哈尔滨“东省特别区区立第一女子中学校”就读，现名为萧红中学。

1929 年 1 月初，由六叔张廷献（张廷举的异母弟）保媒，萧红父将其许配给哈尔滨顾乡屯汪恩甲，两人正式订婚。

1930 年初秋，出走北平，入北平大学女子师范学院附属女子中学读高中一年级。

1931 年 10 月上旬开始，在哈尔滨街头流浪，生活困苦不堪，再次与汪恩甲交往。不久发现自己怀孕，与汪恩甲住进道外东兴顺旅馆。

1932 年 7 月 9 日，因被旅馆扣为人质，向《国际协报》文艺副刊主编裴馨园发信求助。三天后萧军受裴馨园之托到东兴顺旅馆探访，二萧第一次相见。

1933 年 10 月 3 日，与萧军的小说、诗歌、散文合集《跋涉》自费在哈尔滨《五日画报》印刷社出版，引起东北文坛注意。

1934 年 11 月 30 日，二萧与鲁迅全家在一家咖啡馆见面。

1935年11月14日，鲁迅为《生死场》作序。不久，《生死场》作为“奴隶丛书”之三由荣光书局自费印行，作者署名“萧红”。

1936年7月17日，乘船赴日。

1937年9月下旬，二萧离开上海抵达汉口，住进蒋锡金位于武昌水陆前街的住宅，开始长篇小说《呼兰河传》的创作。

1938年4月初，在西安向萧军正式提出分手，其后明确与端木蕻良的恋爱关系。5月下旬，与端木蕻良在汉口大同酒家举行婚礼。

1940年1月17日，与端木蕻良离开重庆，乘飞机抵达香港。9月1日，《呼兰河传》开始在《星岛日报》副刊《星座》连载，至12月27日，连载完毕。

1941年7月间，常常失眠，咳嗽加剧。此后经常住进玛丽医院。

1942年1月19日夜12时，写下“我将于蓝天碧水永处，留得半部‘红楼’给别人写了……半生尽遭白眼、冷遇，身先死，不甘、不甘！”1月22日上午10时，在法国医院设在圣士提反女校的临时救护站逝世。

张爱玲

张爱玲，1920 年 9 月 20 日出生于上海麦根路。她有一个非常显赫的身世，祖父是清末名臣张佩纶，祖母则是晚清重臣李鸿章的长女。在这样一个家庭里成长的张爱玲，从小就濡染了很深的传统文化教育。她的母亲又是留学英国的，受过西方新式的教育思想的影响，张爱玲从小也跟着母亲学习绘画、英文和钢琴。虽然受到很好的中西文化教育，张爱玲的童年生活却是不快乐的。她的父亲母亲关系不和以致离婚，后来她的父亲再婚，她与后母关系紧张，这些都给她年幼的心灵留下创伤。

1938 年，张爱玲以第一名的成绩通过了伦敦大学远东区的入学考试，后来因欧战爆发伦敦未能成行，张爱玲持伦敦大学成绩单入读香港大学文科。香港文化新奇、刺激，与传统文化不调和的色彩与情调，使她的身心与天性都得到自由的发展。港大三年，是她一生中最为开心的时光。1941 年底，珍珠港事件爆发，不久香港沦陷，港大也因此停课。1942 年夏天，张爱玲回到上海，与姑姑一起住到爱丁顿公寓，从此开始了她的写作生涯。

1943 年是新文学史上的“张爱玲年”，这一年，年仅二十三岁的张爱玲在上海文坛崭露头角。她先后在《紫罗兰》、《杂志》、《万象》、《古今》等刊物发表小说《沉香屑·第一炉香》、《沉香屑·第二炉香》、《茉莉香片》、《心经》、《倾城之恋》、《金锁记》、《封锁》等小说。这些小说都是“霉绿斑斑”的上海与香港故事，她用悲剧的形式演绎旧家庭的悲欢，有一股悲伤的调子。张爱玲小说的特殊情调吻合上海人的趣味与爱好，也得到了文坛前辈的欣赏。当时上海滩的著名编辑与批评家也纷纷撰文，赞为“天才”与“奇迹”。她后来曾经说：“出名要趁早呀！来得太晚的话，快乐也不那么痛快。”张爱玲在沦陷时期的上海滩一夜成名恐怕连她自己也未想到，别忘了这时的她仅仅二十三岁。1944 年她的小说集《传奇》出版，用“传奇”形容她的人生与成名再恰当不过了，当然也包括她乱世中千疮百孔的婚姻与爱情。

倾城之恋——张爱玲与胡兰成

1943 年冬天的午后，在南京一处花园洋房的草坪上，一个中年男子懒洋洋地躺在藤椅上，一边晒着太阳，一边翻着杂志。翻着翻着，不觉被一篇小说吸引，才看一两节，就坐直了身体，细细地把它读完一遍又读一遍。这位中年男子所阅读的小说是发表在《天地》月刊上的《封锁》，作者是张爱玲。

这位中年男子是胡兰成。此时三十七岁，在汪伪政权中任职。其人生于 1906 年，是浙江嵊县（今嵊州市）下北乡胡村人。从小家境贫寒，但天资较高。在读书期间便表现出凌厉的才气。20 世纪 20 年代中期，曾经在燕京大学校长室做抄写员一年，并旁听燕大课程。后来为了谋生，在浙江、广西等地做过几年中学教员。自恃盛才的胡兰成显然不满足于平淡无奇的教学生涯，他心中最渴望的是政治与时局的变动。所谓“乱世出英雄”，他很快就抓住了这个机会。1936 年，“两广事件”爆发，胡兰成得以受聘《柳州日报》，从此进入中国政治舞台。他在报上对时局发表了一系列政论，引起了当时政界人物的注意。“两广事件”以后，胡兰成离开广西来到上海，投奔有汪伪背景的《中华日报》，不久成了该报的主笔。上海、南京沦陷后，汪精卫策划成立傀儡政权，胡兰成欣然作为入幕之宾，为汪伪政权奔走效劳。汪伪政权成立之初，胡兰成以文才为“和平运动”制造舆论声势，俨然成为汪精卫跟前的头面人物，曾一度位居高位，担任过“宣传部次长”、“行政院法制局局长”等头衔。后来因时局变动，汪精卫对他渐渐冷落。他认识张爱玲的时候，已经是赋闲在家。

胡兰成显然被张爱玲的才情打动，便找她的其他文章来看，他都很喜欢，于是对张爱玲暗生好意与好奇，以至于念念不忘。不久，胡兰成从南京回上海，一下火车就去寻找苏青。苏青是《天地》杂志的总编辑，也是他的朋友。胡兰成向苏青要张爱玲的地址。苏青深知张爱玲独来独往，不喜见人，但还是把地址告诉了胡兰成——静安寺路赫德路口192号公寓6楼65室。第二日，胡兰成去赫德路看望张爱玲，张爱玲果然不见，胡兰成没带名片，只是从门洞里递进去一张字条。胡兰成很是扫兴。但是又过了一天，张爱玲打电话给胡兰成，说要来他的寓所回访。因为距离比较近，说来就来。

胡兰成面前这位他念念不忘的姑娘显然与想象的完全不一样。他原以为张爱玲像传统的才女一样有文静单薄的形象，没想到站在他面前的张爱玲是又高又大。而且在胡兰成看来，她的穿着也不和谐，“像十七八岁正在成长中，身体与衣裳彼此叛逆”。对于成熟世故，阅人已深的胡兰成来说，张爱玲单纯、幼稚，像一个“放学回家的小女孩”一样坐在他面前。胡兰成不免有点失落，中国传统文人所幻想的才子佳人相会的“惊艳”之感落空了。但这并没有妨碍他们的交流，张爱玲身上散发的独特的甚至叛逆的气质仍然吸引着胡兰成，他甚至很是喜欢。他们开始聊天，张爱玲不善言谈，主要是胡兰成讲，她听。胡兰成评论时下流行的作品，也讲张爱玲的作品，也讲自己在南京的事情，张爱玲只是细心地听着，这样在客厅里一座就是五小时。临走时，胡兰成送张爱玲到弄堂口，两人并肩走，胡兰成说：“你的身材这样高，这怎么可以”。这一声把两人说得这样近，张爱玲很是诧异。

第二天，胡兰成又去看张爱玲。张爱玲在自己的房间里接待了他。她穿着宝蓝绸袄裤，带着嫩黄边框的眼镜，越显得脸儿像月亮。在胡兰成看来，她的房间陈设与家具看似简单，也不值钱，但“华贵到使我不安”，“一种现代的新鲜明亮断乎是带刺激性”。胡兰成有点不敢逼视，甚至觉得张爱玲房间里有“兵气”。胡兰成在这个不适应的环境里和张爱玲“斗”起来，这种交谈的气氛越来越愉悦与放松。从各自的生平与家庭，谈到文学理论。你来我往，胡兰成使尽浑身解数，张爱玲只是素手以对。张爱玲祖父张佩纶与李鸿章女儿间的佳话自然也被谈起，虽然张爱玲不以为然，但是对胡兰成来说，这样美妙的佳话使他兴奋。因为胡兰成想到自己与张爱玲相识相恋，好似当年落魄的张佩纶，在失意之中遇到李家小姐的关心。落难才子又遇红颜知己，这样风流佳话再次上演，不能不让人高兴。

回到家里，胡兰成依然情不可抑，就又给张爱玲写了一封信。一激动，把这封信写成了五四时代的新诗，他自己也觉得幼稚可笑。张爱玲并不喜欢五四新文艺腔，但是也并不觉得不好。胡兰成在信中认为张爱玲“谦逊”，张爱玲很中意他的这个评价。因为平常人总是认为她孤高冷漠，让人难于接近。很少有人说她“谦逊”。但张爱玲内心深处还是有一种谦虚的，那就是对人世对生命的悲悯与虔敬。胡兰成能识人，发现了她的“谦逊”，张爱玲不由得喜欢。张爱玲在回信中很是感激，说“因为懂得，所以慈悲”。

他们之间的交往越来越频繁。胡兰成每隔一天去看她，后来又天天去看她。张爱玲发现自己爱上了这个中年男子，因为爱也无端地生出了许多的烦恼与凄凉，但是看到胡兰成，还是觉得欢喜。有一次，胡兰成说起他看加过的刊登在《天地》上的那张照片。张爱玲便找到那张照片送给了胡兰成，还在背后写下一行字：

见了他，她变得很低很低，低到尘埃里，但她心里是欢喜的，从尘埃里开出花来。

一个初尝爱之体验的女孩子袒露的心迹谦卑至极，不管胡兰成内心里有无保留，对张爱玲来说，她已经沦陷了。

胡兰成有公务在身，大部分时间在南京，每月只有八九天在上海陪伴张爱玲。两人在一起时如漆似胶，有说不完的话。男女相悦，人生的美妙切切就在眼前。张爱玲更愿是一个听者，胡兰成所说的每句话，在她心里总归于好。正如古诗中所说：“攀条摘香花，言是欢气息。”

遇上这样一个能懂得她、欣赏她的知音，在张爱玲这里是旧小说里“欲仙欲死”的感觉。胡兰成也是真心喜欢她。他说：

天下人要像我这样喜欢她，我亦没有见过。谁曾与张爱玲晤面说话，想听听他们说她的人如何生得美，但他们竟连惯会的评头品足亦无。她的文章人人爱，好像看灯市，这亦不能不算是一种广大到相忘的知音，但我觉得他们总不起劲。我与他们一样面对人世的美好，可是只有我惊动，要闻鸡起舞。

他们在一起时，每每谈起西洋文学，胡兰成都觉得诧异。这不是因为胡兰成对西洋文学了解不多，而是张爱玲对西洋文学的理解，让他惊艳。张爱玲对西洋古典作品没有兴致，也不喜欢莎士比亚、歌德、雨果等人的作品。西方凡隆重的东西，像壁画、交响曲、革命与世界大战，她都不喜欢。相反，她只喜欢现代西洋具有平民精神的东西，这是胡兰成不曾想到的。胡兰成是一个受传统文化濡染很深的人，自信传统文化功底深厚，焉知张爱玲更强。两人并坐同看一本书，那书里的字句便像街上的行人一样，只和张爱玲打招呼。例如，他们一起读《古诗十九首》：“燕赵有佳人，美者颜如玉，被服罗裳衣，当户理清曲。”张爱玲诧异道：“真是贞洁，哪是妓女呀！”读到《子夜歌》：“欢从何处来，端然有忧色。”张爱玲叹息道：“这端然真好，而她也真是爱他！”对于张爱玲的理解，胡兰成自愧不如。

中国传统文人的最高境界是见天地、见自己、见众生。胡兰成走南闯北，从政从文，辛苦经营，也算见过天地，见过众生，唯独对于自己，一直不自信。才情卓绝的张爱玲出现在他面前，胡兰成如凤凰涅槃一般，有浴火重生之感。他曾说：

我在张爱玲这里，是重新看见了我自己与天地万物，现代中国与西洋可以只是一个海晏河清。《西游记》里唐僧取经，到得雷音了，渡河上船时艄公把他一推，险些儿掉下水去，定性看时，上游头淌下一个尸身来，他吃惊道，如何佛地亦有死人，行者答师父，那是你的业身，恭喜解脱了。我在爱玲这里亦有看见自己的尸身的惊。我若没有她，后来也写不出《山河岁月》。

《山河岁月》是一部纵论中国文化与天下大势的书，是胡兰成后来避居雁荡山时所写。胡兰成对此书评价甚高，认为：“此书是我的思想与文章之始，其中的发想已树立了我一生学问的体系。”当时的文化界名流梁漱溟阅读过此书部分章节，颇为赞赏，曾以此邀请他北上议事。胡兰成以此书自矜。由此也可看出他对张爱玲的钦佩。

胡兰成认识张爱玲时，已经有过多次婚姻。他的发妻是唐玉凤，两人结婚后六年病殁于老家。胡兰成对发妻玉凤是有感情的，在玉凤死后，胡兰成曾说：“对于怎样天崩地裂的灾难，与人世的割恩断爱，要我流一滴泪总也不能了。我是幼年时的啼哭都已还给了母亲，成年后的号泣都已还给了玉凤，此心已回到了如天地不仁。”

在广西担任教职的时候，经同事介绍，与全慧文结婚，两人在一起生活了几年，育有子嗣。胡兰成与张爱玲热恋时，曾提及南京有妻子应英娣。关于应英娣，胡兰成语焉不详，别人也无法考证。他在《今生今世》中只提及一句话："我们两人（指胡与张爱玲）都少曾想到要结婚。但英娣竟与我离异，我们才亦结婚了。"

就张爱玲来说，与胡兰成恋爱之前，连追求她的人也没有，自己对婚姻没有过多的切实想法。现在胡兰成已是单身之人，自由之身，那么两人走向婚姻，也是自然的事情了。

1944 年 8 月，胡兰成与张爱玲结婚了。此时胡兰成三十八岁，张爱玲二十三岁。胡兰成顾虑到自己身份的敏感，怕以后时局变动连累张爱玲。两人没有举行仪式，只写婚书为定。文曰：

胡兰成张爱玲签订终身，结为夫妇。愿使岁月静好，现世安稳。

前两句为张爱玲所撰，后两句为胡兰成所撰，旁写他们的好朋友炎樱为媒证。

婚后的生活没有发生太大的变化，两个人沉浸在岁月的静好与现世的安稳之中。胡兰成在的时候，张爱玲喜欢在房门外悄悄地窥看他在书房里：

他一人坐在沙发上，房里有金粉金沙深埋的宁静，外面风雨淋琅，漫山遍野都是今天。

人世的美好需要慢慢享受，两人终日厮守在房里，恰似"照花前后镜，花面交相映"，用胡兰成话来说就是"同住同修，同缘同相，同见同知"。

如果是午后好天气，两人会一同到附近马路上走走。张爱玲爱穿一件桃红色单旗袍。她说："桃红的颜色闻得见香气。"还爱穿那双绣花鞋，鞋头鞋帮绣有双凤，穿在脚上，看起来线条非常柔和。张爱玲知道胡兰成喜欢，自己总在房子里穿着。

有时候晚饭过后，两人在灯下玩，挨得很近，脸对脸看着。张爱玲的脸好像一朵开得满满的花，又好像一轮圆得满满的月亮。张爱玲心里高兴，眼睛里是满满的笑意。胡兰成也是满心欢喜，他抚着张爱玲的脸道："你的脸好大，像平原缅邈，山河浩荡。"张爱玲笑起来道："像平原是大而平坦，这样的脸好不怕人。"于是张爱玲说起《水浒传》里宋江见玄女有"天然妙木，正大仙容"八个字。胡兰成一听顿时默住，以至第二天才与她说："你就是正大仙容"。还有一次，胡兰成想要形容张爱玲行坐走路，总是口齿艰涩，找不到合适的词语。张爱玲就替他说了，她说："《金瓶梅》里写孟玉楼，行走时香风细细，坐下时淹然百媚。"胡兰成只知道好，但又不知"淹然"二字如何为好。张爱玲道："有人虽遇见怎样的好东西亦滴水不入，有人却像丝绵蘸着了胭脂，即刻渗开得一塌糊涂。"胡兰成又问我们两人在一起是什么状态，张爱玲答道："你像一个小鹿在溪里吃水"。

张爱玲锦心绣口。两人并排坐在沙发上，说起两人的姓氏。张爱玲说："姓崔好，我母亲姓黄亦好，《红楼梦》里有黄金莺，非常好的名字，而且写的她与藕官在河边柳荫下编花篮儿，就更见这个名字好了"。张爱玲认为姓胡好，胡兰成问："姓张呢？"张爱玲说："张字没有颜色气味，亦不算坏。牛僧孺有给刘禹锡的诗，是这样一个好人，却姓了牛，名字又叫僧孺，真要命。"胡兰成的胡姓来自陇西，他的上代或许是羌人，与羯氏鲜卑等属于五胡。张爱玲说："羌好。羯很恶，面孔黑黑的。氐有股气味。鲜卑黄胡须。羌字像只小山羊走路，头上两只角。”

结婚之后的张爱玲经济上仍是独立的。她的小说销路多，稿费也比别人高，不需要胡兰成养她。胡兰成只给过她一点钱，她拿去做一件皮袄，做得很宽大，式样也别出心裁。就像世人一样，妻子花丈夫的钱，张爱玲感到很享受，心里也高兴。

与胡兰成相恋，张爱玲是快乐的。她曾说：“现在是清如水，明如镜的秋天，我应当是快乐的。”

关于这次恋爱，张爱玲曾在一篇文章中说：

我以为人在恋爱的时候，是比在战争或革命的时候更朴素，也更放恣的。战争与革命，由于事件本身的性质，往往要求才智比要求感情的支持更迫切……和恋爱的放恣相比，战争是被驱使的，而革命则有时候多少有点强迫自己。……恋爱……是放恣的渗透于人生的全面，而对于自己是和谐。

张爱玲在文中拿恋爱与战争、革命相比，几次用“放恣”一词，这是她的切身说法。与胡兰成的恋情，让她的至情至性得以无所顾忌的展露，从而体验到一种从未有过的人生的飞扬与喜悦。也就是这个时期，张爱玲才气焕发，个人创作也迎来了黄金时期，《桂花蒸·阿小悲秋》、《红玫瑰与白玫瑰》、《花凋》、《连环套》等小说的发表，都保持着较高的质量与水准。《流言》中的一些散文如《谈音乐》、《谈跳舞》、《谈画》、《烬余录》、《童言无忌》等也都是这时候写成的，读来妙语如珠、神采飞扬。

“时代是仓促的，已经在破坏中，还有更大的破坏要来。”这是在1944年，中日战局明显地发生变动。对于时局，胡兰成不能不感到一种“惘惘的威胁”。

夏天的一个傍晚，两人在阳台眺望红尘霭霭的上海，西边天上余晖未尽，有一道云隙处清森遥远。胡兰成告诉张爱玲说时局要变，将来要有大的灾难。张爱玲一向对政治不感兴趣、对时局也不敏感，但她听了以后，还是很震惊。这时她想起《汉乐府》中有“来日大难，口燥唇干，今日相乐，皆当喜欢。”就说给胡兰成听：“这‘口燥唇干’好像是你对他们说了又说，他们总还不懂，叫我真是心疼你。”又疼惜不已地说：“你这个人嘎，我恨不得把你包包起，像个香袋儿，密密的针线缝缝好，放在衣箱里藏藏好。”胡兰成对时局有切切地实感，他知道“岁月静好，现世安稳”的承诺只是良好的祝愿，有朝一日，大难来临，他们要像鸟一样各自飞。但是他没有说得太悲观：“我必定逃得过，惟头两年里要改姓换名，将来与你虽隔了银河亦必定我得见。”张爱玲默然，过了一会儿，才说：“那时你变姓名，可叫张牵，又或叫张招，天涯地角有我在牵你招你。”

胡兰成到底还是政治中人，他热衷的是政治。1944 年 11 月，汪精卫病死于日本，南京政府日渐沦落，胡兰成于南京已无立足之地。在他的日本朋友池田笃纪的斡旋下，胡兰成来到武汉，接管在《大楚报》，并创办一所军事政治学校，实际上是让他在这块日本人残剩的地盘上掌握实权。

《大楚报》设在汉口，胡兰成和他的亲信则被汉阳县衙门安排在汉阳医院居住，每天渡汉水上班。汉阳医院有六七个年轻护士，胡兰成这一干人，家室都不在身边，见了这些年轻少女，不免心生绮念，于是整日在一起厮混。其中有一个女孩子叫周训德，十七岁，学产科，经常穿一件蓝布旗袍，身材苗条，不胖不瘦，人生得水灵清纯，看着让人神清气爽。胡兰成生性风流，见到本色天真的小周，自然心猿意马。他不断使出风流哥的伎俩，找她聊天，一起吃饭，给她讲唐诗，还邀请她去风景优美的江边散步。一来二去的甜言蜜语，小周很快堕入情网。两人终日在一起厮守，胡兰成又开始谈婚论嫁，让周训德嫁给他。虽然没有什么仪式，但是两人出入成对，男欢女爱已是既成事实。

在这期间，胡兰成曾回上海小住。出于一个传统文人妻妾成群的心理，胡兰成不曾想到要避嫌，便把自己在武汉与小周之事告诉张爱玲。张爱玲没有说什么，以至于胡兰成认为张爱玲“糊涂得不知道妒忌”。但张爱玲也不避嫌，说有一个外国人向她的姑姑致意，想与张爱玲发生关系，并且可以给予一定的金钱资助。此事不知是真是假，胡兰成听了很是不快。

小周之事，张爱玲虽没有说什么，但她不能不介意，甚至“妒忌”。恰好这月出版的《天地》月刊，刊登了她与炎樱的谈话，也谈到了“妒忌”。张爱玲是这样说的:“随便什么女人，男人稍微提到，说声好，听着总有点难过，不能每一趟都发脾气。而且发惯了脾气，他什么都不对你说了，就说不相干的，也存着戒心，弄得没有可谈的了。我想还是忍着的好，脾气是越纵容脾气越大，忍忍就好了。”张爱玲的隐忍显现了她的自信，她相信胡兰成会信守当初的诺言，回到自己身边。

时局的发展比想象得要快。1945 年 8 月 15 日，日本天皇颁布投降诏书，胡兰成在武汉大街上人丛中听到广播，惊出一身大汗。他只得再次抛弃小周，开始了自己的逃亡生涯。在日本人的帮助下，他从武汉到南京，从南京到上海，又从上海逃到浙江杭州，化名“张嘉仪”，隐居下来。

胡兰成一开始隐居在杭州乡下斯家，他年轻的时候曾经在这儿住过一年。斯家是大户人家，有一姨太太叫范秀美，年纪十八就守寡，曾经读过桑蚕学校，比胡兰成大一岁。由于杭州搜查甚紧，胡兰成在此藏身不住，斯家便建议胡兰成去温州避难。因范秀美娘家在温州，便陪同胡兰成前往。于是两人一路同行，游山玩水，同吃同住。范秀美虽然不再年轻，但是风韵犹存，成熟迷人。胡兰成又一次把持不住，在逃难途中不忘想入非非，时不时以言语挑逗，大献殷勤。范秀美也是过来之人，一点即明 。于是还未到温州，两人已“结为夫妇之好”，俨然以夫妻相称了。关于胡兰成与范秀美的关系，胡兰成认为是因为感激，男女感激，至终是唯有以身相许。为什么感激呢，胡兰成曾透露过他的真实想法：“我在忧愁惊险中，与秀美结为夫妇，不是没有利用之意。要利用人，可见我的不老实。”这是实情，胡到达温州后，就住在范秀美娘家，以范家女婿的身份掩护自己。

1946 年 2 月，张爱玲从上海千里迢迢地来到温州寻找胡兰成，这出乎胡兰成的意料。胡兰成不是很高兴，甚至粗声粗气地骂她：“你来做什么？还不赶快回去。”弄得张爱玲挺委屈，胡兰成对此的解释是：“我因是男人，不欲拖累妻子，爱玲如此为我，我只觉不敢当。”虽然两人因为小周的出现，感情上存下芥蒂，但对张爱玲来说，胡兰成是自己的丈夫，是自己心目中唯一的男人，自己的那份“爱”还结结实实存在着。张爱玲一路寻来，想的念的都是丈夫：“我从诸暨丽水来，路上想着这是你走过的，及在船上望得见温州城了，想你就住在那里面，这温州城就含有珠宝在放光。”张爱玲也许想象过患难中夫妻相逢是何种情形，但是她绝不会想到胡兰成身边又有了一个女人。

张爱玲居住在温州城中公园旁边的一家旅馆。因为怕警察查夜，胡兰成不能在旅馆留宿，只能在白天去陪她。表面上两人还如夫妻一样，在一起时有说有笑，谈文论艺，偶尔还走街串巷，观赏风景。但实际上两人各怀心事，在一起亲热时也有些生分，弄得仿佛如宾客相处。对于他与范秀美的关系，胡兰成虽然没明说，但张爱玲不可能不猜疑。有一日早上，张爱玲与胡兰成在旅馆里聊天，胡兰成突然腹痛，却自忍着。及至范秀美来了，胡兰成却告诉她自己身体不舒服。张爱玲观此，当下满是惆怅酸楚。因为胡兰成明显把范秀美当作亲人，自己俨然是局外人。有一次，张爱玲给范秀美画像，范秀美端坐着，胡兰成站在旁边看着。张爱玲画了脸庞，画了眉眼鼻子，正要画嘴角。张爱玲突然停笔不画了。范走后，胡兰成问其缘故。张爱玲说："我画着画着，只觉她的眉眼神情，她的嘴，越来越像你，心里好一惊动，一阵难受，就再也画不下去了。"说时不胜委屈。

张爱玲最大的心事还是胡兰成与小周的关系。凭着女人的直觉，她不难看出，胡兰成在范秀美这儿，不过是暂时躲避，况且范秀美青春已过，两人逢场作戏，终归不能长远。但小周不同，小周青春漂亮，胡兰成对她的喜爱、体贴照顾更在自己之上。在这时，张爱玲觉得向胡兰成摊牌的时候到了，她不想再忍下去了。她让胡兰成在她与小周之间做出选择。胡兰成不肯，用这样一段话搪塞：

> 我待你，天上地上，无有得比较，若选择，不但于你是委屈，亦对不起小周。人生迢迢如岁月，但是无嫌猜，按不上取舍的话。

张爱玲自然不愿接受这套堂皇之词，仍然步步逼问："你说最好的东西是不可选择的，我完全懂得，但这件事还是要请你选择。说我无理也罢。你和我结婚时，婚书上写着现世安稳，你不给我安稳？"胡兰成辩解道，如今世景荒芜，自己与小周有无见面之日也不可知。张爱玲仍不相信，说："不，我相信你有这样的本领。"

张爱玲见胡兰成终是不肯，内心无限惨伤，只觉得自己仿佛从云端直往下坠。心气高傲的她，在小说里冷眼观世，将世间的男女之情的浮华外衣悉尽剥去，还其本来的凄凉，但是她绝对没有想到，这样的事会落在自己头上。此时此刻，自己也沦为“怨女”，这和自己的小说《沉香屑·第一炉香》中的葛薇龙有什么区别？在小说中，她曾说过：“生命是残酷的，看到我们缩小又缩小的、怯怯的愿望，我总觉得有无限的惨伤。”正是怀着这样的惨伤，她正告胡兰成：“你是到底不肯。我想过，我倘使不得不离开你，亦不致寻短见，亦不能再爱别人了，我将只是凋谢了。”

“生在这世上，没有一样感情不是千疮百孔的”，对自己曾经说过的这句话，张爱玲现在也许有更加深刻的体验。在温州待了二十多天，张爱玲临离开时，正遇上春雨淅沥，胡兰成送她上船，她满怀酸楚，心事重重地离开了温州。几天后她从上海寄给胡一信，信中说：“那天船将开时，你回岸上去了，我一人雨中撑伞在船舷边，对着滔滔黄浪，立涕泣久之。”

又过了一段时间，胡兰成因躲避温州的户口检查，又来诸暨斯家躲避。中途经过上海，他在张爱玲处待过一宿。胡兰成当时没有想到的是，这是他们两人一生中的最后一次见面。见面以后，送走客人，胡兰成就摆出夫主派头，责备张爱玲不会招待客人。张爱玲此时因二人感情的纠葛已是心力交瘁，一听此话，便激动起来：“我是招待不来人的，你本来也原谅，但我亦不以为有哪桩事是错了。”家庭琐事的纷争还是因为感情的分裂尽在眼前。当天晚上，自我感觉良好的胡兰成依然做着数美并陈的好梦，两人并膝坐在灯下，胡兰成把他与范秀美的事据实告诉张爱玲，又让张爱玲看他写的《武汉记》，里面记录了他在武汉追求小周的事情。张爱玲气得已经说不出话了。在接下来的争吵中，胡兰成半真半假的打了一下张爱玲的手背，张爱玲反应异常。

两人当晚分居就寝，各怀心事。张爱玲满腹愁怨，做好了与胡了断的打算。胡兰成仍然不以为然，以为张爱玲不过是要要小性子，很快就会过去。第二天，天还未亮，胡兰成来到张爱玲的房间里，在床前俯下身去亲她，张爱玲从被窝里伸手抱住胡兰成，忽然泪流满面，只叫得一声“兰成”，便哽咽失声，再也说不出别的话。在这兵荒马乱的世界里，她曾经无数次渴盼并憧憬的美好爱情也在这一句撕心裂肺的叫声中画上了句号。

胡兰成心里一震，仍不去想别的。第二天一早，乘船回了温州。此后，两人仍有书信来往，张爱玲还是照样寄钱接济胡兰成的生活。后来抓汉奸的紧张空气渐渐过去，胡兰成在避居期间写作的《山河岁月》得到了梁漱溟的赏识，又结识了词学名家夏承焘，而且还得到了温州名耆刘景晨的推荐到温州中学任教。胡兰成的处境渐渐好转。1947 年 6 月，张爱玲得知胡已脱险，终于写来了一封信：

我已经不喜欢你了，你是早已不喜欢我了的。这次的决心，我是经过了一年半的时间考虑的，彼时惟以小吉故，不欲增加你的困难。你不要来寻我，即或写信来，我亦是不看的了。

信中的“小吉”是小劫的隐语。张爱玲选择在胡兰成度过危险以后与他摊牌，不难想象她对这段感情的重视程度与天性中高贵的品质，当然这都是风流成性、见异思迁的胡兰成无法比拟的。在这封信中，张爱玲还附了三十万元接济胡兰成的生活，这是她最近写的两部电影剧本的稿费。她为人处世的态度是恩怨分明，用这样的方式与胡决断对自己是无遗憾、无愧怍的解脱。

胡兰成读到信的第一句，即刻震惊，好像青天白日里一声巨响。他知道张爱玲是下定了决心，也知道她这样做的缘故。但为了敷衍世情，不欲自异于众，过了几天，他给张爱玲的好朋友炎樱写了一封信：

爱玲是美貌佳人红灯坐，而你如映在她窗纸上的梅花，我今惟托梅花以陈辞。佛罗经里有阿修罗，采四天下花，于海酿酒不成，我有时亦如此惊怅自失。又《聊斋》里香玉泫然曰，妾昔花之神，故凝，今是花之魂，故虚，君日以一杯水灌其根株，妾当得活，明年此时报君恩。年来我变得不像往常，亦惟冀爱玲日以一杯灌其根株耳，然又如何可言耶？

炎樱没有回信，胡兰成只好作罢。又过了一年，祖国大陆天翻地覆，处处是飘扬的红旗，遍地是扭动的秧歌。梁漱溟诚邀化名张嘉仪的胡兰成北上，共襄国事。胡兰成从温州北上，行至中途觉苗头不对返回，经香港逃到日本。在途经上海时，胡兰成对张爱玲还是不能释怀，对于是否去看看张爱玲，“几次三番思想，想去又不想去”。最后觉得还是要尽到“世俗的礼仪”，便最后一次登上了张爱玲居住的那栋公寓的六楼。然而出来应门的是一个陌生的女人，张爱玲已经搬家多时了。

这场热烈的、甚至有点炫目的乱世之恋，就这样心酸地谢幕了。对张爱玲来说，她没有在这段情感中“全身而退”，内心的挫败感与她小说中的人物并无二致。在她创作最辉煌的那段时间，她无数次地谈论过人间男女的爱恨纠葛，但对自己的这段情感却没有只言片语。也许这个时候，她会想到她十七岁时曾写过的一句话：“最恨——一个有天才的女子忽然结了婚”。难道真是一语成谶？

红尘滚滚中的一段情缘，就这样随风而逝。此后的张爱玲不再寻求青春的飞扬与恣肆，而是走向内心的平实甚至是自我的封闭。她把身后一段橙红色的岁月留在过去，独自上路，开始了一个人的旅程。

但是还有后话值得一提。

50 年代初，胡兰成逃到了日本，对张爱玲还是念念不忘，他后来写在《今生今世》里有这样一句话："我是生平不拜人为师，要我点香亦只点三炷半香。一炷香想念爱玲，是她开了我的聪明。一炷香感激刘先生（刘景晨），是他叫我重新做起小学生。一炷香敬孙中山，他使我有民国世界的大志。半炷香谢池田笃纪，最早是他使我看见汉唐文明皆是今天。"

后来，张爱玲也离开大陆到了香港。胡兰成听说张爱玲到了香港，即托他的日本朋友池田笃纪到香港看望张爱玲。后来池田在香港寻访张爱玲而未遇，只留下自己的地址。半年后，胡兰成收到从池田那里转来的张爱玲的一张明信片，没有抬头也没有落款，只写：

手边如有《战难和亦不易》、《文明与传统》等书（《山河岁月》除外），能否暂借数月作参考？

信的下边留有她在美国的地址与姓名。此时的胡兰成已经与原上海滩黑帮头目、汉奸吴四宝的遗孀佘爱珍结了婚，见信以后，胡得意非凡，自以为是地认为张爱玲尚念旧情，并且对自己的写作较为欣赏。胡兰成自从认识张爱玲以来，对于自己在写作上不及张爱玲总耿耿于怀，并且暗中与之较劲。有个香港小报曾问张爱玲对《山河岁月》的评价，张爱玲未置一词。现在张爱玲来信索书，足见张对自己其人其文仍有所顾念。胡兰成回了信，信中还附上了自己的近照。

爱玲：

《战难和亦不易》与《文明的传统》二书手边没有，惟《今生今世》大约于下月底可付印，出版后寄与你。《今生今世》是来日本后所写。收到你的信已旬日，我把《山河岁月》与《赤地之恋》来比并着又看了一遍，所以回信迟了。

兰成

《赤地之恋》是张爱玲出走香港后所写的一部长篇小说，胡兰成拿之与《山河岁月》进行比较阅读，不难看出他还在写作上与张爱玲较劲。不久以后，更彰显其才情之作《今生今世》上卷在日本出版，胡兰成立即寄去美国，并写长信，作缠绵之语，“写了夹七夹八的话去撩她”。张爱玲并无回信。胡兰成空等许久，等来了一纸短笺：

兰成：

你的信和书都收到了，非常感谢。我不想写信，请你原谅。我因为实在无法找到你的旧著作参考，所以冒失地向你借，如果使你误会，我是真的觉得抱歉。《今生今世》下卷出版的时候，你若是不感到不快，请寄一本给我。我在这里预先道谢，不另写信了。

爱玲

十二月廿七

寥寥数语，如同路人，算是断了胡兰成的胡思乱想。

《今生今世》是胡兰成的自传散文，在 1959 年出版，其中“民国女子”一章介绍了他与张爱玲之间这段才子佳人式的乱世情缘。胡兰成对此书甚为得意。张爱玲读到此书时的感受无人知道，只是在七年之后，也就是 1966 年，她给夏志清的信中，谈到过这本书：

胡兰成书中讲我的部分缠夹的奇怪，他也不至于老到这样，不知从哪里来的 quote（引用）我姑姑的话，幸而她看不到，不然要气死了。后来来过许多信，我要是回信势必"出恶声"。

（1966 年 11 月 4 日致夏志清）

张爱玲在信中反应激烈，认为此书胡说八道，不可信。后来的很多张爱玲的粉丝也据此认为胡兰成在《今生今世》里过分美化了自己，掺了很多水分。

然而事情还没有结束，2009 年张爱玲生前未完成的自传小说《小团圆》出版，震动华文世界，小说中几乎所有人物都可与张爱玲的真实人生对得严丝合缝。细心的读者拿来与《今生今世》对照阅读，让人吃惊的是，《今生今世》所言非虚，基本是纪实。

异国情缘——张爱玲与赖亚

20 世纪 50 年代初，张爱玲对大陆凌厉逼人的政治形势，显然不能适应。也许是出于一位作家的敏感，也许是寻找一种安全感，张爱玲悄然出走香港。香港对她来说，并不陌生。在她的青春少女时代，曾在这里求学三年。然而冷战时代的香港，也并非想象中的天堂，她像许多逃难来香港的人一样，对这个殖民地的前景忧心忡忡，不安全感仍然存在。张爱玲早有移民美国的打算，在香港也仅仅待了三年。1955 年秋天，她告别在香港新结识的好朋友宋淇、邝文美夫妇，乘克利夫兰总统号轮船离开香港，前往人地生疏的美国。

胡兰成与张爱玲

张爱玲

张爱玲

张爱玲与赖亚

到达美国的张爱玲落脚于纽约的一家女子职业宿舍。该宿舍是一家慈善机构所办，有济贫的性质，简单而寒伧，张爱玲也不以为意。不久，她向爱德华·麦克道威尔写作基金会申请的写作基金获得批准。这个基金会为一些有资格、有前途的作家提供写作环境，让他们安心写作。基金会的会所是在新罕布什尔州一处远离尘嚣的幽静庄园。不久，张爱玲离开纽约，搬到这儿从事专业写作。也就是在这儿，发生了影响她日后生活的另一件大事，她认识了美国作家费迪南·赖亚（Ferdinand Reyher），由此开始了她的第二次婚姻。

赖亚 1891 年生于美国费城，父母均为德国移民。赖亚年少的时候就喜欢文学写作，1914 年获得哈佛大学文艺学硕士学位，曾在麻省理工学院做过英文教师。1917 年，他与吕蓓卡·郝理琪结婚。赖亚对安安稳稳的婚姻生活不感兴趣，常常一个人在各大城市和国家之间游历。而吕蓓卡是美国女权主义运动的活跃人物，为了追求她的女权事业也无暇顾及家庭。因此，两人虽然结婚，但是聚少别多，感情生活也不顺利。1926 年，两人协议离婚。

赖亚生性好动，热爱自由，喜欢结交朋友。在 20 年代以自由撰稿人的身份，在美国各大报刊上发表文章。他用获得的稿酬去游历欧洲，结识了欧洲文学界一些重要人物，如庞德、康拉德、乔伊斯等人。赖亚与德国剧作家布莱希特是好朋友，他们与 20 世纪 20 年代初识于柏林，后来成为莫逆之交。布莱希特是坚定的马克思主义者，赖亚在 30 年代也一度“左倾”，信仰马克思主义。两人还在一起合作过电影剧本。布莱希特在美国期间，赖亚给予他很大帮助。30 年代，美国电影工业蓬勃兴起，赖亚有一个非常赚钱的工作，就是为好莱坞编写剧本。他的编剧才华也得到了一些好莱坞制片人与导演的称颂。虽然好莱坞待遇优厚 ，但是大制片厂时代流水线式的剧本写作模式也抑制了作家的才情，甚至中断了他的文学生涯。

50 年代的赖亚已是落魄之人，不仅年事已高，身体状况也一日不如一日。而且作为一个过了气的作家，并无一部真正有分量的作品留给自己。他曾经有长篇小说《我听到你们歌唱》、戏剧《以色列城堡》问世，但是并未得到文艺界的公认。他的好朋友，诺贝尔文学奖获得者辛克莱·刘易斯曾经预言他会一夜成名，但对于晚年的赖亚来说，这个预言落空了。1956 年，赖亚也获得了麦克道威尔文艺营的入营机会，他似乎想在这里调整自己，重新积聚力量，完成写作计划。只是计划还没有实施，便遇到了来自中国大陆的张爱玲。

张爱玲入营不久即认识了赖亚，大概是 1956 年 3 月 13 日，他们两人有几分钟短暂的谈话。谈话给赖亚留下了很美好的印象，他觉得这个东方女子很大方也很和蔼可亲。张爱玲想来对赖亚也有好感，远在他乡，有这么一个可以倾谈的人，而且赖亚又挺随和、幽默。最初他们在公共场合谈谈，不久他们就开始单独来往，出入成双了。张爱玲觉得赖亚是一个可以信赖的人，她将她的小说《秧歌》的英文版拿给赖亚看。赖亚读了以后，对她的文笔大加赞美。赖亚还就她正在写作的小说《粉泪》的结构给予建议，张爱玲自然也是非常感激。两人之间，志趣相投，交往也越来越频繁而深入。到了这年 5 月 12 日，赖亚在他的日记中曾记载：“去房中有同房之好。”这是张爱玲在胡兰成之后，再次接纳一个新的男人，而光阴已经悄无声息地过去了十年。

两人如漆似胶的时候马上要结束，赖亚在麦克道威尔文艺营的期限是 5 月 14 日。在这一天，他将要去纽约北部一个叫耶多的地方，那里有另一个文艺营。在分别的那一天，张爱玲送赖亚到车站，并向他倾诉了自己的感情和自己目前面临的困境。张爱玲自己生活虽然面临一些艰难，但是考虑到赖亚年事已高，而且生活并不宽裕，在临别时还预备了一些现金作为礼物送给赖亚。赖亚对张爱玲的表白与体谅很是感动，但是作为一个西方人，他可能未能准确地把握张爱玲的暗示，他也许把他们之间的行为视为一种西方式的情人关系。因此，他当时没有给张爱玲任何感情上的承诺。只是在一个多月后，一件意外的事情，让赖亚重新考虑两人之间的关系。

一个多月以后，张爱玲惊讶地发现自己怀孕了。她有点不知所措，立刻写信告诉赖亚，并且不等收到赖亚的回信就匆忙坐车到一个叫萨拉托卡泉镇的一家旅馆与赖亚见面。见面后，这个古老的小镇上，张爱玲迎来个人生活中又一个重大的时刻，赖亚向她郑重地求婚了。在萨拉托卡泉镇上相聚的日子，想必张爱玲是愉快的，她等来赖亚的求婚，两人悬而未决的关系有了个终结，她这颗心也就放下了。但是他们不能不考虑他们目前的境况，他们没有存款，也没有固定收入，甚至是居无定所。不要孩子是明智之举。因此，张爱玲要去做人工流产。

1956 年 8 月 14 日，张爱玲与赖亚在纽约举行婚礼，参加婚礼的有她的经纪人马莉·勒德尔和她的好朋友炎樱。这一年张爱玲三十六岁，赖亚六十五岁。这次婚姻尽管在年龄、性格甚至政治立场方面有许多差异，但是对张爱玲来说，多少合乎了她“现世安稳”的平实愿望。

婚后，赖亚对张爱玲呵护有加。为尽可能地为张爱玲的写作创造环境，他承担了日常生活中的大部分家务，例如做饭、去银行、去邮局，处理杂事。张爱玲不喜欢乡镇生活的单调乏味，赖亚则顺应张爱玲的主张，他们申请了一些大去处的文艺营地。与赖亚在一起上街、看电影、旅行，张爱玲都感觉到很愉快。在婚后的最初几年里，他们的行踪遍及纽约、波士顿、华盛顿、旧金山等城市，赖亚就像一个向导，领着张爱玲走街串巷，领略各地风土人情。

夫妻两人携手同行，相濡以沫，慢慢地度过了当初举步维艰的日子。在赖亚的引导下，张爱玲的写作也有很大的进展。她对美国社会也越来越熟悉，不久，张爱玲就正式加入了美国国籍。

然而生活中也有一些不幸的事情会接连出现。赖亚虽然看上去高大健壮，但身体状况却很糟糕。在他们结婚之前，赖亚就有过中风。结婚之后，也复发过几次，后来住进医院。因为中风，赖亚变得非常虚弱，甚至怀疑自己命将不保。赖亚的病无疑是他们夫妻两人头顶的一柄悬剑，也给张爱玲婚后的生活投下了难以抹去的阴影。在张爱玲的心目中，赖亚曾经是她在美国开始新生活的希望，现在她不能不想到，他随时有可能离她而去。而且，张爱玲更要面对的是他们俩糟糕的经济状况。赖亚的晚年几乎一贫如洗，每月的收入只有区区 50 元养老金和一点版税。这样说来，这个家庭主要是张爱玲在独立支撑。

在美国的最初几年，张爱玲的英语写作一直不顺利。她的第一部英文小说《秧歌》虽然被美国一家出版公司出版，但是她的第二部英文小说《粉泪》则被出版社婉拒了，《粉泪》花费了她将近一年光阴，张爱玲对它寄予厚望，这给凭借一支笔试图立足美国文坛的张爱玲很大的打击。为了缓解家庭的经济压力，她接受了香港的朋友宋淇的委托，开始为香港电懋电影公司编写剧本。每个剧本八百至一千美元，这成为她这段时期最主要的收入来源。

1961 年夏天，张爱玲不甘心自己的文学创作在美国遭遇冷落，打算写一部以张学良为原型的英文小说《少帅》，为此，她需要到远东收集资料。张爱玲把自己远东之行的想法告诉赖亚，赖亚的情绪很低落，古稀之年的他觉得张爱玲要弃他而去。虽然自己百般不愿张爱玲离开，但是却没有理由阻拦她，因为这个家还需要张爱玲来支撑。此时赖亚的生活尚能自理，只是身边不能没有他人照顾。张爱玲安顿好赖亚以后，在这年10月，从旧金山飞往台北，在台北稍作停留后，就收到一个不幸的消息：赖亚在游玩时严重中风，现在躺在宾夕法尼亚一家医院。这个消息让张爱玲极度伤心，她想即刻返回美国，但是那时机票昂贵，她身上所剩的钱不够买一张机票；另一方面，赖亚的病情在经过一段时间的治疗以后，也渐渐稳定了。因此，她最终决定还是先去香港，写作《红楼梦》的剧本，写完之后，再去美国照顾丈夫。

张爱玲在香港停留了五个多月，改编的剧本《红楼梦》屡屡碰壁，自己也被折磨得筋疲力尽。这次香港之行，对她可以说是“铩羽而归”。1962年3月18日，张爱玲从香港回到了华盛顿机场，赖亚已经在这里等候多时了。看到张爱玲走下飞机，赖亚非常兴奋，以前所有的猜疑与不快都烟消云散。他们在赖亚选定的一套公寓里安顿下来。生活似乎又逐渐恢复了常规，张爱玲很快进入到《少帅》一书的写作中去，同时也在为香港电懋电影公司写剧本。赖亚这一年七十岁了，夫妻两人生活久了，对张爱玲产生了强烈的依恋之情。有一次，他在日记中记载他傍晚回家的情景：“走向他的家，他的爱，他的光明。”张爱玲成了赖亚晚年生活中感情的寄托。有时候，张爱玲外出回家晚了，赖亚都会担忧不已，生怕有什么闪失。

就在张爱玲为了养家而奋力写作的时候，更大的不幸还是来了。有一次赖亚从图书馆出来，不小心跌了一跤，摔断了股骨，同时又引发了中风。在以后的岁月里，他几乎一直瘫痪在床。对张爱玲来说，一方面必须写作赚钱，支付赖亚的医药费用；另一方面又不得不兼做一个护士，照顾赖亚的起居生活。很难想象出身名门，从小养尊处优的张爱玲，现在要照顾一个完全丧失生活自理能力，甚至大小便失禁的老人，而且也不是一天两天，这是漫长的时间过程。

久病是一种折磨，家中为一种绝望的气氛所笼罩，看不到任何转机。张爱玲也忍受着各种各样生活的煎熬，试图去寻找各种解决办法。在赖亚生命的最后两年，张爱玲一直守护在他身边，还是尽到了妻子的责任。

1967 年 10 月 8 日，赖亚在痛苦中去世。这段相处十二年的婚姻也就此画上了句号。这一年，张爱玲四十七岁。按常情来说，她仍有婚姻的机会。但是两次婚姻，给予她的都是不堪回首的经历，使她对感情彻底丧失了兴趣。赖亚的去世，对她来说，恰是一种解脱。

在赖亚去世以后，张爱玲开始离群索居。她不关心外部世界，也不与外界人来往，完全沉湎于内心。在她生命的晚年，主要做了三件事：修改旧作，考证《红楼梦》，翻译《海上花列传》。

而与此形成对照的是，在大洋彼岸的港台，她的声名蒸蒸日上。作为一个天才的小说家，她的作品先是被台湾、香港承认。到了 20 世纪 80 年代，又被邓小平时代的祖国大陆承认。她的小说被密集出版，同时成为大陆、港台的畅销书，部分作品也被改编成电影电视剧热映。张爱玲知晓这一切后，已不再像当年在上海滩大红大紫时那样，有“飞扬的喜悦”，她此时已经很淡漠，甚至有一种恍若隔世的惆怅。

1994 年，张爱玲自知留在世上的岁月不多，她发表了一生中最后一部作品《对照记》，在这部作品里，她向世人展示了她和家人、朋友的照片一百多幅，尤以她年轻时候的照片居多。有意识地给世人留下一份真实资料，她用这样一种方式，向喜爱她的作品的读者告别。

1995 年 9 月 9 日，张爱玲被人发现病逝于洛杉矶西木区公寓内。她孤独地离开了这个对她而言，近乎“苍凉”的世界。这一天正是中国农历中秋节，太平洋上的月亮特别圆，特别亮。

张爱玲生平年表

1921年，出生于上海。

1937年，毕业于上海圣玛利亚女校。

1939年，入香港大学读书，并发表第一篇作品《天才梦》。

1942年，因战争中断学业，回到上海开始职业写作。

1943年，在《紫罗兰》、《万象》、《杂志》、《天地》等刊物上发表《金锁记》、《倾城之恋》、《封锁》等小说、散文。

1944年，与胡兰成结婚，炎樱为证。小说集《传奇》出版。

1945年，散文集《流言》出版。

1946年，与胡兰成分手。

1952年，赴香港，供职香港美国新闻处。

1955年，赴美国。

1956年，与美国作家赖亚相识，并结婚。

1967年，赖亚去世。

1981年，胡兰成在东京去世。

1992年，台湾皇冠出版社出版《张爱玲全集》。

1995年，逝世于美国洛杉矶。